HET MYSTERIEUZE HUIS OP DE HEUVEL

Het mysterieuze huis op de heuvel

MIKKI LISH & KELLY NGAI

Uit het Engels vertaald door Esther Ottens

VAN GOOR

De Nederlandse Kinderjury 2021

ISBN 978 90 00 37433 5
ISBN 978 90 00 37434 2 (e-book)
NUR 283

oorspronkelijke titel *The house on Hoarder Hill*

www.de-leukste-kinderboeken.nl
tekst Mikkie Lish & Kelly Ngai
vertaling Esther Ottens
omslagontwerp Maxine Lee-Mackie & Erwin van Wanrooij
zetwerk binnenwerk Erwin van Wanrooij

Voor Rufus en Xavier – K.N.

Voor Adrian, Aleks, Thorley, Josie,
Annika en Ryan – M.L.

*'En kijk boven alles met glinsterende ogen
naar de hele wereld om je heen, want
de grootste geheimen zijn altijd op
de onwaarschijnlijkste plaatsen verstopt.
Wie niet in magie gelooft, zal het nooit vinden.'*

ROALD DAHL

PROLOOG

De stenen raaf droomde dat ze vloog. Ze droomde dat ze opsteeg op warme luchtstromen en achter andere, kleinere vogels aan joeg, dat ze in het bos omlaagdook, belust op prooi. Maar deze fijne droom werd verstoord door een stem.

'Help ze,' zei de stem, 'help ze hun weg te vinden.' Het was de stem van de Vermiste. De Vermiste was nooit te zien, maar de raaf had de stem vaker gehoord. Op de een of andere manier hoorde die bij het huis.

Wie moet ik helpen? En hoe? vroeg de raaf in gedachten. Wat kan ik doen, hier op dit dak? Ik kan tenslotte alleen maar drómen dat ik vlieg.

En op dat moment voelde ze het. Vrijheid, de heerlijke vrijheid om te bewegen. Het begon met een tinteling boven op haar kop en verspreidde zich als water dat over haar gebeeldhouwde lijf werd uitgegoten. Haar witte steen veranderde in veren, spieren, een kloppend hart en heen en weer schietende ogen. Verrukt schudde ze haar vleugels uit en schoot de lucht in, niet langer dromend maar echt vliegend. Hoog boven het grote huis draaide ze vrolijke cirkels, zonder aandacht te schenken aan de jaloerse kreten van de stenen monsters en draken die als vanouds vastgeklonken zaten aan het dak.

'Alsjeblieft. Ga ze zoeken en breng ze hierheen,' zei de Vermiste.

'Wie?' vroeg de raaf, haar speurende blik gericht op het land beneden.

De Vermiste toverde de raaf een beeld voor van een groep mensen in een rode auto: een meisje, een jongen, een vrouw en een man.

'Familie,' zei de Vermiste zacht.

De raaf ging op zoek.

HOOFDSTUK 1

HET IS MAAR GOOCHELEN

Een sombere bal groeide in de borst van Hedy van Beer toen ze uit het autoraampje naar de besneeuwde velden buiten keek. Met elke kilometer kwam ze dichter bij wat vast en zeker de saaiste twee weken ooit zouden worden.

Het was zo gemeen van haar ouders, allebei archeoloog, om zonder hen in Spanje te gaan graven. Tenminste, het was misschien nog wel slim om Spencer hier te laten, die was pas acht. Maar Hedy was elf, een scout, en had zichzelf met een taalapp al wat Spaanse zinnetjes geleerd.

'Als er een noodgeval is, komen jullie dan eerder terug?' vroeg ze.

'Wat voor noodgeval?' zei Will, haar vader, die bezig was een nieuw muziekje uit te kiezen. Haar moeder zat achter het stuur.

'Nou, als Spencer een vinger kwijtraakt bijvoorbeeld?'

Spencer keek op van zijn boek met goocheltrucs. 'Opa John is illusionist. Die tovert hem er zo weer aan.'

Hedy schudde haar hoofd. 'Wat ben je toch onnozel.'

'Wat betekent "onnozel"?'

'Dat betekent dat je overal in trapt. En hij is trouwens geen illusionist meer, dus je hoeft niks spannends te verwachten.' Ze stak haar hoofd tussen de twee voorstoelen door. 'Maar kómen jullie nou eerder terug als Spencers vinger eraf ligt? Aangezien toveren niet bestaat?'

'Hangt ervan af welke vinger,' zei Will.

Olivia onderdrukte een lach. 'Natuurlijk komen we dan terug.' Ze aaide Hedy over haar wang. 'Maar probeer noodgevallen te voorkomen, oké? Dit tripje is heel belangrijk voor papa en mij. Het betekent misschien heel veel nieuw werk. En dan beloof ik: dan gaan jij, ik, Spence en papa op allerlei andere tripjes.'

Allerlei andere tripjes. Terwijl de velden en bomen en heuvels voorbijvlogen, zette Hedy haar koptelefoon op. Ze sloeg haar moeders gestreepte sjaal om zich heen en stelde zich voor dat ze in Egypte was en aan de voet van de grote piramides en de Sfinx stond. Maar vanuit haar ooghoek zag ze dat haar vader omkeek om te zien of ze meeluisterde. Toen hij weer voor zich keek, zette ze haar muziek op pauze, want hij ging vast iets interessants zeggen.

'Ze zitten toch wel goed bij hem, hè?' vroeg hij zacht.

'Natuurlijk wel,' antwoordde Olivia. 'Hij is misschien een beetje verstrooid en... apart met zijn spullen, maar hij zou ze nooit in gevaar brengen.'

'Is dit niet de tijd dat je moeder...' Will keek meevoelend opzij.

Olivia zuchtte. 'Het zal hem goeddoen om daar ook eens gezelschap te hebben. Hij blijft nooit lang als hij bij ons op bezoek komt.'

Eindelijk stopte hun rode auto in het centrum van Marberry's Rest. Het was een slaperig rommeldorp met maar een paar kleine winkeltjes. Al veranderde er nooit iets, de vijfsprong in het centrum bracht hen elke keer weer in verwarring.

'Waarom kan ik nooit onthouden welke straat het is?' mopperde Olivia.

'Momentje,' zei Will, die de kaart op zijn telefoon aan de praat probeerde te krijgen.

Spencer had zijn gewone voorraad snoep uitgeput en begon nu aan zijn laatste boterham alsof hij dacht dat ze daar nog wel een tijdje zouden staan.

Hedy zag een grote witte vogel in de lucht cirkelen. Opeens kwam het beest op hen af gefladderd.

'Is dat een... witte raaf?' vroeg ze zacht.

De vogel kwam steeds dichterbij, tot hij, tot ieders schrik, neerstreek op de motorkap.

Het was een enorm beest, nog groter dan de raven die Hedy in Londen bij de Tower had gezien. Hij hield zijn kop schuin alsof hij hen aandachtig opnam en kraste één keer. Toen vloog hij met lome slagen een van de nauwe straatjes in. Ze staarden het beest na, Olivia als verstijfd achter het stuur, te verbaasd om in actie te komen. De raaf kwam terug en ging weer op de motorkap zitten. Hij hupte tot vlak bij de voorruit, keek Olivia streng aan en verdween in hetzelfde straatje.

Hedy kreeg een raar, opgewonden gevoel op de plek waar

de sombere bal had gezeten. 'Het lijkt wel alsof hij wil dat we meegaan,' zei ze.

'Dat weet ik zo net niet,' zei haar moeder, 'maar ik geloof wel dat het de goede straat is.' Ze gaf gas, en ze volgden de raaf helemaal tot aan het huis van opa John.

Ze waren er lang niet geweest, maar het huis zag er precies zo uit als Hedy het zich herinnerde: drie verdiepingen van lichte steen met een steil, donker dak. Op het dak stonden gebeeldhouwde figuren en een torentje, dat volgens Olivia 'belvedère' heette en bedoeld was om met het uitzicht te pronken, maar dat Hedy liever zag als een bolwerk van- waaruit je de vijand kon zien aankomen. De zwarte voordeur zat diep weggestopt in het schemerige portaal. De tuin achter het smeedijzeren hek lag vol sneeuw en bladeren. De gezelligheid van hun eigen huis, of de huizen van Hedy's vriendinnen, was ver te zoeken, maar helemaal ongastvrij was het ook weer niet. Het leek meer alsof het huis van opa John heel lang moest nadenken voor het zijn mond opendeed.

De witte raaf die de weg had gewezen – Hedy wist zéker dat het zo was – vloog naar het dak en zat daar even later als een beeld tussen andere, fantasievollere figuren zoals draken en griffioenen.

Hedy gaf Spencer een por en wees. Voor een van de ramen op de bovenste verdieping stond opa John, met zijn witte haar in slordige pieken. Een glimlach trok rimpels in zijn gezicht voor hij bij het raam vandaan stapte. En het volgende moment, veel sneller dan menselijkerwijs mogelijk was, deed hij de voordeur open. Spencers mond viel open en Hedy knipperde verbaasd met haar ogen.

Opa John streek met een hand over de knoopjes van zijn overhemd en draaide een vlug rondje, tot hij weer met zijn gezicht naar hen toe stond. Tot hun verbijstering had hij nu een felgekleurde stropdas om.

'Dames en heren,' zei hij met zijn diepe, warme stem, 'welkom.'

Hedy en Spencer renden naar hem toe om hem een knuffel te geven. Zoals altijd rook hij naar pepermunt en pijptabak. Hedy mat stiekem hoe groot ze al was, blij om te zien dat ze nu tot aan het derde knoopje van zijn overhemd kwam.

'Opa,' begon Spencer onmiddellijk, 'als mijn vinger er per ongeluk af is gehakt, kun jij hem er dan weer aan toveren?'

Opa John pakte Spencers handen beet en keek er uitvoerig naar. 'Volgens mij zitten al je vingers goed vast. Waarom vraag je dat?'

'Hedy gelooft niet in magie,' zei Spencer.

'Tja,' antwoordde opa, 'je zou kunnen zeggen dat het heel verstandig is om niet in magie te geloven.'

Dit verbaasde Hedy; opa John was vroeger een beroemd illusionist geweest.

Hij keek haar een hele poos aan, alsof hij nog iets wilde zeggen, maar er de woorden niet voor kon vinden.

'Wat lijkt ze op mama, hè?' zei Olivia, die bij hen kwam staan. Even wisten zij en haar vader geen van beiden of ze elkaar een zoen moesten geven – en op welke wang dan? – of alleen maar een knuffel.

Opa John schraapte zijn keel. 'Meer dan ooit.'

Ze hadden het over oma Rose, en dat gebeurde bijna nooit. Ze was verdwenen toen hun moeder nog een kind was.

Dat ze op oma Rose leek bracht een tevreden lachje op Hedy's gezicht, tot ze zag dat opa tranen in zijn ogen had. Nu mist hij haar des te meer, dacht ze. Maar voor ze kon bedenken wat ze moest zeggen, kwam haar vader, die de laatste tassen uit de auto had gehaald, met uitgestoken hand op opa John af. Het moment om vragen te stellen was voorbij.

Ook in de hal leek er sinds hun laatste bezoek drie jaar geleden niets veranderd. Eén muur ging helemaal schuil onder gebeeldhouwde koppen en houten beelden. Aan de muur daartegenover, boven een haltafel, hingen twee grote schilderijen in gouden lijsten. Hedy legde haar nieuwe-oude telefoon (een afdankertje van haar vader, dat ze mocht gebruiken zolang haar ouders op reis waren) op de tafel.

De schilderijen waren portretten van personen met een mensenlichaam en de kop van een dier: de ene was een stinkdier en de andere een ekster. Ze droegen ouderwetse kleren en hadden allebei een vreemde verzameling voorwerpen bij zich: sieraden, handschoenen, fruit, een mesje. Gek genoeg waren er ook moderne dingen bij: een Rubiks kubus, een sleutelbos en een cd van een band die The Smiths heette.

'Kijk, mijn team!' zei Spencer, en hij wees naar een muts met het clublogo van West Ham United. Hij maakte een foto met de polaroidcamera die hij sinds zijn verjaardag bijna altijd bij zich had.

'Ik hoop dat jullie het niet erg vinden om samen op één kamer te slapen,' zei opa John intussen. 'Ik vrees dat ik geen tijd heb gehad om er meer dan één op orde te krijgen.'

Nu had hij hun volle aandacht. Hedy kreeg het hopeloze gevoel dat deze vakantie niet zomaar een beetje saai zou worden, maar ronduit stomvervelend. 'Maar ik heb thuis ook een eigen kamer,' probeerde ze.

'Wat is er mis mee om met mij in één kamer slapen?' vroeg Spencer verontwaardigd.

Ze rolde met haar ogen. 'Je ruikt naar apenkont.'

'Dus jij snuffelt aan apenkonten!' zei haar broertje grinnikend.

'Hé!' zei hun moeder met opgestoken wijsvinger. 'Geen gekibbel. Jullie slapen samen op één kamer. En als jullie niet aardig voor elkaar zijn, slapen jullie straks thuis ook op één kamer. En nu brengen we deze tassen naar boven.'

Hedy zuchtte en wilde haar telefoon pakken – maar wacht... opeens stond hij achter op de tafel, tegen het schilderij van het stinkdier aan, met de oordopjes er bijna aan vastgeplakt. Had Spencer dat gedaan?

'Kom, Hedy,' riep Will halverwege de trap. 'Vergeet je kussen niet.'

Hedy keek of er verf aan haar oordopjes zat, wat niet zo was, pakte haar spullen en ging vlug achter de anderen aan.

'Waarom hebben de deuren allemaal een andere kleur?' vroeg Spencer op weg naar boven.

'Dit was vroeger een pension,' antwoordde opa John. 'Misschien omdat de gasten dan beter konden onthouden in welke kamer ze zaten.'

De deur van hun slaapkamer was bruinpaars, maar erg verkleurd. In de kamer stonden twee opgemaakte bedden, en hoewel alle ramen dicht waren rook het er naar verse lavendel.

Aan de muren hingen ingelijste kaarten van alle continenten en beschilderde borden met beroemde bouwwerken van de wereld, zoals de piramides van Gizeh en de Chinese Muur. Aan de voeteneinden van de bedden stonden grote kisten waar Hedy en Spencer allebei makkelijk in zouden hebben gepast.

Spencer rende naar het bed het dichtst bij het raam. 'Hier slaap ik!'

'Opa en ik gaan naar de keuken om thee te zetten,' zei Olivia. 'Kom maar naar beneden als jullie hebben uitgepakt.'

'Maar nergens aankomen onderweg,' zei opa. 'Er zijn hier dingen die niet voor niets achter slot en grendel zitten. Begrijpen jullie dat?'

Hoewel ze het in de auto al tig keer hadden gehoord, klonk opa's waarschuwing zo streng dat ze er stil van werden. Ze knikten. 'Ja, opa.'

Om zijn spullen uit te pakken ging Spencer met tas en al in zijn kist staan. Hij hield de tas ondersteboven, maar er bleef nog iets in achter, en toen hij hem nog een keer optilde om ermee te schudden kreeg hij een sok met knikkers op zijn kop. Hoofdschuddend keek Hedy naar haar slordige broertje. 'Heeft opa niet iets van zes slaapkamers?' vroeg ze. 'Waarom kan ik er dan niet eentje voor mezelf krijgen?'

'Opa heeft een boel verzameld in zijn leven,' zei Will, die een oorlogsschip in een fles stond te bekijken. 'Ik denk dat de andere kamers bomvol zijn.'

Spencers ogen begonnen te glimmen. 'Verzamelt hij ook toverdingen?'

'Het is maar goochelen, Spence,' zei Hedy. 'Hij kan niet echt toveren.'

'En hij doet er niet veel meer aan,' zei Will.

'Niet sinds oma vermist is,' voegde Hedy eraan toe.

Haar vader keek haar verbaasd aan. 'Hoe weet jij dat?'

'Ik heb jullie er een keer over horen praten.' Haar oma kwam zo zelden ter sprake dat Hedy gespitst was op elke opmerking die over haar ging, ook als het niet de bedoeling was dat ze meeluisterde.

'Wat heeft opa's magie met oma te maken?' vroeg Spencer.

Will slaakte een diepe zucht. 'Al sla je me dood, Spence,' zei hij, maar Hedy had het idee dat hij meer wist dan hij wilde zeggen. 'Kom. Jullie hebben een paar weken de tijd om het hem allemaal te vragen. Ik durf te wedden dat jullie heel wat interessante verhalen te horen zullen krijgen.'

In de keuken heerste een orde die scherp afstak tegen de rommel in de rest van het huis, alsof iemand anders er de scepter zwaaide. Het was er schoon en fris, de ramen boden uitzicht op de winterse achtertuin en er was nog een deur naar een wasruimte. Opa John zat met een kop thee aan de eikenhouten tafel en liet twee kleine stalen balletjes tussen zijn vingers door rollen. Eronderdoor en eroverheen gingen ze, alsof ze met elkaar dansten. Spencer rende nieuwsgierig naar opa toe en kon zijn ogen niet van de balletjes afhouden. Glanzend achtervolgden ze elkaar rond opa's polsen en handen – en toen opeens waren ze weg. Will en Olivia klapten. Opa John keek glimlachend naar Spencer.

'Jij zei dat hij niet meer aan magie deed!' zei Spencer triomfantelijk tegen Hedy.

'Dat wás geen magie,' zei Hedy, 'dat is gewoon weten hoe je iets cools kunt doen met je handen. Toch, opa?'

'Precies. Geen magie in dit huis. Alleen goocheltrucs.' Het klonk alsof hij zichzelf herinnerde aan een regel die nooit mocht worden overtreden.

Boven dikke plakken citroencake nam Olivia een A4'tje met instructies voor Spencers astma met opa John door, waarna ze haar kinderen maande om hun thee op te drinken en voor de honderdzoveelste keer op het hart drukte van opa's spullen af te blijven.

En toen was het tijd om afscheid te nemen. Op slag was de sombere bal weer terug in Hedy's hart. Ze omhelsden elkaar op de veranda, en toen Spencer en Olivia begonnen te snotteren, merkte Hedy dat ook zij tranen in haar ogen kreeg. Zelfs haar vader keek een beetje lodderig. 'Zorg goed voor Spence,' zei hij met zijn mond in haar haren. 'Dan zien we jullie met kerst weer.'

'Doe ik.' Ze zag dat haar moeder iets in Spencers oor fluisterde, waarna hij met een dappere glimlach haar kant op keek.

De rode auto startte sputterend, en Will en Olivia zwaaiden uit de open raampjes tot ze om de hoek verdwenen.

'Wat zei mama tegen je?' vroeg Hedy.

Spencer zette de bonten vliegeniersmuts die hij net van zijn vader had gekregen op zijn hoofd. 'Dat ik goed voor jou moet zorgen,' antwoordde hij terwijl hij opa's hand pakte. 'En samen moeten we goed voor opa zorgen.'

HOOFDSTUK 2

EEN LIJST MET EEN DIKKE LAAG STOF

Hedy en Spencer hielpen opa John met de afwas, want ze hadden nog geen idee wat ze anders konden doen. Onder het afdrogen van de vorkjes slenterde Hedy naar de koelkast, die schuilging onder een lading magneten. Tussen het Eiffeltorentje uit Parijs, het mini-Vrijheidsbeeld uit New York en allerlei tempeltjes en kasteeltjes zaten gekleurde letters, van het soort waar zij en Spencer mee hadden gespeeld toen ze klein waren. De letters vormden een boodschap: WELKOM BIJ ONS THUIS. Spencer kwam kijken waar ze naar keek, zoals hij zo vaak deed. Van andere letters maakte hij BEDANKT.

'Wat eten we vanavond, opa?' vroeg hij.

'Spence,' zei Hedy snuivend, 'we hebben net cake op, vreetzak.'

'Ik zeg toch niet dat ik nú honger heb.'

Opa John kwam bij hen staan en trok het deurtje van de vriezer open. 'Even kijken wat mevrouw Vilums heeft klaargemaakt.'

'Wie is mevrouw Vilums?' vroeg Spencer.

'Die doet het huishouden en kookt af en toe voor me.' Hij haalde drie bakjes uit de vriezer, met plakkertjes waarop VRIJDAG, ZATERDAG en MAANDAG stond. 'Welke willen jullie?' vroeg hij. 'Jullie mogen kiezen.'

'Wat zit erin?' vroeg Spencer.

Opa John trok een sullig gezicht. 'Dat weet ik eigenlijk niet meer.'

'Het is vandaag zaterdag, dus ik neem maandag,' zei Spencer. 'Dan is het net tijdreizen.'

Hedy nam zaterdag, wat volgens haar lasagne was.

'Prima,' zei opa. 'Dan neem ik vrijdag. Gehakt met aardappelpuree, zo te zien.' Hij zette de bakjes op het aanrecht, waar ze konden ontdooien, en leek het toen opeens niet meer te weten. 'Tja, en wat doen we nu?'

'Heb je wifi, opa?' vroeg Hedy.

'Wie z'n moeder?' antwoordde opa.

Ze zaten zonder internet. Zonder computerspelletjes. Zonder vrienden. Zonder bereik. Ze dwaalden een tijdje door de tuin en kwamen een paar ongewone beelden tegen, maar toen er natte sneeuw begon te vallen gingen ze weer naar binnen. Opa probeerde hun een kaartspel te leren, maar ze konden de regels niet onder de knie krijgen.

Steunend op zijn armen liet Spencer zich steeds dieper vooroverzakken, tot hij bijna met zijn hoofd op tafel lag.

Lange, saaie dagen strekten zich voor hen uit, en Hedy begon bang te worden dat ze niet genoeg boeken bij zich had.

Dus toen de bel ging, sprongen ze allebei van hun stoel, hopend op een verzetje.

'Wat is er?' vroeg opa verbaasd.

'De bel!' riepen ze in koor.

Opa John stond een beetje verstoord op. Mopperend op zijn slechte oren liep hij met grote stappen de hal in. Hij gluurde door het kijkgaatje in de deur en snoof verachtelijk. 'Ouwe bemoeial die je bent.'

'Wie is het?' vroeg Spencer.

Met een knipoog draaide opa de vier sloten open. Buiten stond een man met een grijze baard en een brede grijns op zijn gezicht. Hij was groter dan opa John en had een flinke buik, maar ze hadden precies dezelfde ogen en neus. Het was hun oudoom Peter, de broer van opa John. Ze moesten 'oom' Peter tegen hem zeggen, want dat 'oud' gaf hem het gevoel dat hij oud was.

'Wat kom je doen?' vroeg opa John zonder te groeten.

'Ik kom mijn familie opzoeken, ouwe chagrijn,' snauwde oom Peter.

'Je bent papa en mama misgelopen,' zei Spencer. 'Die zijn al weg.'

'Echt? Wat jammer nou, ik was aan het bijpraten met een goede vriend die bijna net zoveel kletst als ik. Maar nu ben ik hier om hallo te zeggen!' Hij spreidde zijn armen en drukte de kinderen tegen zich aan.

'Dan wil je zeker ook thee?' zei opa John met een zucht.

'Heel graag, man.'

Terwijl ze achter opa aan naar de keuken liepen, fluisterde oom Peter: 'Het verbaast me dat jullie bij je opa mogen logeren, als je bedenkt hoe vreselijk hij het vindt als er mensen aan zijn spullen zitten! Ik hoop dat jullie niet bang zijn in deze griezelige oude kast.'

'Nee,' zei Hedy in een vlaag van trouw aan haar grootvader, 'we vinden het juist cool.'

'Ik ben best een beetje bang,' bekende Spencer.

Oom Peter knikte begrijpend. En wat harder zei hij: 'Als jullie bij mij willen komen, zeg je het maar gewoon tegen je opa. Ik woon maar een halfuur verderop, al zou je denken dat ik op de Noordpool zit, zo vaak als John en ik elkaar opzoeken. En jullie neef en nicht wonen om de hoek. Jullie zagen elkaar voor het laatst toen jullie nog heel klein waren – belachelijk, gewoon belachelijk. Ze zijn van jullie leeftijd.'

Hedy herinnerde zich dat haar moeder het wel eens over die neef en nicht had gehad.

'Ik wil dat opa me leert toveren terwijl ik hier ben,' hintte Spencer.

'Ah, maar ik kan ook toveren, hoor, je kunt een boel van me leren,' zei oom Peter. 'Ik was beroemder dan jij, toch, John?'

Opa John zette de theepot op tafel. De stoom kringelde uit de tuit. 'Nadat ik met pensioen was, misschien.' Hij dacht even na. 'Nee. Ook toen niet.'

Oom Peter aaide kuchend over zijn baard. 'Het wordt tijd dat jullie je neef en nicht weer eens zien. Angelica en Max. Ze weten dat jullie hier logeren en staan te trappelen om te komen.'

Hedy en Spencer keken elkaar hoopvol aan.

'Mogen ze alsjeblieft komen, opa?' vroeg Hedy.

‘Wat? Nog meer van jullie?’ protesteerde hij.

‘Toe?’

Opa wees naar oom Peter. ‘Dit is jouw schuld. We hadden ons helemaal ingesteld op twee rustige weekjes.’

‘Ha!’ zei oom Peter. ‘Wat is daar nou voor lol aan?’

Oom Peter bleef een uur. Hij kletste gezellig met Hedy en Spencer en maakte grappen met hen. Hij had een melodieuze stem, perfect voor het theater, waarmee hij illusionisten imiteerde die hij gekend had, onder wie opa John. Hedy en Spencer waren teleurgesteld toen het tijd was om hem uit te laten.

‘Ik kom morgen of overmorgen langs met Angelica en Max,’ beloofde hij toen hij zijn hoed van de haltafel nam. Hedy wist zeker dat hij hem had neergelegd met de rand naar beneden, maar nu lag hij omgekeerd, als een kom die klaarstond om te worden gevuld. De anderen leken het niet in de gaten te hebben. Had ze het verkeerd onthouden? Er was iets vreemds met deze haltafel, besloot ze. Maar voor ze er een vraag over kon stellen gaf oom Peter hun een laatste knuffel, waarna hij zwaaiend in zijn auto stapte en de heuvel af reed.

Onder het eten was opa John opvallend stil. Zijn stemming hing als een grijze mist boven de tafel en dempte het gekwebbel van de kinderen. Vond hij het vervelend dat ze er waren? De bijna-stilte duurde voort tijdens de afwas, en Hedy was opgelucht toen opa zei dat het bedtijd was.

‘Ik ben benieuwd hoe lang het zou duren om al oom Peters trucs te leren,’ zei Spencer op weg naar boven.

‘Jaren, wed ik.’

'Ik ben benieuwd hoe oud opa was toen hij begon.'

'Waarom vraag je het hem niet?' Hedy merkte dat haar broertje steeds dichter bij haar kwam lopen. 'Wat doe je?'

'Het is hier veel en veel groter dan bij ons thuis,' zei hij. 'Ik wou dat opa meer lampen aandeed.'

'Doe niet zo schijterig.'

Ze kwamen langs de kamer naast die van hen. De deur, die ooit donkergroen moest zijn geweest, stond op een kier. 'Laten we even binnen kijken,' zei Hedy zacht. De deur piepte toen ze hem openduwde.

'Hedy!'

'Komt goed, Spence, hij hoort het toch niet.'

'Opa wil niet dat we in zijn spullen neuzen!'

Voorzichtig stapte Hedy over de drempel. 'Hou jij maar de wacht.'

Maar Spencer volgde haar de kamer in en wilde zo graag heel dicht bij haar blijven dat hij tegen haar op botste. 'Ik haat de wacht houden.'

De kamer was van de vloer tot aan het plafond afgeladen: rond het berenvel op de grond torenden stapels dozen; planken bogen door onder boeken, klokken en vreemde koperen voorwerpen die Hedy niets zeiden; botten en gedroogde planten zaten in grote glazen potten, en vanaf een van de muren keek een kolossale opgezette hertenkop op alles neer. Aan een andere muur hing een stoffig metalen ding dat eruitzag als een dikke bos veren. De veren waren zo lang als haar onderarm, sommige van koper, andere van een dof, zilverachtig metaal, opgevouwen als een Chinese waaier. Ze vroeg zich af wat het zou voorstellen als je ze uitvouwde.

Hedy schuifelde naar een plank en kon het niet laten

om een vinger uit te steken naar een klein, maar levensecht beeldje van een Romeinse wagenmenner. Zijn zweep en de manen en staart van de paarden golfden op een denkbeeldige wind. Op het moment dat ze het beeldje aanraakte hoorde ze een heel zacht gehinnik, en het geroffel van paardenhoeven.

Spencer gaf haar een harde por. 'Niet aankomen!'

Voor ze iets terug kon zeggen, klonk er achter hen een zware bons. Geschrokken draaiden ze zich om.

'Wat was dat?' fluisterde Spencer paniekerig.

Op de grond, midden in de kamer, lag een dik, in leer gebonden plakboek.

'Er viel gewoon een boek van een plank,' zei Hedy. Maar haar hart klopte in haar keel.

'Hoe dan?' vroeg Spencer. 'We waren niet eens in de buurt.'

Zonder antwoord te geven bukte Hedy zich om het boek op te rapen. Er viel een foto uit, van een vrouw die op hun moeder leek. Ze droeg een kort jurkje met franjes aan de zoom en een zijden hoge hoed.

Ze zag eruit als een goochelaarsassistente.

Spencer keek over Hedy's schouder mee. 'Wie is dat?'

'Hm,' zei Hedy schokschouderend, al had ze een sterk vermoeden.

En prompt begon de vloer te golven. Een bobbel in het hout, ongeveer zo groot als haar vuist, beschreef een slingerende boog, eerst langzaam en daarna steeds sneller.

'Argh!' gilde Spencer.

Hedy fluisterde dat hij stil moest zijn – ze wilde niet worden betrapt – maar het golven in de vloer joeg ook haar de stuipen op het lijf. Dicht tegen elkaar aan zagen ze de bobbel dichterbij komen, tot hij zo'n halve meter bij hen vandaan onder een donkerbruine knoest in het hout tot stilstand kwam. De bobbel verdween, en de vloer zag er weer heel gewoon uit. Behalve dan... dat de knoest even samentrok en weer uitzette, alsof hij knipoogde.

Op dat moment hoorden ze opa John de trap op komen om welterusten te zeggen. Hedy propte de foto in de zak van haar badjas, pakte Spencer bij de hand en glipte de kamer uit.

Ze lagen in bed toen opa John hun kamer in kwam. Terwijl ze met haar moeders gestreepte sjaal om in de kussens lag, kwam Hedy's hart langzaam weer tot bedaren. Hadden ze zich dat rare ding in het hout misschien alleen maar verbeeld?

'Opa, ik ben bang,' zei Spencer met ogen zo groot als schoteltjes.

'O? Waarvoor dan?'

Hedy wist dat Spencer op het punt stond hen allebei in de problemen te brengen. 'Hij mist papa en mama,' zei ze snel, en ze keek Spencer aan met een blik van: houd je grote mond dicht, anders zijn we de klos.

Spencer keek terug met een blik die zei: val me niet in de rede – maar ook: oké, ik zeg al niets meer.

Opa John, die afwezig door de kamer scharrelde, merkte niets van dit woordeloze gekibbel. 'Papa en mama missen jullie vast ook,' zei hij. 'Lezen ze jullie voor bij het naar bed gaan? Ik deed dat vroeger nooit bij je moeder. Misschien had ik dat wel moeten doen. Zal ik iets voorlezen?' Hij nam een oude pocket van een plankje. 'Dit boek is van jullie oma geweest,' zei hij zacht. Een lange, trage zucht kwam uit zijn borst omhoog, en het leek wel alsof hij een beetje kromp.

'Wat was oma voor iemand?' vroeg Hedy.

Opa legde het boek neer en pakte twee metalen ringen, ongeveer zo groot als een voetbal. Hij begon ermee te spelen en liet ze behendig in en uit elkaar gaan alsof hij aan het toveren was. Hedy en Spencer konden met geen mogelijkheid ontdekken hoe hij dat deed.

'Iedereen die Rose kende, hield van haar,' zei hij zacht. 'Ze had een groot gevoel voor humor. En ze was heel vrijgevig.'

'Hoe heb je haar leren kennen?' vroeg Hedy. De ringen balanceerden nu, onwaarschijnlijk genoeg, zonder wankelen boven op elkaar.

'Ik haalde haar tijdens een voorstelling uit het publiek.'

'Was ze ook je assistente?'

Hier gaf hij geen antwoord op. Hij staarde in een verte die ver voorbij de muren van hun slaapkamer reikte.

'Opa?'

'Hm? Wat zei je, lieverd?'

'Wat is er met oma gebeurd?'

De ringen begonnen te trillen, en even later kletterde de bovenste op de grond. Opa John keek ernaar en zei: 'Een mislukte truc.'

Spencer schoof, bang maar geboeid, dieper in het holletje dat hij van zijn dekbed en kussen had gemaakt.

Opa raapte de ringen op en vervolgde op zachte toon: 'Ik had een kist voor mijn show. Een groot ding waar ik van alles in kon laten verdwijnen. Ik had hem zelf gemaakt. De Kaleidos. Zo noemde ik hem. Het was een briljante vinding, een doorslaand succes.' Hij glimlachte even. 'Maar op een avond ging het mis met mijn magische kist. En zomaar opeens was ze... echt weg.'

Hij wendde zich af, legde de ringen terug op de plank en begon een van de oude kaarten aan de muur te bestuderen. Zachtjes snoot hij zijn neus. Hedy keek intussen stiekem naar de foto in de zak van haar badjas. De vrouw die zo op hun eigen moeder leek, moest hun vermiste oma Rose zijn.

'Opa, wil je blijven tot ik in slaap val?' vroeg Spencer half fluisterend.

'Maar Hedy is toch bij je?'

'Die ligt helemaal daar!'

Toen opa haar dekbed instopte, zag Hedy dat zijn ogen een beetje nat waren. Aarzelend gaf ze hem een knuffel. 'Gaat het, opa?'

Hij knipoogde ernstig, zette een stoel naast Spencers bed en deed het licht uit.

Hedy werd wakker van opa John die de kamer uit ging. Ze keerde haar kussen om en trok het dekbed over haar hoofd, maar de slaap wilde niet meer komen. De maan scheen door de kier tussen de gordijnen, en uiteindelijk stapte ze uit bed om haar zaklamp uit de kist aan haar voeteneinde te halen. Nadat ze had gecontroleerd of de foto van oma Rose nog in haar zak zat, sloop ze de gang op.

Ze glipte de kamer naast hen in, deed de groene deur net niet helemaal dicht en pakte het plakboek. De eerste helft zat vol krantenknipsels, advertenties en flyers voor de shows van 'De illustere John Sang, Illusionist'. Soms was een jonge John Sang het voorprogramma, soms een andere illusionist van wie Hedy nooit had gehoord. Er was er een die zijn eigen hoofd afhakte (ieuw, dacht ze), een die een tijger uit een mand leek te toveren en een die in een röntgenfoto van zichzelf veranderde. Er waren veel foto's van opa John en ook een paar van oma Rose. Ze zagen er blij uit.

Hedy vond de pagina waar de foto in haar zak thuishoorde en stopte hem terug. Toen ze het plakboek weer op de plank wilde leggen, leek er een heel zacht briesje langs haar oor te strijken.

Denkend aan de bobbel in de vloer draaide ze zich met een ruk om. Ze zag niets bewegen, maar ze stootte tegen een tafeltje, en de grote fotolijst die erop stond wankelde. Ze bukte zich en richtte haar zaklamp op de foto.

Er zat een dikke laag stof op het glas, maar ze herkende John en Rose en een peuter (haar moeder, nam ze aan), die met feesthoedjes op de kaarsjes op een taart uitbliezen. En terwijl ze naar de foto keek, verschenen er woorden in het stof, alsof ze er met een onzichtbare vinger in werden geschreven:

ZOEK MIJ.

HOOFDSTUK 3

SUTTONS WARENHUIS

Het gedempte *trrrring* van een telefoon beneden haalde Hedy de volgende ochtend uit haar slaap. Ze deed langzaam één oog open en zag de zon hun kamer binnen glippen. Tegen haar rug, de andere kant op gekruld, lag Spencer zachtjes te snurken. Met een schok herinnerde ze zich wat er de vorige avond was gebeurd.

ZOEK MIJ.

Huiverend, klaarwakker nu, trok ze de dekens op tot onder haar kin. Ze was zo bang geweest toen die woorden door wie-wist-wat in het stof werden geschreven dat ze de fotolijst met een gilletje had omgestoten, terug was geracet naar de slaapkamer en de deur met een roekeloze knal dicht had gegooid. Ze was bij Spencer in bed gedoken en had zich heel stilgehouden, al vlogen haar gedachten alle kanten op.

Eerst was er dat bewegende ding in de vloer, en nu weer een of andere geest die gevonden wilde worden. Hedy geloofde niet eens in geesten, maar het probleem was dat deze geest wel in háár scheen te geloven.

Terwijl ze nog moed probeerde te vatten om uit bed te gaan zonder Spencer wakker te maken hoorde ze de voetstappen van opa John op de gang. 'Hedy! Spencer! Jullie vader en moeder aan de telefoon.'

Spencer was op slag wakker, en voor Hedy hem wat dan ook kon vertellen, liet hij zich half verstrikt in de lakens uit bed rollen. 'Ik wil eerst!'

Hedy stond ook op, want ze bleef liever niet alleen in de kamer.

Opa John wachtte op haar terwijl haar broertje met twee treden tegelijk de trap af holde. 'Goed geslapen?' vroeg hij.

Ze aarzelde. Zou hij boos worden als hij wist waar ze was geweest? Zou hij denken dat ze gek was en het aan hun ouders vertellen en zeggen dat ze meteen naar huis moesten komen? Als ze hun werk afbraken, kregen ze misschien niet nog een keer de gelegenheid om ergens te graven. Hedy wilde niet haar kans verspelen om ooit nog met hen naar Egypte te gaan. Dus knikte ze maar van ja en hield opa's hand stevig vast op weg naar beneden. Deze ochtend bekeek ze het huis met heel andere ogen.

'Nee!' zei Spencer met de telefoon in zijn hand. 'Hedy heeft bij mij in bed geslapen, ze was als de dood!'

Opa John keek Hedy aan en trok zijn ruige, grijze wenkbrauwen op.

'Spencer kneep 'm vannacht een beetje, dus ben ik maar even bij hem gaan liggen,' zei ze, al gaf de leugen haar een rotgevoel.

'En jij... had nergens last van?' vroeg opa.

Zal ik het hem vertellen? dacht ze in een flits, maar ze besloot het niet te doen. 'Nee, ik heb lekker geslapen.'

Hij ontspande zich. 'Mooi. Wat denk je van een zachtgekookt eitje voor het ontbijt?'

Toen opa zich naar de keuken haastte, wenkte Spencer zijn zus. Met zijn hand op het spreekgedeelte van de grote, kromme hoorn fluisterde hij: 'Mag ik mama vertellen over dat rollende ding in de vloer?'

'Nee, niet doen,' fluisterde Hedy terug. 'We mochten daar helemaal niet zijn, weet je nog? Ik moet je trouwens nog iets anders vertellen.'

'Wat dan?'

Ze nam de hoorn van hem over. 'Straks.'

'Hedy,' vroeg haar moeder, 'heb je vannacht echt bij Spencer in bed geslapen? Wat was er dan?'

Bijna vertelde Hedy wat voor vreemde dingen ze allemaal hadden gezien, maar Olivia's bezorgde toon hield haar tegen. Ze zijn daar nog maar net, dacht ze, ik kan ze moeilijk terug laten komen voor geesten die niet eens bestaan. 'Niks. Het was gewoon voor de gezelligheid,' zei ze, en om haar moeder ervan te overtuigen dat er niets aan de hand was begon ze duizend vragen over Spanje te stellen.

Opa John was achter gootsteen en fornuis druk in de weer met een steelpannetje. Spencer dekte intussen de tafel. In de warme keuken, met de geur van boter en geroosterd brood, ebde Hedy's angst van de afgelopen nacht geleidelijk weg.

'Opa,' zei Spencer, 'ken jij Merlijn?'

'Merlijn? De tovenaar?' Opa hield drie gekookte eieren

in zijn hand en hield ze boven zijn hoofd. 'Hoe oud denk je dat ik ben?'

'Weet ik niet. Hoe oud is Merlijn?'

'Spencer, Merlijn leefde honderden jaren geleden,' zei Hedy. Samen zagen ze hoe opa de eieren door zijn handpalm liet rollen.

'Bommen los,' zei hij zacht. Met een wonderbaarlijke precisie mikte hij de eieren in de drie eierdoppen op het aanrecht. Het kraakte toen ze neerkwamen, maar ze veranderden niet in geelwitte pulp, zoals je zou verwachten van eieren die van zo hoog vielen.

'Hoe deed je dat?' vroeg Spencer, die was toegesneld om de eieren te bestuderen en bij een ervan voorzichtig een klein stukje schaal los pulkte.

'Van Merlijn geleerd,' grapte opa John.

'Wil je mij dat alsjeblíéft ook leren, opa?'

'Wil jij de melk even pakken, Hedy?' vroeg opa glimlachend.

Voor de deur van de koelkast bleef Hedy roerloos staan. Gisteren zeiden de lettermagneetjes WELKOM BIJ ONS THUIS. Nu stond er ZOEK MIJ.

'Opa,' vroeg ze zacht, 'heb jij dit geschreven?'

Opa John zette borden op tafel en kwam naar haar toe. 'Spencer, was jij dit?' vroeg hij streng.

Spencer schudde zijn hoofd.

Opa John schoof de letters uit elkaar en trok de koelkastdeur open. 'Oké, dat was flauw van me. Het was een domme grap.'

Weten wanneer iemand loog, was een van Hedy's grote talenten. Het was een combinatie van goed luisteren en kijken hoe de ander zich bewoog en wat voor gezicht hij trok. Als hij haar niet gewoon aankeek, druk deed met z'n handen, z'n schouders optrok en z'n stem een beetje de hoogte in liet gaan, werd de speurhond in haar wakker. En op dit moment zat die speurhond kaarsrecht, met zijn neus naar opa John gericht. Die sprak namelijk niet de waarheid.

Na het ontbijt gaf opa John zijn kleinkinderen wat geld om mee naar het dorp te gaan. 'Jullie willen vast wel even naar buiten,' zei hij terwijl hij hun jassen aangaf. 'En we moeten koekjes hebben. Jullie neef en nicht komen straks op de thee.'

Het was stil in de straatjes van het dorp. Tegen de hekken lagen verleidelijke hoopjes sneeuw (die Spencer uitnodigden ze weg te schoppen) en tussen de lantaarnpalen hingen lange slingers van kersttakken, versierd met rode linten en gouden klokjes. Bij elk huis herinnerde er wel iets aan kerst: een wit berijpte krans aan de voordeur of een bord in de tuin waarop de Kerstman werd gevraagd om langs te komen. Het huis van opa John was het enige zonder kerstversiering, bedacht Hedy met een blik op de heuvel achter hen.

Toen ze op veilige afstand waren, tikte ze Spencer op zijn schouder. 'Gisteravond toen jij al sliep, gebeurde er iets geks.'

'Wat dan? Dat ding in de vloer weer?'

Ze schudde haar hoofd. 'Ik was naar die andere kamer gegaan om de foto terug te leggen. Dat was oma Rose trouwens, weet je.'

Spencer onderdrukte een rilling. 'Ik ben bang voor die kamer.'

'Zo erg was het niet. Behalve dan wat er op het laatst gebeurde. Ik keek naar een foto in een lijst. Mama stond erop als kind, met opa John en oma. En toen...' Ze keek om zich heen. Er was niemand te zien. '...verschenen er zomaar woorden in het stof. Alsof een onzichtbaar iemand ze schreef met z'n vinger.'

Spencers mond viel open. 'En wat stond er?'

'ZOEK MIJ.'

'Dat stond ook op de koelkast!'

'Weet ik.'

'Zoek wie?'

'Weet ik niet.'

'En hoe dan?'

'Weet ik niet. Meer stond er niet. Daarna ben ik teruggerend naar onze kamer.'

Spencer keek naar het huis op de heuvel. 'We moeten het tegen opa zeggen.'

'Nee, nog niet. We mochten helemaal niet in die kamer komen, weet je nog?'

'Jij ging als eerste naar binnen, niet ik!'

'Maar jij bent mijn handlanger.'

Hij fronste zijn wenkbrauwen. 'Ik weet niet eens wat dat betekent.'

'Dat betekent dat je me geholpen hebt,' zei Hedy. 'Ik weet zeker dat opa loog toen hij zei dat hij die woorden op de koelkast had geplakt. Ik denk niet dat we het er al met hem over kunnen hebben.'

'Maar waarom zou hij liegen?'

'Dat weet ik ook nog niet, Spence. Maar niets zeggen. Zweer het.'

'Wel tegen papa en mama?'

Hedy knarsetandde. Al die vragen! 'Alleen als je echt een vinger kwijt wilt!'

Spencer keek haar kwaad aan, keerde haar de rug toe en beende met grote stappen naar de winkels. Hedy haalde diep adem. Ze vond het rot dat ze uit haar slof was geschoten, maar waarom vertrouwde hij er niet gewoon op dat ze alleen maar wilde voorkomen dat ze last kregen? Voor het eind van de straat had ze hem ingehaald.

'Niet bang zijn, Spence, ik zorg wel dat je niets overkomt. Dat beloof ik.'

Hij keek haar bezorgd aan. 'Maar wat als ík niet kan zorgen dat jou niets overkomt?'

Ze aaide hem over zijn hoofd, dat bijna verdween onder hun vaders veel te grote vliegeniersmuts. Op die vraag had ze geen antwoord.

Midden in Marberry's Rest stond Suttons Warenhuis. De winkelruit glansde in de heldere winterlucht, en in de etalage stond een houten kerststal met echt stro in de kleine kribbe. Hedy en Spencer duwden tegen de deur, waarop een belletje rinkelend hun komst aankondigde. Het rook lekker binnen, naar gemberkoekjes, warme chocolademelk en verse pasteitjes.

Achter de toonbank zat een vrouw met blozende wangen te breien. Haar lichaam was strak ingesnoerd in een rood-groen schort, waar ze een hele verzameling broches op had gespeld.

'Ze lijkt wel een kerstboom,' fluisterde Spencer.

De vrouw legde glimlachend haar breiwerk neer. Hedy zag dat de glimlach gemeend was, maar ze wist ook dat de vrouw zo meteen een hele lading vragen op hen af zou vuren.

'Goedemorgen!' begon de vrouw.

'Hallo,' antwoordden Hedy en Spencer tegelijk. Hedy liep een beetje aarzelend naar de grote koeling achter in de winkel.

'Kan ik jullie ergens mee helpen?' vroeg de vrouw.

'We komen melk en koekjes kopen,' zei Spencer.

'De melk staat daar in de koeling,' zei de vrouw op het moment dat Hedy haar hand naar de deur uitstak, 'en hier bij mij liggen verse zandkoekjes. Vanochtend bezorgd.'

'Dank u wel,' zei Spencer met een verlekkerde blik op de goudgele koekjes in de vorm van kerstbomen en sterren en sneeuwpoppen. 'Verkoopt u ook polaroidfilm?'

De vrouw kneep één oog dicht, alsof ze in haar hoofd een lijst van producten en locaties langsliep. Met een triomfantelijk 'Aha!' kwam ze achter de toonbank vandaan. Vergezeld van drie katten, die tussen haar benen door slalomden, liep ze het middenpad af.

De bel rinkelde weer, en een oudere vrouw kwam de winkel binnen. 'Hallo, Melanie!'

'Dag, Lisa! Ik kom zo bij je, lieverd!' riep de winkeldame, waarna ze zachter vervolgde: 'Polaroidfilm, hè? Daar is drie winters geleden voor het laatst naar gevraagd.' Aan het eind van het pad zette ze een ladder neer, om vervolgens haar forse lichaam de treden op te hijsen. 'Dat was het jaar dat een grote vogel meneer Godfreys toupet zó van zijn hoofd griste en er in de tuin van mevrouw List een nest van maakte.' Ze pakte twee dozen film van de bovenste plank en blies het stof eraf. 'Zijn jullie... op doorreis met jullie ouders?'

'We logeren de hele kerstvakantie bij onze opa,' zei Spencer.

Het gezicht van de vrouw klaarde op. 'Ah! Dan zijn jullie de kleinkinderen van meneer Sang! Heb ik gelijk?'

Spencer knikte.

'Wat leuk dat jullie er zijn. Ik ben mevrouw Sutton. Jullie zijn Spencer en Hattie, toch?'

'Hedy,' zei Spencer. 'H-E-D-Y.'

Mevrouw Sutton knikte. 'O ja, zo was het. Hedy. Net als de actrice – actrice en uitvindster moet ik eigenlijk zeggen. Prachtig, prachtig. Ja, Peter had het er een paar maanden geleden al over dat jullie zouden komen.'

'Kent u onze oom Peter?' vroeg Spencer verrast.

'O ja, ik ken zo'n beetje iedereen in dit dorp. Wat een lolbroek is die Peter, hè? Hij kwam heel vaak in Marberry's Rest voordat...' Haar gezicht betrok terwijl ze iets ergs van lang geleden door haar hoofd liet gaan. 'Nu bijna nooit meer. Maar dat terzijde. Ik kende jullie moeder ook toen ze nog klein was. In geen jaren gezien. Wat fijn voor meneer Sang dat jullie bij hem logeren. Dat brengt een beetje leven in de brouwerij! Nu ga ik Lisa even helpen, kijken jullie nog maar wat rond als je wilt.'

Er viel niet veel te kijken, want de winkel was niet zo groot. Hedy en Spencer slenterden langs de keurig ingedeelde vakken en vingen intussen onwillekeurig flarden op van het gefluisterde gesprek tussen mevrouw Sutton en haar klant.

'...de kleinkinderen van John Sang...'

'...haar nooit gevonden...'

'...zal er wel vandoor zijn gegaan...'

'...moet er niet aan denken wat er anders... daarom blijf ik uit de buurt...'

'...krijgt zo goed als nooit bezoek...'

'...hoorde dat z'n collega's niet zo dol op hem waren... vond zichzelf heel wat...'

Hoewel ze wel wisten dat hun familie onderwerp van gesprek was, liepen de kinderen terug naar voren. De twee vrouwen, die met hun hoofden dicht bij elkaar hadden staan praten, kuchten en deden allebei vlug een stap naar achteren.

'En hoe vinden jullie het bij jullie opa?' vroeg mevrouw Sutton met een schuldbewust lachje.

Hedy en Spencer keken elkaar aan. Wat moesten ze zeggen, met die geest en dat rare ding in de vloer en de vreemde buien van opa John?

'We zijn gisteren pas gekomen,' zei Hedy voorzichtig.

De andere klant, Lisa, bekeek hen met onverholen nieuwsgierigheid. 'Vinden jullie het geen eng huis? "Het mysterieuze huis op de heuvel", wordt het hier wel genoemd.' Ze tuitte afkeurend haar lippen.

'Nou...' begon Spencer, maar Hedy viel hem in de rede.

'Mogen we alstublieft veertien van die kerstboomkoekjes?'

Mevrouw Sutton stopte de koekjes in een kartonnen doosje en deed er nog twee plakken kerstcake bij. 'Je moet niet alles geloven wat de mensen hier roepen,' zei ze. 'En zeg tegen je opa dat mevrouw Sutton heeft gezegd dat hij de kerstpudding vandaag nog moet bestellen. En hij moet ook een boom kopen. Je kunt geen kerst vieren met kinderen en geen boom in huis hebben! Een mens hoeft niet élk jaar de pest in te hebben.'

HOOFDSTUK 4

DE BERMUDADRIEHOEK

Op het moment dat Hedy en Spencer het pad naar het huis op liepen, stopte oom Peters auto achter hen. De portieren vlogen open, en meteen golfde er een enorm lawaai naar buiten.

'Potverdorie, wat een goeie timing!' riep oom Peter. 'Hier zijn jullie neef en nicht, zoals beloofd. Max en Angelica.'

Er was geen twijfel mogelijk dat de jongen en het meisje broer en zus waren: ze hadden dezelfde grote bruine ogen, dezelfde wilde zwarte krullen en hetzelfde ronde neusje. Angelica, die de oudste was, stormde op Hedy af, stak alsof het de gewoonste zaak van de wereld was een arm door de hare en gluurde in het papieren tasje in haar hand. 'Gemberkoekjes van mevrouw Sutton?' vroeg ze.

Hedy was even van haar stuk gebracht. Angelica en zij waren nog heel klein toen ze elkaar voor het laatst zagen, dus ze waren praktisch vreemden voor elkaar. Maar Angelica lachte zo lief naar haar dat ze als vanzelf teruglachte. 'Eh, ja. Tenminste, het zijn zandkoekjes.'

Max, die een jaar of zes moest zijn, gilde 'Hallo!' en begon door de tuin te rennen, springend over plassen en boomstronken. Hij zag eruit alsof hij zijn kleren uit de verkleedkist had gehaald: op zijn hoofd stond een zwarte hoge hoed, een soepele zwarte cape wapperde van zijn schouders en er sliertte een tijgerstaart achter hem aan.

Angelica liep met Hedy naar de voordeur. 'Ik zweer het je, die gemberkoekjes móét je proeven. Die zijn zó lekker.'

Hedy gaapte haar nichtje aan, ze kon er niets aan doen. Haar haar stond in de vorm van twee gedraaide hoorns recht op haar hoofd, onder haar paarse jas staken maffe rode kousen uit, en haar knalgele regenlaarzen knerpten op het besneeuwde tuinpad. 'Niet normaal meer dat we elkaar al die jaren niet gezien hebben,' vervolgde Angelica. 'Ons hele leven zo ongeveer. Maar ik weet wel waarom het zo lang heeft geduurd.'

'O. Eh... waarom dan?' Hedy kon de plotselinge wendingen in Angelica's gekwebbel maar met moeite bijhouden.

'Je opa heeft liever niet dat we komen, hij vindt ons nieuwsgierig.' Haar lach werd nog breder. 'Maar dat geeft niet. Ik bén ook nieuwsgierig. Trouwens, zeg maar Jelly. Ik ben er klaar mee dat mensen me Angie noemen. Hoe noemen ze jou?'

'Gewoon Hedy,' zei Hedy spijtig.

'Geeft niks,' zei Jelly troostend. 'Ik verzin wel iets leuks.' Ze stak haar hand in Hedy's tasje en haalde er een plak kerstcake uit. Nadat ze hem doormidden had gebroken, gaf ze de ene helft aan Hedy en begon ze de andere op te eten. Hedy glimlachte en nam zelf ook een hap. Bij de voordeur ging Jelly's hand naar de bel. 'Heb je een sleutel of zal ik "op de druk bellen"?'

Maar voor ze het kon doen, deed opa John open. 'Ik dacht dat ik een stelletje dondergnomen aan hoorde komen,' zei hij half mopperend, maar toen hij een stap opzij deed om hen binnen te laten speelde er een lachje om zijn mond.

'Hoi, oom John!' riep Jelly, die hem een snelle knuffel gaf.

Max kwam achter Spencer aan het tuinpad af, en Hedy bespeurde ontzag op het gezicht van het jongetje toen hij opa John begroette. Ook een goochelfanaat waarschijnlijk, dacht ze. Ze zette het tasje met de koekjes en de melk op de haltafel en wilde haar sjaal afdoen en haar jas uittrekken.

'Nee!' Jelly griste het tasje van de tafel.

'Hoezo? Wat?'

'Ik moet je voor zó veel dingen waarschuwen,' fluisterde ze. 'Maar laten we even wachten tot iedereen doorgelopen is.'

'Wat zit daarin?' Spencer wees naar de glazen pot die Max in zijn arm hield.

Jelly kreunde van schaamte toen haar broertje trots een vinger in de lucht stak, met een klein, glanzend bolletje snot eraan. Vervolgens veegde hij het bolletje af aan de rand van de pot.

'Gadverdamme!' riep Spencer, geschokt en geboeid tegelijk.

'Waarom neem je in hemelsnaam geen zakdoek?' informeerde opa John.

'Ik ben bezig met een experiment,' antwoordde Max.

'Maar die pot komt mooi geen stap verder in dit huis. En was je handen voor je de keuken in komt. Daar is de wc.' Nog namopperend nam opa John het tasje van Jelly aan, om daarna, gevolgd door Spencer en oom Peter, met grote stappen naar de keuken te lopen.

Jelly greep Max bij zijn tijgerstaart voor hij achter het groepje aan kon gaan. 'Het belangrijkste is,' zei ze intussen tegen Hedy, 'laat nooit, maar dan ook nóóit iets op deze tafel achter.' Ze wees naar de haltafel en vormde daarna met haar duimen en wijsvingers een driehoek. 'Ik noem hem de Bermudadriehoek. Je zet er iets op en...' Ze spreidde haar vingers. 'Poef! Weg.'

'Wat gebeurt er dan mee? Waar gaat het heen?'

'Weet ik veel. Maar we zijn hier drie keer geweest en elke keer was er iets zoek. Gewoon... verdwenen, in die halve seconde dat je even niet keek.'

Hedy staarde haar nicht aan.

'Je gelooft me niet,' raadde Jelly.

De Hedy van gisteren had haar gelijk gegeven, maar de Hedy van vandaag keek er anders tegenaan. Had ze zelf ook niet gedacht dat er dingen verplaatst waren op deze tafel? En was ze die nacht niet door een geest bezocht, had ze de vloer niet zien bewegen, geen boodschap doorgekregen van koelkastmagneetjes? 'Ik zou je kúnnen geloven.'

Jelly grijnsde. 'Laten we een proef doen. Hé, Max. Zet je pot eens op tafel.'

Max zette zijn pot braaf neer waar Jelly wees en ging er van een afstandje naar staan kijken.

Hedy keek aandachtig naar haar neefje en zijn pot. 'En wat gebeurt er nu?' vroeg ze.

'Nu moeten we er niet naar kijken.' Jelly duwde Max naar de wc. 'Ga je handen wassen, snotjoch.'

Ze nam Hedy bij de hand en zei: 'Oké, lopen en niet omkijken tot ik het zeg.' Ze telde terwijl ze door de hal liepen. 'Een, twee, drie, vier, vijf, KIJK!'

Hedy's mond viel open toen ze zich omdraaide. 'Hij is weg!' Ze rende naar de tafel en keek overal. Er lag niets op de grond, de pot was nergens te bekennen.

'Wat zei ik? Niet normaal toch?' Jelly's ogen schitterden.

'Waar is-ie gebleven?'

'Wie zal het zeggen? Ik denk dat dit huis behekst is.'

Opluchting maakte zich van Hedy meester. 'Ik heb altijd gedacht dat zoiets niet kon,' begon ze, 'maar ik moet je iets laten zien...'

'Meiden,' riep opa John, 'tenzij jullie willen dat deze schrokoppen alle koekjes opeten, moeten jullie gauw komen.'

Jelly trok Hedy met een bezorgd gezicht mee. 'Kom,' zei ze, 'vertel het me straks maar.' Ze draaide zich half om en riep naar de tafel: 'Geniet van de neuskeutels!'

Samen liepen ze naar de keuken. Een tel later kreeg Jelly vanuit het niets iets hards tegen haar achterhoofd.

'Au!' Geschrokken keken ze naar het voorwerp dat achter hen op de grond lag. Het was de glazen pot.

In de keuken pronkte Spencer met een nieuwe hoge hoed, net zo een als Max op zijn hoofd had.

'Kijk, Hedy!' riep hij. 'Een cadeautje van Max en oom Peter, en dit ook!' Hij wees naar een goocheldoos die op tafel lag. *Sensational Magic*, stond erop.

'Waar is die pot van je gebleven?' vroeg opa John terwijl hij thee voor Max inschonk.

'Daar.' Max wees naar de deur richting de hal. 'Ik moest hem van Jelly op die tafel zetten.'

Opa John keek Jelly wantrouwig aan. Hedy vroeg zich af of dit het moment was om hem te vertellen wat voor vreemde dingen er waren gebeurd. Ze haalde zelfs al adem om van wal te steken. Maar Jelly was haar voor. 'Hij moest helemaal niets,' zei ze met een onschuldige glimlach. 'Hij liet z'n pot vallen toen hij naar de keuken rende. Hij ligt daar op de grond.' En ze nam een hap van haar kerstboomkoek.

'Spencer,' zei opa John, 'geen hoeden aan tafel.'

'Mijn hemel, John,' zei oom Peter, 'je kunt het zo'n jongen toch niet kwalijk nemen dat hij op z'n opa wil lijken.'

Opa John keek meteen iets minder knorrig. Hij boog zich over de tafel om de hoed van Spencers hoofd te halen en zei: 'Zodra we hier klaar zijn, mag je hem weer op. En áls je hem opzet, doe het dan als een echte goochelaar.'

De zwarte hoed rolde over zijn hand alsof hij door een of andere magneet op zijn plaats werd gehouden. Opa John stak zijn arm in de lucht, en de hoed kwam precies goed op zijn hoofd neer. De jongens klapten. Opa John boog zijn hoofd voor hij de hoed met een zucht op het bankje achter hem legde.

'Nu alweer toe aan een dutje, ouwe?' plaagde oom Peter.

Hedy zag de strijdlust in haar opa's ogen toen hij met meer energie dan nodig was een koekje in zijn thee doopte. Terwijl de jongens aan zijn hoofd begonnen te zeuren dat hij ze een truc moest leren, gaf Jelly Hedy een knipoog. 'Mag ik je kamer eens zien, Hedy?' vroeg ze op luide toon.

Zwijgend ging Hedy haar nichtje voor naar de kamer met de groene deur. Jelly keek met open mond naar alle oude goochelaarsrekwisieten, tot Hedy haar naar het tafeltje met de foto liet komen en op de boodschap in de dikke stoflaag wees.

'ZOEK MIJ,' las Jelly. 'Heeft oom John dit geschreven?' vroeg ze fluisterend.

Hedy schudde haar hoofd. 'Het werd geschreven terwijl ik erbij stond. Door niets.'

'Door niets?'

'Alsof een onzichtbare vinger...' Ze deed alsof ze met haar wijsvinger iets opschreef.

Jelly pakte de fotolijst en bekeek hem aandachtig. Haar neus raakte bijna het glas. 'En toen?'

'Dat was het. Ik schrok zo dat ik terugrende naar bed. Maar vanochtend stond er ook opeens ZOEK MIJ op de koelkast. En ik geloof niet dat opa John dat had gedaan, ook al zei hij zelf van wel.'

Huiverend zette Jelly de lijst terug.

'Dat is niet het enige bizarre wat er is gebeurd,' vervolgde Hedy zachtjes. Jelly en zij gingen op het berenvel zitten. 'Toen Spencer en ik hier eerder die avond waren, bewoog er een soort klont in de vloer. Zo groot ongeveer.' Ze maakte een vuist. 'Alsof een mol een gangetje aan het graven was, maar toen het voorbij was, zag de vloer er weer heel gewoon en plat uit, alsof het nooit was gebeurd.' Ze sloeg haar armen stevig om haar knieën. 'Maar stel dat ik het me verbeeld heb? Het was donker. Misschien zag ik dingen die er niet waren. Misschien haalt opa een of andere truc uit om leuk te doen.'

Jelly trok een wenkbrauw op. 'Volgens mij kán je opa niet eens leuk doen.'

'Wel waar!' protesteerde Hedy.

Jelly schudde haar hoofd. 'Nog meer?'

'Voor we dat ding in de vloer zagen, viel er een boek op de grond. Vanzelf. Denk ik.'

Jelly begon geanimeerd op haar vingers te tellen. 'Bermudadriehoek. Boodschap op de koelkast. Boodschap op de foto. Ding in de vloer. Boek dat van de plank springt. Dat is vijf.'

'Vijf wat?' De nichtjes maakten een sprongetje van schrik. In de deuropening stond Spencer. 'Wat tellen jullie?'

'Waarom loop jij zo stiekem te doen?' kaatste Hedy terug.

'Opa wil weten of je ham of kaas of allebei op je tosti wilt. Wat doen jullie hier eigenlijk?' vroeg hij wantrouwig. 'Wat tellen jullie?'

Jelly haalde haar schouders op en keek naar Hedy met een blik van: het is jouw broertje, wat zullen we zeggen? Hedy gebaarde ongeduldig dat hij binnen moest komen.

'Is dat die foto?' vroeg hij, en hij wees naar de lijst op het tafeltje. Toen Hedy knikte, pakte hij hem op. Hij wees naar het kind op de foto. 'Is dat mama?'

Ze knikte weer.

'Maar kijk dan, Spencer!' riep Jelly. 'Kijk in het stof. Daar staat ZOEK MIJ.'

'Dat weet ik,' zei hij gepikeerd. 'Hedy heeft het me verteld. Waarom liet je het niet eerst aan mij zien?' vroeg hij boos aan zijn zus.

'Ik kreeg de kans niet.'

Hij keek haar stuurs aan. 'Wie denk je dat het is?' Toen ze haar schouders ophaalde zei hij: 'Zullen we papa en mama bellen? Dat ze terug moeten komen?'

'Hoezo?' vroeg Jelly verbijsterd. 'Ik wou dat ík hier mocht logeren. Dat zou echt zó gaaf zijn.'

'Spencer is bang,' zei Hedy.

'Niet waar!'

Jelly keek hem meelevend aan. 'Het geeft niks, hoor, je bent nog maar klein. Max is ook nog bang in het donker.'

'Ik ben acht!' Spencer maakte zich zo lang mogelijk en keek dreigend op hen neer. 'We moeten vragen wie het is.'

'Doe dan,' zei Jelly.

Spencers ergernis won het van zijn angst. Hij pakte de fotolijst en keek er streng naar. 'Wie ben je?' vroeg hij.

Ze hielden alle drie hun adem in. Seconden gingen voorbij. Het enige wat ze hoorden waren de gedempte geluiden uit de keuken. Toe dan, dacht Hedy, al zette ze zich inwendig ook een beetje schrap. Wilde ze dit eigenlijk wel weten?

En toen verscheen er in het stof op het glas heel langzaam een cirkel rond het hoofd van Rose.

De kinderen waren met stomheid geslagen. Spencer slikte hoorbaar en Jelly moest een hand voor haar mond slaan om niet te gillen.

'Niet te geloven. Het is oma Rose,' fluisterde Hedy. 'Oma Rose wil dat we haar zoeken.'

HOOFDSTUK 5

JEUK

'Wat doen jullie hier?'

Ze waren met z'n drieën zo opgegaan in hun gesprek dat ze opa John niet de trap op hadden horen komen. Met een gezicht als een donderwolk stond hij in de deuropening. De fotolijst kletterde uit Spencers handen.

'Ik had nog zo gezegd dat jullie nergens aan mochten komen!' Opa kwam met twee grote stappen de kamer in, raapte met een snelle beweging de foto van de grond op en zette hem zonder er echt naar te kijken terug op het tafeltje.

'De deur stond open...' begon Hedy met een klein stemmetje.

'Een open deur is geen uitnodiging om mijn regels aan je laars te lappen,' antwoordde opa driftig. Hij haalde diep adem. 'Eruit. Jullie allemaal.'

Jelly gaf Hedy een por in haar rug en wees naar de fotolijst. Moesten ze opa niet vertellen wat er net was gebeurd?

'Opa,' probeerde Hedy opnieuw. 'Ik denk dat oma...'

Maar opa John liet haar niet uitpraten. Hij was weer kalm, maar zijn toon was nog even streng. 'Of jullie het nou leuk vinden of niet, jullie zijn de komende twee weken mijn verantwoordelijkheid. Dat betekent dat ik ervoor moet zorgen dat jullie niets overkomt. Ik moet niet alles precies hoeven voorkauwen voordat jullie doen wat ik zeg. Als jullie je niet aan mijn regels kunnen houden, mogen jullie niet in dit huis logeren. Als het moet, bel ik nu meteen jullie ouders.'

Hedy en Spencer wisselden een snelle blik en schudden toen allebei hun hoofd. Op een rijtje liepen ze de kamer uit, waarna opa de deur stevig achter zich dichttrok.

Hedy en Spencer zeiden niet veel tijdens de lunch, zo onder de indruk waren ze nog van de uitbrander die ze hadden gekregen. Gelukkig kletste oom Peter aan één stuk door, en uiteindelijk knapte iedereen weer op van zijn vrolijke verhalen. Opa John, die kennelijk vrede wilde sluiten, deed Spencer een paar kaarttrucs voor en klopte Hedy vriendelijk op haar schouder toen ze de tafel begon af te ruimen en de andere kinderen haar voorbeeld volgden.

Maar hun beteuterde stemming was oom Peter niet ontgaan. Nadat opa John de keuken uit was gegaan vroeg hij: 'Alles goed?'

Ze knikten.

'Jullie mogen altijd met Max en Jelly bij mij komen logeren, als jullie willen.'

Terwijl ze met oom Peter en Jelly en Max naar de auto liepen, dacht Hedy over dit aanbod na. Ze had het gevoel dat het bij oom Peter veel leuker zou zijn, maar wat betekende dat dan voor de boodschap in het stof?

Voor Jelly instapte, haalde ze een paarse stift uit haar tas om haar telefoonnummer op Hedy's hand te schrijven. 'Je moet me alles vertellen,' zei ze. 'Je gaat haar toch wel helpen?'

'Ik zou niet weten hoe, als we van mijn opa helemaal nergens aan mogen komen. Ik wil niet nog een keer ruzie met hem. Of met mijn ouders.' Hedy wierp een blik op het huis, dat op de een of andere manier nog waakzamer leek dan eerst.

'Als oom John wist dat je je oma probeert te helpen, zou hij niet zo'n dictator zijn,' zei Jelly. Plotseling zette ze grote ogen op, alsof haar een lichtje opging. 'OMG... tenzij hij niet wil dat je naar haar op zoek gaat!'

Hedy kreeg opeens een zwaar en strak gevoel in haar buik. Kon dat waar zijn?

Jelly gaf haar een knuffel waar haar longen zowat van dichtklapten. 'Beloof dat je me belt, oké?'

Toen de auto van oom Peter wegreed en Jelly haar hand, en Max zijn snotpot, uit het raampje stak om te zwaaien, had Hedy het gevoel dat de zon achter een wolk was verdwenen. Omdat ze veel ernstiger was dan andere kinderen, maakte ze meestal niet zo snel vrienden. Maar al waren ze nog zo verschillend, zij en haar uitgelaten nichtje hadden een band gesmeed. Ze miste haar nu al.

'Je oma zou dit heel gezellig hebben gevonden,' zei opa John onverwacht. 'Kletsen met mensen. Ze kon met bijna iedereen opschieten.' Hij keek alsof ook voor hem de zon achter de wolken was verdwenen.

Rond halftien die avond slopen Hedy en Spencer naar de kamer met de groene deur. De middag en avond waren dodelijk saai geweest zonder Jelly en Max, helemaal omdat opa zich had opgesloten in zijn werkkamer. In die eindeloze uren was Hedy tot de conclusie gekomen dat ze niet mochten wachten tot er weer iets gebeurde, en ze had Spencer zover gekregen dat hij wakker bleef nadat ze naar bed waren gegaan, zodat ze samen naar die geheimzinnige kamer konden.

Met trillende handen pakte Hedy de foto. 'Oma,' zei ze, 'zeg dan wat we moeten doen.'

Een hele tijd gebeurde er niets. Maar toen kwam er van boven hun hoofd een stem.

'Ik ben het, jullie grootmoeder. Ga in het midden van de kamer staan, kinderen.'

Hedy was blij dat Spencer haar hand had vastgepakt. Ze schuifelden naar het midden van de kamer en stonden even later op het berenvel.

'Doe nu twee stappen naar links,' zei de stem. Ze deden wat hun werd gevraagd. 'En nu naar rechts.' De kinderen schuifelden weer terug. Wat gebeurde hier?

Onder hun voeten barstte een bulderend gelach los. Geschrokken keken ze omlaag. Daar lag de kop van het berenvel te schateren.

'O, dat is lekker zeg! Stampen waar het jeukt!' joelde de beer. Het klonk alsof er stenen door een blikken trommel rolden.

'Je staat bij me in het krijt, Matt,' zei de eerste, hogere stem, die nu ook gniffelde. De kinderen keken op. De hertenkop aan de muur keek alsof hij heel tevreden was met zichzelf.

Spencer en Hedy gingen vlug van het kleed af.

'Ah, kom op!' zei Matt, het berenvel. 'Nog even stampen waar vroeger mijn rechterschouder zat? Ik heb zo'n jeuk.'

'Ze práten!' fluisterde Spencer.

Ook Hedy kon haar oren niet geloven. 'Weet ik,' zei ze. 'Maar dat kan niet eens.'

Matt draaide zijn kop omhoog naar het hert. 'Stan, ze zeggen dat het niet kan.'

'Ik hoorde het,' antwoordde Stan.

'Dat betekent dus je-weet-wel.'

Matt en Stan hielden zich ineens doodstil, als twee heel gewone, zwijgende interieuraccessoires. Hedy en Spencer stonden er zelf ook bij als wassen beelden. Hedy wilde net naar de deur sluipen toen Matt en Stan weer begonnen te proesten van het lachen.

'Ik... kan... het... niet...' Stan kon bijna niet uit zijn woorden komen. 'O Matt, je zou hun gezichten moeten zien.'

Stan imiteerde de versteende gezichten van de kinderen zo goed als een hert maar kon, met grote staarogen en een verschrikt openhangende bek. Matt sloeg van plezier met een poot op de houten vloer.

Hedy begon boos te worden. 'Hou 's op met lachen,' zei ze. 'Straks hoort opa het. Wie zijn jullie eigenlijk?'

Matt kreeg zichzelf met moeite weer in de hand. 'Wie zijn wij eigenlijk? Wij waren hier ruim voordat jullie kwamen, jongedame. Het lijkt me wel zo netjes als jullie ons eerst eens vertellen wie júllie eigenlijk zijn. Kom hier staan, dan kunnen Stan en ik jullie allebei zien.'

Spencer pakte Hedy stevig bij een elleboog, en samen liepen ze voorzichtig, zonder op hem te trappen, om Matt heen naar zijn voorkant.

'Ik ben Hedy.' Hedy gaf haar broertje een por.

'Ik ben Spencer,' zei Spencer met schorre stem.

Stan floot en Matt roffelde met zijn klauwen op de vloer. 'Welpen van Olivia,' mompelde de beer – Hedy zag Matt nu al als beer, in plaats van als vloerkleed.

'Ken je haar?' vroeg Spencer, die zich een beetje ontspande nu hun moeder ter sprake kwam.

'Ik ken haar al vanaf de dag dat ze geboren werd. Ik ben Matt, vroeger beer en nu luxueuze vloerbedekking.' Hij wees met een poot omhoog. 'Dat daar is Stan, de hertenbout van gisteravond.'

Stan snoof gepikeerd. 'Ik ben Stanley, heer van het Koninginnewoud...'

'Jij was heer van helemaal niets!'

'Maar dat konden zij niet weten! Moet je mijn gewei zien: veertien enden! Hoogst deftig.' Hij wiebelde met zijn kop.

Matt zuchtte. 'Hang een hert aan de muur en alle ijdelheid stijgt 'm naar het hoofd... ergens anders kan 't namelijk niet meer heen!' Weer sloeg hij schaterend met een poot op de grond. Hedy kreeg de indruk dat hij hier al een hele tijd had liggen wachten op publiek voor zijn grappen.

'Weet opa dat jullie kunnen praten?' vroeg ze.

Stans kop ging aarzelend heen en weer en Matts lach stierf weg.

'Ja en nee,' zei Stan.

'O, zeker weet hij het,' wierp Matt tegen.

'Vroeger wel, ja.'

'Denk je dat-ie het vergeten is, domme bok? Natuurlijk weet hij het. Daarom zijn we juist van hem.'

Spencer was inmiddels over zijn angst heen en ging in kleermakerszit voor Matt zitten. Met één vinger aaide hij de bruine vacht. 'Hoe bedoel je dat?'

'Je opa verzamelt magische spullen,' antwoordde Matt.

'Voor zijn shows?'

'Ik ben nog nooit in een show gebruikt. Ben de deur niet meer uit geweest sinds ik hier aankwam.' De berenkop kwam een beetje van de vloer omhoog. 'Jij wel, Stan?'

'Helaas niet,' verzuchtte Stan. 'Ik zou een formidabele présence hebben gehad. Wat een gemiste kans.'

'Wat een geluk voor het magieminnende publiek, zul je bedoelen.' Matt snoof. 'John praat niet met ons. Niet meer.'

'Waarom niet?' vroeg Hedy.

In de stilte die volgde overwogen de twee harige hoofden duidelijk wat ze moesten antwoorden.

'Hij vindt het... ongepast,' probeerde Stan.

'Hij heeft zich voor ons afgesloten,' zei Matt wat minder voorzichtig.

Hedy klom op een stoel om Stan beter te kunnen bekijken. Zijn vacht was lichtbruin, met witte vlekken onder zijn kin, op zijn neus en rond zijn levendige ogen. 'Hoezo kunnen jullie praten?'

'Heeft opa jullie betoverd?' vroeg Spencer.

Stan dacht na. Zijn imposante gewei deinde van links naar rechts, als kale boomtakken die bewogen in de wind. 'Er kwam wel enige toverkunst bij kijken, maar het was niet je opa, het was vóór zijn tijd. Ik weet eigenlijk niet waarom we zo gemaakt zijn.'

'Voor de gezelligheid,' opperde Matt.

'Ik heb medelijden met de dwaas die op het idee kwam

om jóú te maken voor de gezelligheid,' hoonde Stan.

'Opa John lijkt me best eenzaam,' zei Spencer. 'Het zou fijn voor hem zijn om met jullie te praten. Ik zou het wel weten als ik hem was!'

Matt glimlachte verdrietig. 'Wij zijn in het algemeen geen types die tegen de wens van meneer ingaan. We praten dus niet met hem. Als hij als eerste zijn mond opendeed, zou het een andere kwestie zijn. Over de wens van meneer gesproken, wat doen jullie welpen hier eigenlijk? Is het niet zo dat je nergens aan mag komen in dit huis?'

Hedy en Spencer keken schuldbewust naar de grond.

'Al moet ik zeggen,' vervolgde Matt, 'dat ik er geen enkel bezwaar tegen zou hebben als jullie me eens lekker op mijn rug krabden, dank je vriendelijk. Kom maar op me zitten, hoor, ik kan er wel tegen.'

De kinderen gingen op Matts rug zitten en begonnen zijn vel te krabben. De haren waren langer en stugger dan ze hadden verwacht. Matts neusvleugels trilden en hij zuchtte opgetogen.

Spencer keek hoopvol naar Hedy, die zag dat haar broertje deze pratende, lichaamloze wezens vertrouwde. Met hun knorrige grappenmakerij stelden ze ook haar op de een of andere manier op haar gemak. Misschien konden ze wel helpen.

'We denken dat oma's geest met ons probeert te praten,' zei ze.

Stan floot tussen zijn tanden. Matt draaide zijn hoofd en keek de kinderen verrast aan.

'Je oma?' zei de beer. 'Dus dáár zat je vandaag met dat andere meisje over te smoezen. Wat zei ze?'

'Dat we haar moesten zoeken. Ze schreef ZOEK MIJ in

het stof op deze fotolijst.' Hedy hield de lijst eerst voor Matts en toen voor Stans neus. 'En ook op de koelkast, met magneetletters. En toen we vroegen wie ze was, trok ze een cirkel rond haar gezicht op de foto!'

'Hoe weet je dat zij het is?' vroeg Stan. 'En niet een of andere geest die doet alsof-ie je oma is?'

Hedy trok haar wenkbrauwen op. 'Waarom zou iemand dat doen?'

'Niet alles wat je tegenkomt, heeft goede of eerlijke bedoelingen,' antwoordde Stan.

'En sommige dingen,' vulde Matt aan, 'zijn ronduit gevaarlijk. Daarom verzamelt je opa ze. Om te voorkomen dat ze in verkeerde handen vallen en macht krijgen over de verkeerde mensen.'

'Gevaarlijk,' herhaalde Spencer zacht. Hij was bleek geworden, waardoor zijn sproeten nog meer opvielen.

Hedy verzonk in gepeins. Dat moest de reden zijn dat opa John zo boos werd toen hij hen in deze kamer betrapte. 'Hoe moeten we weten of het echt oma Rose is?' vroeg ze.

De beer en het hert wisselden een blik.

'Stan, ik ben je een paranormale boodschap aan het sturen,' zei de beer. 'Komt-ie binnen?'

'Maar Matthias, dat zou meneer verschrikkelijk vinden. Niemand mag weten van de bijzondere dingen in dit huis, zelfs zijn kleinkinderen niet.'

'Zegt de hertenkop die ze in de maling nam en liet horen dat we kunnen praten!' riep Matt.

Stan kuchte beschaamd.

'Help ons alsjeblieft,' zei Hedy. 'Als het oma niet is, doen we verder niets. Maar als ze het wel is, moeten we erachter zien te komen waar we haar moeten zoeken. En dat doen we toch wel, met of zonder jullie hulp.'

Stans onderzoekende blik was moeilijk te weerstaan, maar Hedy deed het toch, want hij moest haar serieus nemen. Eindelijk knipperde hij met zijn ogen en zei: 'Als we helpen en het is níét jullie grootmoeder, houdt het gesnuffel op. Afgesproken?'

Hedy keek Spencer vragend aan. Hij knikte. 'Deal,' zei hij.

Matt ademde krachtig uit door zijn neus. 'Goed dan. Maar vanavond niet meer. Het moet als jullie opa weg is of slaapt.'

'Waarom?' vroeg Spencer.

Matts klauwen tikten op de vloer. 'Omdat jullie ons deze kamer uit moeten smokkelen.'

HOOFDSTUK 6

WETEN JULLIE HOE JE EEN SLOT OPENBREEKT?

De volgende ochtend stommelden de kinderen geeuwend en wrijvend in hun ogen de trap af. Spencers haar zag eruit alsof hij een tornado over zich heen had gekregen, en voor Hedy's gevoel vormden haar hersenen al net zo'n verdraaide warboel.

'Hoe moeten we opa ooit het huis uit krijgen?' mopperde Spencer.

'We verzinnen wel iets.'

Ze troffen opa aan in de woonkamer, waar hij een houtblok op het vuur in de open haard legde. 'Goeie genade, wat zien jullie er moe uit. Niet goed geslapen?'

'Ik droomde veel te raar,' zei Hedy. Dat klopte best een beetje. Bij daglicht leek een ontmoeting met een berenvel en een hertenkop die konden praten maar al te zeer op een droom.

'Ik ook.' Spencer hield zijn handen vlak bij het vuur. Zijn maag knorde. 'Mogen we hier ontbijten? Ah toe?'

Opa keek uit het raam, naar het laagje verse sneeuw op de grond en de buurdaken buiten. 'Ja, aangezien het vannacht gesneeuwd heeft, waarom niet?'

Niet lang daarna zaten de kinderen met gekruiste benen bij de open haard, in hun handen een kom warme pap met dikke krenten erin en stukjes smeltende boter erop.

'Opa,' begon Hedy, 'de mevrouw in die winkel...'

'Mevrouw Sutton,' zei Spencer behulpzaam.

'Ja, mevrouw Sutton. Die zei dat je vandaag naar haar toe moest om de kerstpudding te bestellen. En de boom.'

Opa John keek haar geschrokken aan. 'Een kerstboom?'

De kinderen knikten. Spencer speelde het spelletje nu ook mee en voegde eraan toe: 'En de pudding. En het móét vandaag!'

'Ik heb al een kerstboom.' Opa knikte met zijn hoofd naar de schoorsteenmantel, waar een verbleekte plastic kerstboom op stond, piepklein, maar vijf centimeter hoog.

'Die zie je amper!' zei Hedy.

'Ik heb geen kerstballen.'

'Kunnen we die niet kopen dan? Of lenen van Jelly of oom Peter? Dat vinden ze heus wel goed.'

'En dan naderhand het hele ding weer aftuigen zeker. Nee, daar komt niks van in. Maar die pudding is misschien wel leuk voor de verandering.' Hij stond op en liep naar de telefoon. 'Ik bel meteen even.'

Hedy onderdrukte een wanhoopskreet. Een belletje leverde hun niet genoeg tijd op. Maar kennelijk kreeg hij geen gehoor, want hij hing alweer op. 'Dat mens hangt altijd aan de telefoon,' mopperde hij. 'Het grootste deel van de dag besteedt ze aan geroddel. Laten we ons dan maar aankleden en naar haar toe lopen. Goed voor de bloedsomloop.'

Hedy dacht razendsnel na. 'We willen graag mee,' zei ze langzaam, 'maar... misschien bellen papa en mama. Dan willen we wel thuis zijn. Vooral Spencer. Hij mist ze ontzettend.'

Spencer trok een ongelukkig gezicht. 'Ja, ik wil echt supergraag met ze praten,' zei hij.

'Maar je kunt wel zonder ons gaan. Dat vinden we niet erg, hoor,' vervolgde Hedy.

'Ik wacht wel even,' zei opa John.

'Nee, ga nú maar,' drong Spencer aan.

'We hadden het gisteren al moeten zeggen,' zei Hedy. 'Van de pudding en de boom, bedoel ik. We zijn al een dag te laat. Als straks alles op is, wordt het een ramp.'

Spencer schudde verdrietig zijn hoofd. 'Een kerstramp.'

Opa John glimlachte zuinig. 'Het kan misschien geen kwaad om mijn gezicht weer eens te laten zien. Dan heb ik mijn jaarlijkse kletspraatje met mevrouw Sutton en wie weet welke andere bemoeiallen ook maar weer gehad. Ik ben hooguit drie kwartier weg. Niet schrikken als mevrouw Vilums komt voor ik terug ben. Ze heeft een sleutel.' Hij bekeek hen met een zweem van argwaan. 'Weten jullie zeker dat jullie het redden?'

Om te bewijzen hoe betrouwbaar ze was, stapelde Hedy hun kommen op om ze naar de keuken te brengen. 'Ja hoor. We wassen af en dan gaan we een boek lezen. Ik heb wel vaker op Spencer gepast.'

'Ja,' zei Spencer gelaten. 'Hedy speelt toch altijd de baas over me.'

Zodra opa John de deur uit was, vlogen de kinderen naar de kamer met de groene deur.

'Zet je timer op een halfuur!' riep Hedy.

Ze stormden de kamer in, waar Matt al zijn tanden bloot grijnsde. 'Tijd voor het avontuur!'

'Waar gaan we heen?' vroeg Hedy.

'Naar boven om met iemand te onderhandelen.'

'Wie dan?' vroeg Spencer.

Matt aarzelde. 'Laten we eerst maar naar boven gaan. Maar Stan en ik moeten allebei mee.'

'Hoe krijgen we je van de muur, Stan?' vroeg Hedy. 'Je ziet er zwaar uit, ook zonder lichaam.'

'Als jullie de uitdaging niet aankunnen, houdt het avontuur hier meteen weer op,' zei Stan snuivend. 'Ik kan er ook niks aan doen dat ik een imposant figuur ben.'

'Kalm maar, Stanley, ik zorg wel dat ze niet je hele gewei slopen,' suste Matt. 'Hedy en Spencer, hebben jullie geld bij je?'

'Geld? Hoezo?'

'Als je antwoorden wilt, heb je geld nodig.'

Hedy gaf haar broertje een por. 'Spence, ga mijn portemonnee eens uit mijn rugzak halen.'

'Yes!' zei hij, en hij stompte blij met zijn vuist in de lucht.

'Als je maar niet denkt dat je het mag houden,' riep Hedy toen hij de kamer uit rende.

Nadat ze Matt aan de kant had gelegd om ruimte te maken begon ze met meubels te schuiven. Tegen de tijd dat Spencer terugkwam had ze van een salontafel en een paar dozen een trap gemaakt waarmee ze bij Stan kon komen.

'Heb je echt vertrouwen in dit wonder van bouwkunst?' vroeg Stan zenuwachtig.

‘Wil je naar beneden of niet?’ vroeg Hedy. ‘Het is vast supersaai om de hele tijd aan de muur te hangen.’

‘Ik denk alleen maar aan jouw welzijn, hoor,’ antwoordde Stan verontwaardigd.

Spencer nam een haal van zijn astmapuffer terwijl Hedy langzaam de trap van dozen beklom.

‘Je moet me optillen en dan één hand onder mijn kin leggen en me van de muur wegtrekken,’ zei Stan. ‘Als het goed is, wip je me zo van de schroef.’

Hedy deed het precies zoals hij zei, en haar armen trilden onder het gewicht van de kop.

‘Is-ie zwaar?’ vroeg Spencer nagelbijtend.

‘Dat zijn al die hersenen,’ mompelde Matt.

‘Mond dicht, Matt,’ blafte het hert toen Hedy achteruit de trap af begon te lopen.

‘Het spijt me, Stan,’ zei Matt verre van spijtig, om vervolgens luid tegen Spencer te fluisteren: ‘Het zijn z’n hersenen niet, het is dat gewei.’

Hedy bereikte veilig de grond en legde Stan voorzichtig neer. ‘Goed gedaan, kind,’ zei het hert opgelucht, en ze aaide hem zachtjes over zijn neus.

‘Leg hem maar op mijn rug,’ zei Matt. ‘Precies in het midden, dan tillen we hem zo naar boven.’

Nadat ze Stan op Matts rug hadden gelegd, riep het hert met galmende stem: ‘Mijn strijdros, ik noem u Matt de Mat!’

‘Ten aanval!’ gromde de beer. Hij kraste met zijn klauwen over de houten vloer, waarmee hij helemaal niets opschoot. De dieren barstten in lachen uit. ‘Je had me eens achter de mensen aan moeten zien gaan, toen ik nog een lichaam had,’ bracht Matt hikkend uit.

'Dan moeten we jullie maar slepen,' zei Hedy. Zij en Spencer pakten allebei een voorpoot en begonnen te trekken. Toen ze bij de deur kwamen, liet Matt opeens als het eerste het beste berenvel zijn kop op de vloer zakken. Een seconde later botsten ze in de deuropening tegen iemand op.

'Hallo daar,' zei die iemand.

De kinderen lieten Matt van schrik los en deinsden achteruit. Toen ze opkeken, zagen ze een grote vrouw die hen met donkere ogen nieuwsgierig opnam.

'Hallo,' stamelden ze.

De vrouw was mooi, maar op een harde manier. Ze had een doorschijnend witte huid, zo teer en glad dat ze licht leek te geven. Ze leek niet oud, maar ook weer niet jong. Haar lichte haar zat in een onberispelijke, strakke knot achter op haar hoofd en zag eruit alsof zelfs een orkaan er geen vat op zou krijgen. Hedy's eerste gedachte was dat deze vrouw er vast geen enkele moeite mee zou hebben om hen te verklikken bij haar opa.

'Jullie zijn natuurlijk Hedy en Spencer,' zei de vrouw.

Ze knikten. Spencer vond als eerste zijn tong terug. 'Bent u de huishoudster?'

'Ja, ik ben mevrouw Vilums.' Ze keek met nadruk naar Matt en Stan, die levenloos op de grond lagen. 'Wilden jullie ergens heen met die dingen?'

'Naar onze kamer,' zei Hedy.

'Ik weet niet zeker of meneer Sang het daarmee eens zou zijn. Hij vindt het niet prettig als mensen aan zijn spullen komen.'

'We brengen ze wel weer terug.' Hedy deed haar best om luchtig, verantwoordelijk en in de verste verte niet geheimzinnig over te komen. Mevrouw Vilums rekte haar hals om naar de trap van dozen te kijken.

'We zetten alles weer súpervoorzichtig terug,' probeerde Hedy nog een keer.

'Echt waar,' zei Spencer.

De huishoudster keek hen even aan. 'Ik hoop dat jullie me roepen als jullie hulp nodig hebben.'

'Doen we,' beloofden ze.

Ze schonk hun nog een ondoorgrondelijke blik en draaide zich om. De kinderen haalden opgelucht adem.

'Geen tijd te verliezen,' zei Stan zodra ze mevrouw Vilums de trap af hoorden lopen. 'Breng ons naar boven!'

Ze pakten Matt allebei bij twee poten en stommelden onhandig de trap op.

'Weet zij dat jullie kunnen praten?' vroeg Spencer.

'Ik vermoed van wel,' antwoordde Stan.

'Ze betrapte ons een keer toen we aan het kletsen waren,' vulde Matt aan.

'Aan het ruziën,' verbeterde Stan.

'Over... waar ging het ook alweer over, Stan?'

'Bijen.'

'Doe niet zo raar, natuurlijk hadden we geen ruzie over bijen!' wierp Matt tegen.

'Wel waar! Jij vertelde over die keer dat je een bij in je neus had en ik zei dat geen normaal wezen zich daar zou wagen...'

Op de bovenste verdieping was het schemerig en stil. Hedy wist dat warme lucht opsteeg, maar het leek hier juist kouder dan beneden. Er waren vier deuren, allemaal dicht, en één klein raampje, waardoor het daglicht zich via de knoestige bomentakken ervoor een weg naar binnen moest banen. Spencer liet Matts achterpoten voorzichtig op de grond zakken en kwam dicht naast Hedy staan.

'Wij gaan naar de kamer met de gele deur,' zei Stan.

Hedy beduidde haar broertje dat hij Matts poten weer moest pakken.

'Ik vind het niet leuk hier,' fluisterde hij.

'Ik weet het,' zei ze, 'maar we moeten toch weten of het oma is?'

'Jongeheer,' zei Stan, 'je bent hier met het sterkste berenvel van heel Engeland. En de heer van het Koninginnewoud. Hou moed. Laat ons vastberaden voorwaarts gaan om dit mysterie te ontraadselen.'

Spencer haalde diep adem, pakte Matts poten en schuifelde achter Hedy aan naar de deur die ooit geel moest zijn geweest. De deur zat op slot.

Hedy rammelde aan de knop. 'Nee hè!'

'Heb je de sleutel?' vroeg Stan.

'Nee.'

'Weten jullie hoe je een slot openbreekt?' vroeg Matt.

Hedy en Spencer schudden hun hoofd.

'Matt wel,' zei Stan.

'Ssst, flapuit!'

'Het is toch zo! Jaren geleden vertelde je dat je deuren open kon krijgen en brand kon stichten. Én schroeven los kon draaien. Dankzij die ongelikte dief die je gemaakt heeft.'

Matt snoof beschaamd. 'Wat moeten die welpen nu niet van me denken? De sterkste beer van Engeland is niets meer dan een dievenhulpje!'

'Dat denken we helemaal niet!' riep Hedy. 'We vinden je

een eervolle beer. Echt waar. En we stelen niet. We willen alleen onze opa helpen. Hij zou zo blij zijn als we oma vonden.'

'Overtuigend typje,' mompelde Matt. 'Oké dan. Til mijn poot op en hou een klauw bij het slot. Zo ja. En nu even...'

Hij kneep zijn ogen stijf dicht, en even later gingen bij hen alle vier de haren recht overeind staan. De lucht leek te knetteren. Matt gromde. Hedy had durven zweren dat er uit zijn klauw een piepklein bliksemstraaltje door het slot flitste.

Ze hoorden het slot klikken. Hedy draaide aan de knop, die warm aanvoelde.

De deur zwaaide open.

HOOFDSTUK 7

MAJEUR, MINEUR

'Goed werk, Matt,' fluisterde Spencer terwijl ze voorzichtig de kamer binnen gingen.

'Gaat het wel goed met je?' vroeg Hedy. 'Je poot is helemaal bleek.'

Dat was waar. De poot waarmee Matt het slot had geforceerd had opeens een fletse, bruingrijze kleur. 'Ik word zeker oud,' zei hij. 'Laten we nu maar opschieten.'

In de kamer was het één grote troep. Een vleugel stond te midden van stapels boeken. Overal stonden oude vogelkooien, en ook aan het plafond hingen er een paar. Op de vleugel leek een borstbeeld van Lord Wellington uit het raam te staren, naar het bos dat volgens opa John het Vossenbos heette.

Op verzoek hingen ze Matt over een fauteuil recht voor de piano; Stan wilde tegen de muur op een tafel worden gezet.

Vol verwondering keek Hedy om zich heen. 'En wat doen we nu?'

Matt wees naar een kristallen schaal op de klep van de vleugel. 'Leg wat geld in die schaal.'

Ze haalde een munt uit haar portemonnee en liet hem in de schaal vallen, wat een welluidend gerinkel gaf.

'Simon,' zei Stan zacht, 'ben je daar?'

Hedy was benieuwd wie Simon was. Behalve het geluid van Spencers zenuwachtig schuifelende voeten was er niets te horen.

'Hoeveel heb je erin gedaan, Hedy?' vroeg Matt.

'Vijftig pence.' Toen Matt en Stan allebei begonnen te lachen, vroeg ze: 'Meer?'

'Probeer eens een paar pond,' opperde Matt.

Ze deed wat hij zei en Stan waagde een nieuwe poging. 'Simon, ben je daar?'

De klep van de stoffige piano ging langzaam omhoog. Onzichtbare vingers sloegen drie toetsen aan, en door de ruimte klonk zachtjes een majeur akkoord. Spencer klom op de fauteuil. Zijn bange gezicht verscheen boven Matts kop en Hedy ging een paar stappen bij de piano vandaan, speurend naar de muzikant.

'Betekende dat ja of nee?' vroeg Stan.

Matt wierp hem een geërgerde blik toe. 'Hoezo: betekende dat ja of nee? Hij zou niet spelen als hij er niet was. Simon, we proberen deze jongelieden de juiste kant op te sturen. Help je mee?'

Het akkoord was weggestorven. Stilte.

'Hedy,' fluisterde Spencer, 'doe er nog wat geld bij.'

Hedy legde nog twee pond in de kristallen schaal. 'Als

we zo doorgaan ben ik straks blut.'

Daar was het akkoord weer.

'Simon,' zei Stan, 'iets in huis heeft contact gelegd met de kinderen. Het zegt dat het de vrouw van meneer is. Rose. Weet jij of dat klopt?'

Na een korte stilte klonk het akkoord opnieuw. Hedy en Spencer keken elkaar hoopvol aan.

'Wacht,' zei Matt, 'betekent dat dat ze het ís of dat hij wéét of ze het is? Ik weet niet op welke vraag hij antwoord gaf.'

'Huh?' Stan fronste verward zijn voorhoofd.

Uit de piano kwam een laag en dreigend mineur akkoord waar ze allemaal van schrokken.

'Maak het niet zo ingewikkeld, mottig stuk pels,' schold Stan.

'Doe jij dan eens niet zo onduidelijk, Bámbi!'

'Stil!' riep Hedy stampvoetend. Matt en Stan deden verbaasd hun mond dicht. Hedy richtte zich tot de piano. 'Simon, kwamen de boodschappen van mijn oma?'

Aarzelend kwam daar weer het majeur akkoord.

'Dat betekent ja, hè?' vroeg ze. Matt en Stan knikten. 'Oké, we hebben nog een vraag. Zit de geest van oma Rose hier gevangen?'

Een hele tijd bleef het stil. Toen kwam er opeens een reeks akkoorden: het mineur akkoord, het majeur akkoord, een ander mineur akkoord. Na een lange stilte werd de reeks herhaald.

'Wat betekent dat?' vroeg Hedy.

'Het klinkt alsof hij ja en nee zegt,' antwoordde Stan.

'Maar wat betekent dat? Is oma een geest die ergens gevangenzit of niet?'

Iemand slaakte een diepe, geërgerde zucht – en vanuit het niets verscheen geleidelijk een aristocratische figuur met een pruik van lange, witte krullen. Boven een koningsblauwe knickerbocker en witte kousen spande een geel vest om een dikke buik. Het witte, verkreukelde overhemd eronder had wijde, geplooide mouwen.

De figuur was volkomen doorzichtig.

'Het betékent,' zei de man op de pianokruk stijfjes, 'dat ze geen geest is, maar wél ergens gevangenzit.'

'Meneer Simon!' riep Matt.

'Tot uw dienst.' Simon stond op en maakte een diepe, hoffelijke buiging. Zijn stem, met een licht Frans accent, klonk alsof hij van heel ver kwam.

Hedy en Spencer keken met grote ogen naar hem – en naar de kamer achter hem, die ze dwars door hem heen duidelijk konden zien.

'Monsieur de Polignac, het is me een grote eer,' zei Stan, die zo diep boog als een grote kop op een korte nek maar buigen kon.

'Het leek me het beste om even te verschijnen. U en uw metgezellen hebben geen idee hoe mijn muziek moet worden geïnterpreteerd, en ik had geen zin om hier de hele dag te zitten.' Simon wuifde in de richting van de kinderen. 'Had u niet gezegd wat hun te wachten stond? Nu hebben ze hun tong verloren.'

'We wisten niet dat we het voorrecht zouden hebben u te ontmoeten,' zei Stan.

'Geef ze even de tijd,' voegde Matt eraan toe. 'Aan ons waren ze best snel gewend, als je het goed bekijkt.'

Simon trok een wenkbrauw op en deed zijn best om de

hooghartige uitdrukking van zijn gezicht te halen. Hij pingelde wat op de piano, en Hedy zag dat hij veel vriendelijker uit zijn ogen keek als hij zich over het instrument boog. Zijn blik werd zelfs nog zachter toen hij met een hand teder over het bundeltje bladmuziek op de smalle lessenaar ging, dat met een koningsblauw lint bij elkaar werd gehouden. Op het bovenste blad herkende ze de streepjes en rondjes van met de hand geschreven noten, en ze had sterk het gevoel dat hij deze muziek zelf had gecomponeerd.

Spencer ontwaakte als eerste uit zijn verstarring. 'Mag ik u aanraken?' vroeg hij.

'Je kunt het proberen,' zei Simon sceptisch.

Spencer liet zich van de stoel glijden en liep voetje voor voetje naar de piano, tot hij zo dichtbij was dat hij een vinger door Simons arm kon halen alsof die uit lucht bestond. Met wat meer durf deed hij hetzelfde nog een keer met zijn hele hand. Hij rilde. 'Koud!' zei hij grijnzend tegen Hedy. 'Probeer maar.'

Simon sloeg zijn ogen ten hemel en verzuchtte: 'O, die verfoeilijke dood.'

Hedy kwam naar voren en stak haar hand voorzichtig in Simons borst. Ze bewoog haar vingers, die binnen in Simon gewoon zichtbaar bleven. En Spencer had gelijk: van haar vingertoppen tot aan haar pols voelde ze een ijzige kou. Ze bracht haar hand naar haar lippen en blies haar vingers warm, waarna ze ze ook nog onder haar oksel stak. 'Meneer Simon, mijn naam is Hedy en dit is mijn broertje Spencer. Wij zijn de kleinkinderen van John. Kunt u met onze oma Rose praten?'

Simon schudde zijn hoofd. 'Ik ken de andere geesten in dit huis. Zij is er niet bij.'

'Zijn er nog meer?' vroeg Spencer.

'O, zeker.'

'Waar dan?'

Simon wierp een kritische blik op Matt en Stan. 'Het zou heel onattent van me zijn om hun rust te verstoren door jullie te zeggen waar ze te vinden zijn.'

'We waren er niet op uit u te storen,' hield Stan vol. 'Matthias en ik dachten dat een andere geest de kinderen misschien probeerde wijs te maken dat hij hun oma was.'

'Dat leek ons niet uw stijl,' vulde Matt aan, 'en u bent de enige die zo aardig is om mensen te woord te staan.'

Simon liet zich vermurwen. 'Wel dan, ik weet zeker dat het niet een van de anderen is. En ik geloof niet dat jullie grootmoeder een geest is. Dan zou ik haar namelijk zien. Ze is niet waar ik ben.'

'Maar... u bent hier,' zei Hedy niet-begrijpend. 'En zij is ook hier, dat zei u net.'

Simon tilde een doorzichtige arm op. 'Ik ben niet helemaal hier, zoals je ziet. Ik ben vooral ergens anders.'

'Waar dan?' vroeg Spencer.

De geest wendde opgelaten zijn blik af. 'Dat kan ik niet zeggen. Ik kan wél zeggen dat jullie grootmoeder niet "ergens anders" is. Ze is niet dood.'

'Maar ze vroeg om hulp,' zei Hedy met een wee gevoel in haar maag. 'Dus het kan niet goed met haar gaan.'

De timer op Spencers horloge piepte. 'Opa komt zo thuis,' zei hij.

Simon liet een paar golvende arpeggio's horen. Opeens hield hij zijn hoofd schuin, alsof hem iets te binnen schoot. 'Er is misschien wel iemand die meer weet. Tenminste, niet iemand. Niemand, eigenlijk.' Wiegend op zijn kruk liet hij de noten uit de piano omhoogkomen. 'Maar het is in dit huis bijna onmogelijk om iets of niets of iemand of niemand te vinden. Zelfs meneer zou niet precies weten waar alles stond of lag als hij het niet aan de houtspionnen kon vragen.'

'Houtspionnen?' Hedy kon zijn wartaal amper volgen.

'Kom nou, Hedy. We moeten gaan!' drong Spencer aan.

Ze bedankten Simon en haastten zich de kamer uit, terwijl ze allebei aan een van Matts achterpoten sjorden. Boven aan de trap rolde Stan bijna van Matts rug. 'Voorzichtig!' riep hij.

'Sorry,' zei Hedy, 'we hebben niet veel tijd.'

'Naar beneden gaat in elk geval makkelijker dan naar boven,' zei Spencer.

Matt kromp ineen toen zijn kop van de eerste tree bonkte. 'Voor jou misschien!'

In de kamer met de groene deur rende Hedy meteen naar het raam. 'Ik zie opa al! Hij is er bijna.'

Met hulp van Spencer legde ze Matt weer netjes voor de open haard en sjouwde ze Stan naar de wankele dozentrap. Ze klom omhoog, waarna Spencer haar Stan bij zijn gewei aangaf.

'Stan,' vroeg ze, 'weet jij waar Simon het over had? Over "iemand" of "niemand" die misschien iets van oma weet?'

'En wat zijn houtspionnen?' informeerde Spencer.

Stan trok zenuwachtig met zijn neus. 'Wat een warboel wordt dit langzamerhand.'

Met trillende armen tilde Hedy hem op om hem aan de schroef te hangen. Even stond ze gevaarlijk te wiebelen onder zijn gewicht; ze voelde de dozen schuiven onder haar voeten.

Stan sloot zijn ogen en fluisterde gespannen: 'Dit is misschien niet het moment om dit allemaal te bespreken. Hang me eerst maar veilig terug.'

Kreunend tilde Hedy hem boven haar hoofd. Toen hij eindelijk hing, keek ze even bewonderend naar haar werk, waarna ze net één stapje te veel achteruit deed en van haar dozentrap viel.

'Hedy! Gaat het?' gilde Spencer.

Ze kermde. Haar stuitje klopte pijnlijk.

'Is het je achterste?' vroeg Matt.

'Ja.'

'Nog meer?'

Hedy kwam met moeite overeind. 'Ik vind het wel genoeg, dank je.'

Ze zette de dozen weer zoveel mogelijk op hun plaats en Spencer rende naar de deur om zijn hoofd de gang in te steken. 'Hij is beneden!' zei hij zacht.

'Gaan jullie maar gauw, en kom terug zodra het kan,' zei Matt. 'Dan vertellen we wat we weten.'

Aarzelend bleven Hedy en Spencer op de drempel staan. In een korte en heel bizarre tijd waren ze bevriend geraakt met een haardkleed en een jachttrofee, en nu wilden ze die niet zomaar achterlaten.

'Bedankt, jongens,' zei Hedy.

Matt liet zijn oren vrolijk wiebelen en Stan glimlachte. 'Ik heb in geen jaren zo veel lol gehad,' zei hij.

HOOFDSTUK 8

DE PALISSADE

Hoewel haar hand nog koud was van het contact met Simon daalde Hedy bruisend van energie af naar de keuken. Aan Spencers gezicht te zien voelde hij zich net zo: zijn ogen schitterden en het leek alsof hij zijn lippen op elkaar perste om een lach binnen te houden die dolgraag naar buiten wilde. *Ik heb in geen jaren zo veel lol gehad,* had Stan gezegd. Maar toen haar blik op de deur van de koelkast viel, herinnerden de magneetletters haar eraan dat ze een ernstig mysterie op te lossen hadden.

Zodra ze ging zitten maakte de pijn in haar stuitje definitief een einde aan haar glimlach. 'Au!'

Opa John onderbrak zijn studie van – reuze interessant – een blik Smac. 'Wat is er gebeurd?'

'Ze is gevallen,' antwoordde Spencer.

Hedy zag dat mevrouw Vilums aan het aanrecht heel even stopte met groente snijden. Om haar grootvader op een dwaalspoor te brengen zei ze: 'Ja, in onze kamer. Ik struikelde over Spencers troep.'

'Ik maak geen troep!' riep Spencer verontwaardigd.

Hedy, die wilde dat hij het spelletje meespeelde, keek hem met opgetrokken wenkbrauwen aan. Maar voordat het op een echte ruzie kon uitlopen, ging gelukkig de telefoon.

'Papa en mama!' Hoopvol rende Hedy de hal in om op te nemen.

Maar het waren niet hun ouders. Het was een heel beleefde mevrouw die naar meneer Sang vroeg. Opa John sprak een halve minuut met haar en kwam toen gehaast de keuken weer in. 'Ik moet weg,' zei hij, wrijvend over zijn kin.

'Waarheen?' vroeg Spencer.

Hij gaf niet meteen antwoord, maar stond duidelijk te dubben wat hij met hen aan moest. Mevrouw Vilums legde haar mes neer. 'Het lijkt me het beste dat u de kinderen meeneemt, meneer. U wilt niet dat ze zich straks beginnen te vervelen.'

Hedy vroeg zich af wat ze daarmee bedoelde.

'Zeker niet,' zei opa John. 'Goed dan, pak allebei je jas.'

'Maar waar gaan we dan heen?' vroeg Spencer terwijl hij met een sprong zijn vliegeniersmuts van de haak bij de achterdeur griste.

'De Palissade.'

'Wat is dat?' vroeg Hedy.

Maar opa riep zonder antwoord te geven gedag naar mevrouw Vilums, en Hedy begon te vermoeden dat die vrouw het hun wel eens heel lastig kon maken bij hun onderzoek.

Ze reden ruim een uur en al die tijd luisterde opa John naar de radio. Hedy keek naar zijn vingers, die op de maat van de symfonie op het stuur tikten. Af en toe haalde hij een hand van het stuur om hem langs zijn borst te halen alsof hij met een strijkstok over een viool ging.

'Speelt u viool?'

Hij schudde zijn hoofd. 'Ik doe alleen alsof als ik muziek luister.'

'Ik ook,' zei Spencer. 'Ik speel luchtgitaar en luchtdrums en luchttrompet. We kunnen wel een luchtband beginnen, opa.'

Opa John glimlachte. 'Oma was dol op dit stuk,' zei hij zonder zijn getik te onderbreken.

Aangezien hij zelf over Rose begonnen was, durfde Hedy het wel te vragen. 'Hebt u naar oma gezocht nadat ze verdwenen was?'

Het getik vertraagde en stopte even later helemaal. 'Wat denk je zelf?'

Ze knikte. Domme vraag. Natuurlijk had hij naar haar gezocht. 'En de politie?'

'De politie, ik, Peter, haar zussen, onze vrienden, de buren...' Hij zuchtte.

'En niemand heeft iets gevonden?'

'Niemand heeft iets gevonden. Je moeder dribbelde steeds naar die verdomde kist waar Rose in verdwenen was en begon dan te huilen. Ik dacht dat ze te klein was om te snappen wat er gebeurd was, maar misschien voelde ze toch wel iets aan. We hebben duizend keer in die kist gekeken. Er zat niets in.'

'Wat is er met de kist gebeurd?' Hedy probeerde zich de

naam te herinneren. 'De Kaleidos?'

'Ik heb hem afgebroken. Ik kon hem niet houden met een peuter in huis. Ik wilde niet dat Olivia er ook maar bij in de buurt kwam.'

Hij zette de radio harder, maar het duurde nog een tijdje voor hij weer op het stuur begon te drummen, en toen klonk het een stuk minder energiek dan daarvoor.

Ze kwamen in het plaatsje Stradmoor, dat er heel gewoon uitzag en waar het wemelde van de auto's en fietsers en mensen die op hun telefoon keken. De eerste dagen had Hedy de stilte in Marberry's Rest maar vreemd gevonden, onheilspellend, en toch was ze er kennelijk aan gewend geraakt. Stradmoor, dat tot voor kort in haar ogen een klein gat geweest zou zijn, kwam nu net zo chaotisch en lawaaiig op haar over als de stad die haar thuis was.

Opa leek er de weg te kennen. De auto zigzagde langs de nieuwere gebouwen en winkels, waar hele gezinnen bezig waren met de kerstinkopen, naar oudere, stillere straten die uiteindelijk overgingen in smalle stegen, verveloos en vuil door de voetgangers en het verkeer van jaren.

Opa John parkeerde naast een rijtje winkels. De groezelige gevels waren stuk voor stuk onder de graffiti gespoten en voor de deuren zaten zware tralies.

'Is het hier niet gevaarlijk?' vroeg Spencer.

'Ik zal goed op jullie passen,' zei opa, al was dat eigenlijk geen antwoord op de vraag. 'En nu uitstappen.'

Het middelste gebouw in het rijtje was citroengeel geschilderd. De ramen waren niet zo smerig als bij de buren, maar je kon er toch moeilijk doorheen kijken. Op de deur stond in bladderige letters: DE PALISSADE – ALLEEN OP AFSPRAAK.

Opa John duwde de deur met zijn schouder open, en Hedy en Spencer liepen achter hem aan een grote ruimte in vol goochelaarsbenodigdheden. Hoge hoeden, zwarte capes, toverstokken, zijden zakdoeken in alle kleuren van de regenboog, speelkaarten en allerlei andere attributen lagen keurig uitgestald in kasten of hingen aan rekken. Het rook er naar citroen.

'Meneer Sang!' riep een stem van boven.

Een jonge man, gekleed in een wijde broek en de sneakers die Hedy voor kerst hoopte te krijgen, liet zich langs de leuning van een krakende trap naar beneden glijden. Met de stralendste, aantrekkelijkste lach die ze ooit bij iemand gezien had, schudde hij opa John hartelijk de hand.

'Hoe gaat het met je, Soumitra? Loopt het een beetje op de universiteit?' vroeg opa.

Soumitra haalde een hand door zijn slordige haar. 'U weet dat ik liever hier ben. Maar mama vindt dat ik iets achter de hand moet hebben voor als de goochelarij in een dip raakt.' Hij knikte naar Hedy en Spencer. 'Zijn jullie bij meneer Sang in de leer?'

'Ik wel!' zei Spencer.

Soumitra gaf hem een boks; ze waren nu al vrienden. 'En jij?' vroeg hij aan Hedy.

Opa John kuchte luid. 'Nou, Soumitra, ze lijken mij nog wat jong om al een carrièrekeuze te maken. Ah, mevrouw Pal!'

Een vrouw met witgrijs haar daalde langzaam de trap af. Haar wandelstok bonkte bij elke stap op het hout.

Soumitra rende met twee treden tegelijk naar boven om haar te helpen. Ondanks haar kreupelheid, haar stok en haar dikke brillenglazen keek ze scherp en helder uit haar ogen.

'Goedemorgen, meneer Sang,' zei ze terwijl ze opa John een hand gaf. Hedy herkende haar stem van het telefoongesprek eerder die ochtend. 'Heb je je lijfwachten bij je?' voegde ze er met een vriendelijke blik op Hedy en Spencer aan toe.

'Mijn chauffeur en mijn sjouwer. Mevrouw Pal, mag ik u voorstellen: Hedy en Spencer.'

Terwijl de kinderen haar begroetten, zette mevrouw Pal haar bril voor op haar neus om hen beter te bekijken. 'Aangenaam kennis te maken.' En tegen opa John vervolgde ze: 'Aardige, sterke kleinkinderen. En intelligent, denk ik zo.'

'Als ze nu ook nog naar me zouden luisteren, zou ik zeggen dat ze een lot uit de loterij zijn,' zei hij droog.

Ze grinnikte. 'Op een dag zijn ze onze redding en zullen we ze dankbaar zijn voor hun dwarsigheid. Kom,' ging ze verder. 'Dan laat ik u de nieuwe aanwinst zien.'

'Vind jij het erg om even op deze twee boeven te passen?' vroeg opa aan Soumitra.

'Geen probleem,' zei de jonge man. 'Genoeg te zien hier.'

Opa John keek de kinderen strak aan.

'We komen nergens aan,' zei Hedy vlug.

'Natuurlijk wel!' riep Soumitra, maar toen hij opa's strenge blik zag voegde hij eraan toe: 'Maar alleen onder mijn strikte en hoogst verantwoordelijke leiding. Op mijn woord van eer.' Als een scout die de belofte doet, stak hij drie vingers in de lucht.

Opa John maakte een spottend geluid, maar liep zonder nog iets te zeggen achter mevrouw Pal aan naar boven.

Soumitra gaf Hedy en Spencer allebei een blikje fris. Nadat hij er voor zichzelf ook een open had gemaakt zei hij: 'Bij de scouts hebben ze me eruit gegooid, moet ik wel bekennen.' Hedy was geschokt, maar voor ze kon vragen wat hij dan gedaan had, liep Soumitra weg en riep: 'Willen jullie iets cools zien?'

Aan de andere kant van de ruimte hing een grote ingelijste poster van een goochelaar op een podium. Het was een jonge opa John. Hij was midden in een zin, een zijden cape golfde van zijn schouders en zijn toverstok wees naar een klein meisje dat in een wolk rook op een voetstuk stond. Hedy kon het applaus van het publiek bijna horen.

'Wat zag hij er goed uit, hè?' zei Soumitra vol bewondering. 'Hij was hartstikke beroemd.'

Spencer haalde zijn polaroidcamera uit zijn rugzak om een foto te maken.

'En moet je deze gast zien.' Soumitra wees naar een foto van een Chinese man van middelbare leeftijd, met een rond hoofddeksel op. Hij droeg een donker, gewatteerd jasje boven een lichte rok en had lange linten om zijn schouders gedrapeerd. Zijn ogen stonden ernstig en zijn scherpe jukbeenderen wierpen schaduwen over zijn gezicht. 'Weten jullie wie dit is?'

Hedy bukte zich om de kleine lettertjes onder aan de foto te lezen. 'Tsang Li Ming.'

'Jullie betovergrootvader,' zei Soumitra.

De kinderen keken hem ongelovig aan.

'Op mijn woord van eer. En nu echt.'

'Maar dit is een Chinees,' zei Spencer.

Hedy bekeek de foto van nog dichterbij, op zoek naar

iets wat een link kon leggen tussen het geschoren hoofd van Tsang Li Ming en haar eigen piekenbos, of tussen die messcherpe jukbeenderen en Spencers ronde sproetenkop. Ze kon niets ontdekken. 'Weet je dat zeker?'

'Dat vertelde mijn oma,' zei Soumitra. 'Op een goed moment hebben ze die T laten vallen om de naam een meer westerse klank te geven. Daarom heet je opa dus nu meneer Sang.'

'Ik ben voor een deel Chinees,' fluisterde Spencer verrukt.

'Een... zestiende deel,' zei Hedy, die het snel had uitgerekend. 'Is je oma ook goochelaar?' vroeg ze aan Soumitra.

'Mijn oma ziet dingen die wij niet zien. Maar een goochelaar was ze niet. En nu verkoopt ze dingen. De gewone illusionistenbenodigdheden' – hij maakte een weids armgebaar – 'en die andere spullen.'

'Welke andere spullen?' vroeg Spencer.

'O.' Soumitra kuchte. 'Saaie spullen, niet de moeite waard.'

Maar Hedy's innerlijke speurhond tilde driftig snuffelend zijn kop op, dus waarschijnlijk waren die 'saaie spullen' allesbehalve saai.

'Praten opa John en mevrouw Pal nu over "andere spullen"?' vroeg ze zo nonchalant mogelijk. Intussen liep ze langs posters van andere goochelaars. Ze bleef staan bij een kleurige foto van een klein mannetje met felgroen haar dat een enorme trombone uit zijn sok toverde.

'Yep,' zei Soumitra terwijl hij de capes aan een rek recht hing. 'Ze spreken elke twee maanden af. Mijn oma zoekt dingen waar je opa in geïnteresseerd is.'

'Opa John heeft al vet veel,' zei Spencer. 'Zijn huis staat tjokvol en je mag nergens aankomen. Echt zonde.'

'Hij is gewoon zuinig op zijn spullen, denk ik.'

'Waar is hij dan in geïnteresseerd?' vroeg Hedy.

'Supermagische spullen?' vroeg Spencer met een doos nepijsblokjes in zijn hand.

Soumitra dacht na. 'Je hebt mannen die oude auto's verzamelen, die het niet meer doen. Die staan dan in de garage stof te vangen, maar die oude knarren vinden het leuk om ernaar te kijken en terug te denken aan de tijd dat ze nog glommen van nieuwigheid. Dat heeft jullie opa denk ik ook, maar dan met andere dingen.'

'Maar hij heeft zat spullen die het nog wel doen,' zei Spencer. Soumitra's wenkbrauwen vlogen omhoog, en Spencer vervolgde haastig: 'Niet tegen opa zeggen dat we dat weten. Toch, Hedy?'

Soumitra keek naar Hedy, die was doorgelopen naar een enorme poster van een illusionist die Sebastian Sello heette. Met een indrukwekkend paar vleugels op zijn rug scheerde hij over de London Bridge.

'Ik meen het, jongens, doe voorzichtig,' zei Soumitra ernstig. 'Dingen zijn soms onvoorspelbaar. Ik bedoel, een auto is ook gevaarlijk als je niet kunt rijden.'

Hedy knikte resoluut. Het werd tijd om Soumitra van dit onderwerp af te brengen. 'Dit is de eerste keer dat ik merk dat hij blij is om iemand te zien, behalve ons en onze ouders. Volgens mij heeft hij geen vrienden. Er komt nooit iemand langs. Alleen oom Peter, zijn broer.'

'Echt?' Het klonk verrast. 'Blij het te horen. De meeste broers groeien uiteindelijk ook wel over die rivaliteit heen, denk ik.'

Rivaliteit? Hedy dacht aan de manier waarop opa John en oom Peter elkaar konden sarren. Zouden ze vroeger soms nog veel erger zijn geweest?

'Hij heeft die hele showy kant van het vak natuurlijk ook de rug toegekeerd,' vervolgde Soumitra. 'Sommige mensen waren niet zo aardig tegen hem nadat jullie oma...' Hij zweeg opgelaten, maar vervolgde toen monter: 'Zin in een verkleedpartijtje?'

Nadat ze een tijd in een mand met beschadigde toneelkleren hadden gerommeld, zoemde de telefoon in Soumitra's zak. 'Je opa is klaar,' zei hij nadat hij het bericht gelezen had. 'Ik moet even helpen iets naar zijn auto te brengen.'

'Was dat je oma die appte?' vroeg Hedy met een nieuwsgierige blik op de trap.

Soumitra knikte. 'Dat is makkelijker voor haar dan naar beneden roepen.'

'Opa John weet geloof ik niet eens wat je moet met een telefoon die niet aan de muur vastzit.'

Soumitra liep voor hen uit de trap op. 'Geen foto's hierboven,' zei hij tegen Spencer voor hij een deur opendeed.

Mevrouw Pal en opa stonden naast een groot voorwerp, onregelmatig van vorm en verpakt in een laken. Hedy zag ook twee pakjes bij opa's jas liggen, ingepakt in kerstpapier.

'Past het in uw auto, meneer Sang?' vroeg Soumitra.

Opa John tuitte zijn lippen. 'Als we de drie hoofdonderdelen uit elkaar halen misschien. Die kunnen we dan stapelen.'

Soumitra knikte en wilde het laken al losmaken, maar opa John hield hem met een handgebaar tegen en schraapte met een vlugge blik op Hedy en Spencer zijn keel. Zij mochten dus niet zien wat het was.

'Misschien kunnen jullie even met mevrouw Pal kletsen terwijl Soumitra en ik dit in de auto leggen?' stelde hij voor. 'Het duurt niet lang.'

HOOFDSTUK 9

GOUDEN HANDEN

Hedy en Spencer volgden de schuifelende vrouw door een klein gangetje naar een ruime werkplaats. In de lengte van de ruimte stond een houten werkbank met verzonken inktpotten in het blad en een uitklapbare gereedschapskist erop.

Mevrouw Pal liep langzaam door naar een deur aan de andere kant. Hedy gluurde door de kier naar de kamer erachter. Stangen liepen kriskras door de ruimte, en aan die stangen hing een bonte verzameling voorwerpen. Er was een bril bij, er waren dominostenen die gemaakt leken van glas en edelsteentjes, er hing een of ander meetinstrument met allerlei kleine en grote wijzerplaten, en nog veel meer. Hedy dacht zelfs dat ze een blik Smac zag.

Eronder zag ze een ronde lap stof, uitgespannen als een vangnet. Het licht in de kamer werd alle kanten op gekaatst.

Al die hangende voorwerpen gaven er hun eigen kleur aan: paars, geel, rood en groen. Op de lap eronder verschenen een paar donkere kronkellijntjes. Ze waren te ver weg om te zien wat ze voorstelden, maar mevrouw Pal klakte tevreden met haar tong.

'Wat is dat?' vroeg Spencer.

'Een experiment. Een manier om dingen te zien,' zei mevrouw Pal voordat ze de deur dichtdeed.

'Met Smac?' vroeg Hedy voor de grap.

Mevrouw Pal keek haar geamuseerd aan. 'Het zou je verbazen wat je met Smac allemaal kunt zien.'

'Hoezo? Heeft Smac dan speciale eigenschappen?'

'Veel dingen worden in de loop van de tijd groter of krachtiger. Hun kernkwaliteiten dikken in tot ze veel meer zijn dan ze waren.' Maar ze keek er zo vrolijk bij dat Hedy dacht dat ze misschien een grapje maakte.

Een harde klap maakte een eind aan hun gesprek en leidde de aandacht naar het vreemdste wat de kinderen tot nu toe hadden gezien: een verzameling gouden handen, bevestigd aan een massieve houten plank die aan de muur was geschroefd. Het waren er meer dan twintig, en ze hielden allemaal speelkaarten, een sjaal of een ander voorwerp vast. Terwijl ze dichterbij kwamen begonnen de handen te bewegen. Van sommige bewogen alleen de vingers, andere maakten een vuist, weer andere lieten de pols draaien. Onder alle handenparen zat een naambordje, met artiestennamen zoals de Fantastische Forrest Maymon, Viola de Verbijsterende, de Razende Rastaman.

'Wat is dit?' riep Spencer uit.

'*Souvenez-vous la main*,' antwoordde mevrouw Pal.

Spencer probeerde het na te zeggen. 'Souvenir foelemon?'

'Dat is Frans voor "Denk aan de hand". Dit zijn allemaal afgietsels van handen van gestorven goochelaars. Dag allemaal,' zei ze tegen de handen, 'dit zijn de kleinkinderen van John Sang.'

Geschrokken hielden alle 22 handen zich stil. Hedy had zich nog nooit zo bekeken gevoeld. De handen leken vol ontzag bij het horen van de naam Sang.

Het eerste paar dat zich wist te vermannen wenkte Spencer met een wijsvinger dichterbij. Zenuwachtig liep hij naar Samuel Garcia, goochelaar, die twee oude munten in de lucht stak. Samuel draaide zijn handen open, met de handpalmen naar boven, ten teken dat Spencer hetzelfde moest doen. Toen Spencer zijn handen ophield, stak Samuel een wijsvinger uit alsof het een pistool was. De vinger ging één keer, toen twee keer met een rukje omhoog, waarop eerst de ene en toen de andere munt in Spencers handen viel. Het waren zilveren munten, oud en onbekend, met een kruis van wapenschilden erop. Samuel legde zijn handen in elkaar, schudde ermee en wees naar Spencer. Spencer deed hem na, en de munten rinkelden in zijn handen. Op Samuels aanwijzing deed hij zijn handen open; de munten waren weg.

'Hè?!' riep hij.

De handen pakten die van Spencer en keerden ze om en om alsof ze naar de verdwenen munten zochten. Toen beduidden ze Spencer dat hij van zijn hand een pistool moest maken en twee keer zogenaamd moest schieten. Eén, twee munten vielen schijnbaar uit Spencers vinger in de handen van Samuel. Hedy keek met open mond toe.

'Hoe deed hij dat?' zei Spencer stomverbaasd.

Samuel bewoog een wijsvinger heen en weer alsof hij wilde zeggen: 'Nee.'

'Was dat echte magie of een goocheltruc?' vroeg Hedy.

'Een ware meester verklapt nooit...' Maar mevrouw Pal maakte haar zin niet af.

Hedy en Spencer keken om en zagen dat de vrouw hen met de grootste aandacht stond te bekijken. Hedy's nekharen gingen ervan overeind staan.

'Er heeft iets contact met jullie gezocht,' zei de vrouw zacht.

Hedy en Spencer keken elkaar aan. Had ze het over Matt en Stan? Simon? Mevrouw Pal sloot haar ogen achter de dikke brillenglazen, maar ze hield haar rimpelige gezicht naar hen toe gekeerd.

'Een familiegeest,' vervolgde ze.

'Oma Rose,' fluisterde Hedy met bonkend hart. 'Hoe weet u dat? Ze heeft al een tijdje niets meer gezegd.'

'Ze heeft jullie aangeraakt, dat zie ik, als een vervagende blauwe plek die je zelf al vergeten bent.'

'Ziet opa John dat ook?'

Mevrouw Pal schudde haar hoofd en deed haar ogen weer open. 'Je grootvader baadt zo in zijn herinneringen aan haar dat het voor hem een regendruppel zou zijn in een stortbui.'

'Ze wil dat Spencer en ik haar zoeken,' zei Hedy plompverloren.

De ogen van mevrouw Pal werden zo groot als schoteltjes.

'We hebben het nog niet aan opa verteld.'

'Je opa denkt dat ze dood is.'

'Denkt u dat ook?'

De oude dame zette haar bril af, haalde een zijden goochelaarssjaal uit haar zak en begon nadenkend de glazen te poetsen. 'Er gingen wel geruchten. Maar het is lang geleden, en ze kwamen van bronnen die ik niet per se zou vertrouwen.'

'Waarom kan ze ons wel aanraken, maar hem niet?' vroeg Spencer.

Mevrouw Pal dacht lang na. 'Misschien omdat jullie bloedverwanten zijn en hij niet.' Ze wachtte even voor ze verder sprak. 'Maar de echte reden is denk ik dat hij de deur naar de ware magie dicht heeft gegooid. En daarmee ook de deur naar Rose. Hij verzamelt en hij waakt, maar hij kiest ervoor om de magie niet recht in de ogen te kijken.'

Ze wreef peinzend over haar hoofd, waardoor ze precies op Soumitra leek. Toen haar mouwen opkropen, zag Hedy een klein randje van de tatoeages op haar polsen. 'En, kinders, waar is ze?' vroeg ze.

'Dat weten we niet,' zei Hedy. Eerst aarzelend, en toen heel vlug vertelde ze hoe ze ZOEK MIJ in het stof had zien staan en hoe zij en Spencer Matt, Stan en Simon hadden leren kennen. 'Weet u waar ze zou kunnen zijn?'

'Rose moet ergens in huis zijn als ze jullie kan zien, maar...' Mevrouw Pal deed er hulpeloos het zwijgen toe.

'Hoe kunnen we haar vinden?'

De vrouw liet haar blik door de werkplaats gaan alsof ze inspiratie zocht.

'Ik hoor opa aankomen,' zei Spencer opeens.

Ze hoorden voetstappen in de gang, en Soumitra die een grap maakte.

'Mevrouw Pal, wat moeten we doen?' fluisterde Hedy nog vlug.

Maar voor een antwoord was geen tijd meer. Opa John stak zijn hoofd al om de hoek van de deur. 'Klaar om te vertrekken?'

Mevrouw Pal keek hem met een opgeruimde glimlach aan, alsof ze alleen maar wat over Smac hadden staan kletsen.

Toen Hedy langs de gouden handen liep, hield één paar, dat van Viola de Verbijsterende, haar tegen. Viola's handen maakten een hartje en Hedy deed grijnzend hetzelfde. Uit haar ooghoeken zag ze dat Samuel deed alsof hij met een pistool op haar zak schoot. Ze moest lachen en schoot terug, waarna ze vlug achter de anderen aan ging.

Buiten was het kouder dan toen ze aankwamen. Bibberend liepen de kinderen naar de auto. Soumitra leerde hun een ingewikkeld handenschudritueel, en mevrouw Pal gaf hun een aai over hun bol en zei dat ze gerust nog een keer langs mochten komen. Ze kreeg geen kans meer om antwoord te geven op Hedy's vraag.

Pas toen ze halverwege Stradmoor en Marberry's Rest waren, dacht Hedy weer aan het afscheid van Viola en Samuel. In de zak waar Samuel zogenaamd op had geschoten vond ze een visitekaartje. Aan de ene kant stond DE PALISSADE, met een telefoonnummer. Aan de andere kant stond in een krullerig handschrift een vreemde waarschuwing:

Vraag Niemand om hulp.

HOOFDSTUK 10

IETS ERTUSSENIN

Opa John wilde zijn aankoop niet mee naar binnen nemen zolang de kinderen toekeken. 'Soumitra heeft me geholpen het te demonteren zodat het in de auto zou passen,' zei hij opgewekt, en hij deed de auto op slot. 'Zo zwaar is het niet, nu het uit elkaar ligt. Ik haal het later wel op.'

'En die pakjes?' hintte Spencer. 'Met dat kerstpapier?'

Opa onderdrukte een glimlach. 'Hup, naar binnen jullie,' zei hij. 'Jullie staan te bibberen.'

Dat was waar. De kilte die ze hadden gevoeld toen ze Simon aanraakten, had zich via hun handen verspreid naar hun armen en borst, en de winterse kou leek dwars door hun kleren heen te gaan. Binnen trok Hedy haar vingerloze handschoenen aan, zodat ze de bladzijden van haar boek tenminste nog kon omslaan en de hand waarmee ze Simon had aangeraakt toch een beetje warm werd. Spencer was zijn handschoenen natuurlijk weer eens kwijt, maar hij pakte gewoon een voetbalkous en trok die zo ver mogelijk over zijn arm.

Ondanks het goede humeur waarmee hij van De Palissade thuis was gekomen, vond opa John het niet goed dat Spencer met een kous aan zijn arm aan tafel ging, en ook Hedy moest haar handschoenen uitdoen.

'Maar ik heb zo'n koude hand,' protesteerde Spencer.

'Hoezo? Wat heb je er dan mee gedaan?'

Ze hielden allebei hun mond stijf dicht. Natuurlijk zeiden ze niet: 'We hebben aan een geest gevoeld.'

Soep en een warme douche hielpen wel een beetje, maar bij het naar bed gaan trokken de kinderen toch een trui aan over hun pyjama. Hedy, die niet in slaap kon komen, bleef maar malen over de boodschap op het visitekaartje. 'Spence,' fluisterde ze uiteindelijk, 'wat denk jij dat het betekent: "Vraag niemand om hulp?" Het klinkt een beetje zoals wat Simon zei.'

'Geen idee,' mompelde hij met zijn mond in zijn kussen. 'Dat we geen mens om hulp mogen vragen misschien?'

'Dan staan we er dus alleen voor.' Ze staarde naar het plafond. 'Mogen we er dan ook met geen mens over praten?'

'Matt en Stan zijn geen mensen,' zei Spencer, 'dus die kunnen we volgens mij best om hulp vragen.'

Hedy rolde met haar ogen om de logica van een achtjarige, maar om de een of andere reden prikkelden Spencers woorden haar als een erwt onder het matras. Ze drukte de muizen van haar handen in haar ogen. Flarden van een idee zweefden door het duister, zo voor het grijpen als ze tenminste niet te snel was en ze weer wegjoeg.

Geen mens, niemand, iemand. Wat was het? *Iemand, niemand...*

Hedy zat opeens rechtop in bed.

'Wat is er?' vroeg Spencer.

Ze gooide haar dekbed van zich af, trok haar badjas aan en stopte het kaartje van De Palissade in haar zak. 'Kom mee.'

'Waarheen?'

'We moeten even iets bekijken.'

'Wat voeren jullie in je schild, schooiers?' vroeg Stan toen ze hun hoofd om de hoek staken.

'We speuren naar aanwijzingen,' zei Spencer met een grijns.

Hedy zocht op de plank naar het boek dat zich die eerste avond op de grond had laten vallen. Toen ze het had gevonden had Spencer zich inmiddels ingerold in de achterkant van Matt de Mat. Hij tuurde naar de poot waarmee de beer Simons deur open had gemaakt. De verkleurde plek leek nog lichter te zijn geworden, en ook groter.

Stan rekte zijn hals. 'Wat doe je daar, welp?'

'Ik probeer warm te blijven,' antwoordde Spencer. 'Sinds we aan Simon hebben gevoeld, krijgen Hedy en ik het steeds kouder.'

Het hert schudde bezorgd zijn hoofd. 'Ik vraag me af of het wel zo'n goed idee was om die kamer binnen te gaan en hem erbij te betrekken.'

'Niet je beste idee ooit,' zei Matt instemmend.

Stans bruine ogen vernauwden zich. 'Wat zei je daar,

versleten haardkleed? Ah ja, klopt, het was een idee van ons sámen.'

'Jongens, jongens,' kwam Hedy tussenbeide, 'het geeft niet, ik denk dat Simon ons een hint gaf toen hij het over "niemand" had. Vanmiddag zeiden de handen van die dode goochelaars dat we "niemand" om hulp moesten vragen.' Met het plakboek op schoot ging ze bij Spencer en Matt op de grond zitten. Ze bladerde er zorgvuldig doorheen en liep alle krantenknipsels en flyers langs.

'Wat zoek je?' vroeg Spencer, die net over haar knie heen kon kijken.

'Een advertentie.' Meer wilde ze er niet over kwijt, bang als ze was dat haar theorie onzin zou blijken als ze er hardop over praatte.

Na een tijdje begonnen de rechterbladen vanzelf omhoog te komen. Het leek wel alsof ze omgeslagen wílden worden. Ze begreep de hint en bladerde wat sneller door alle succesvolle jaren van de Illustere John Sang, Illusionist. Maar al snel klapten de bladen met meer kracht om.

Ze stak haar handen op. 'Ik doe niets!' riep ze.

De bladen gingen nu in een razend tempo van rechts naar links, alsof het plakboek een eigen leven leidde, en opeens begon het te waaien. Hedy gooide het boek van haar schoot en schoof een stuk achteruit. Spencer verdween met zijn hoofd in zijn holletje van berenvacht.

Door de wind vloog er een raam open, en ijskoude lucht waaide de kamer in. Een heel blad scheurde los uit het boek en fladderde alle kanten op, als een vogel die niet gevangen wilde worden, maar toen het tussen Stan en de muur door zeilde, wierp Stan zijn kop naar achteren. Met een punt van zijn gewei prikte hij het blad aan de muur.

'Heel goed gedaan, Stanley!' prees Matt.

De wind ging net zo snel liggen als hij was opgestoken. Stan bevrijdde zijn kop uit zijn ongemakkelijke houding, en het blad dwarrelde rustig naar de grond.

'Wat was dat?' vroeg Spencer. 'Deed het boek dat?'

'Was het oma Rose?' dacht Hedy hardop.

Stan schudde weifelend zijn hoofd. 'Ik heb hier nooit eerder zoiets meegemaakt.'

De kinderen bogen zich over het losse blad, en Hedy's adem stokte. Daar was het. Wat het ook was waardoor dit blad uit het boek was gescheurd, het wist waar ze naar op zoek was: een best wel afstotelijk artikel waar haar oog die eerste avond op was gevallen.

Het stukje ging over de illusionist wiens beroemdste act was dat hij zichzelf onthoofdde en later zijn hoofd weer terugzette. Hij noemde zichzelf de Adembenemende Albert Niemand.

'Opa John kent hem!' riep Spencer. Hij wees naar een foto van een groepje van vijf in capes gehulde illusionisten die allemaal vrolijk hun hoge hoed in de lucht gooiden. Het bijschrift vermeldde dat tussen de Broeders van de Bifrost (Anders en Morten) en de Adembenemende Albert Niemand de Legendarische Gebroeders Sang stonden. Het waren opa John en oom Peter in hun jonge jaren.

'Ik denk niet dat we hier veel aan hebben,' zei Hedy. Ze had het gevoel dat alle energie uit haar was gestroomd. Ze had alvast vooruit gelezen, en het artikel was eigenlijk een in memoriam, een korte levensbeschrijving van iemand die is...

'Overleden,' fluisterde Hedy. 'Albert Niemand leeft niet meer.'

Behalve de kou die zich in hen verspreidde, maakte ook de ontdekking van Albert Niemand en wie hij was hun het slapen niet makkelijk. Toen ze de volgende ochtend laat wakker werden, voelden ze zich net mevrouw Vilums ingevroren maaltijden. Na het aankleden sloeg Hedy net als Spencer ook nog een deken om zich heen, en zo ingepakt waggelden ze de trap af om te gaan ontbijten.

'Wat moet dit voorstellen?' vroeg opa John met een achterdochtige blik op de dekens.

'Ik geloof dat we kou hebben gevat,' zei Hedy, en eigenlijk was het nog waar ook.

'Is er nog wat van die soep?' vroeg Spencer hoopvol.

Het antwoord was nee, maar ze kregen allebei een kop citroenthee met honing, en ze aten geroosterd brood tot de hele zak leeg was.

Mevrouw Vilums kwam terwijl ze nog aan het afwassen waren en riep vrolijk hallo voor ze haar mantel aan de kapstok bij de achterdeur hing. Hedy voelde dat de huishoudster naar haar keek toen ze stuntelig met één hand de schone vaat in de kast probeerde te zetten. Ze fronste bezorgd haar wenkbrauwen en voelde aan Hedy's voorhoofd en wangen. 'Je voelt koud,' zei ze langzaam. Hedy had het vermoeden dat ze precies op de hoogte was van de geest aan de piano. 'Je moet naar buiten. De zon in.'

Opa John, die op weg was naar zijn werkkamer, draaide zich om in de deuropening. 'Het lijkt me niet wijs om Hedy in haar toestand de kou in te sturen,' protesteerde hij.

'En volgens mij is er weinig zon vandaag,' voegde Hedy eraan toe.

'Zon is het beste bij zo'n soort kou,' hield mevrouw Vilums vol. 'Je kunt je inpakken zoveel als je wilt, het helpt geen steek. Maakt u zich geen zorgen, meneer, ik hou ze goed in de gaten. Spencer?' Ze wenkte hem met haar wijsvinger en voelde fronsend aan zijn wang. 'Jij hebt ook zon nodig, jongeman.'

De huishoudster gooide de keukendeur open en keek naar de lucht, bewegingloos als de stenen monsters op het dak. Verderop was een brede strook blauwe hemel te zien. Met een witte vinger wees ze naar de tuin.

'Er is al zo veel koud in dit huis,' fluisterde ze terwijl de kinderen naar buiten stapten. 'Jullie hoeven daar niet ook nog bij.'

Nu begon Hedy zich pas echt zorgen te maken.

Spencer gaf haar een por. 'Kom, laten we nog een keer naar die beelden gaan kijken.'

Een bladerloze esdoorn overschaduwde het eerste deel van de tuin. De kinderen volgden het pad, dat glad was van dagen oude sneeuw en de afgestorven planten die er half overheen lagen. Erboven welfde een lange, houten, met doorns bezette boog, die in de zomer zou veranderen in een tunnel van klimroos.

In het achterste deel van de tuin stonden twee muurtjes. Het eerste was een laag bakstenen bouwsel met een dor moestuintje erachter. Het tweede, dáár weer achter, was hoger, zag er ouder uit en verborg een ongeorganiseerde verzameling grote stenen beelden.

Er was een Chinese leeuw bij, met een welpje onder een

van zijn poten, een ram met hoorns die bijna tot Hedy's kruin kwamen en een vrouw in een lange jurk, die een met klimop begroeide schaal in haar handen hield. Helemaal achter in de tuin stond een bankje met op beide uiteinden een zittende, met een hoofdkap bedekte figuur van zwarte steen.

'Wat d-d-doen al die dingen hier?' vroeg Spencer klappertandend.

'Het lijkt wel een beeldenkerkhof,' zei Hedy.

Spencer keek in de schaal in de handen van de vrouw in de lange jurk. 'Hedy, moet je zien!'

De schaal was gevuld met takjes en dor gras, en daartussen lagen drie grote eieren. Ze waren donkergrijs van kleur, maar ze zagen er niet uit als steen. Hedy pakte er nieuwsgierig een en Spencer volgde haar voorbeeld. Ze voelden licht aan.

'Volgens mij zijn dit echte eieren,' zei Hedy.

'Maar van welke vogel?' vroeg Spencer.

'Ze zijn te groot voor kippen. En kippeneieren hebben een heel andere kleur.' Ze rilde zo hevig dat ze het ei bijna uit haar handen liet vallen; voor de zekerheid legde ze het voorzichtig terug in de schaal. Haar vingers en tenen begonnen gevoelloos te worden.

Spencer liet zijn ei in zijn zak glijden. 'Je lippen zijn blauw,' zei hij. 'Worden we nu zelf geesten omdat we Simon hebben aangeraakt?'

Hedy probeerde de angst dat dit waar was te onderdrukken. 'Dat kan nooit,' zei ze. 'Geesten zijn de zielen van dode mensen, levende mensen worden niet zomaar geest.'

'Maar iets ertussenin misschien wel?' vroeg Spencer angstig.

'We worden helemaal niets,' zei Hedy met meer overtuiging dan ze echt voelde. Ze wreef over haar wangen. 'Mevrouw Vilums zei dat het goed zou komen als we in de zon gingen. Kijk.' Ze wees naar een stuk strakblauwe lucht.

Met wapperende dekens sjokten ze naar het deel van de tuin waar een beetje zon op viel. Het duurde even voor er iets gebeurde, maar toen voelde Hedy haar tenen, vingers, armen en benen heel langzaam ontdooien. Het koude paars trok uit Spencers lippen en hij stopte met klappertanden.

'Het werkt,' prevelde hij. 'Ik raak nooit meer een geest aan. Wat was er met ons gebeurd als we niet in de zon waren gaan staan?'

Hedy zag mevrouw Vilums scharrelen achter het keukenraam. 'Zij schijnt het te weten.'

Spencer volgde haar blik. 'Zullen we haar eens naar Niemand vragen?'

HOOFDSTUK 11

EEN LIE... LIERVOGEL

Mevrouw Vilums stond hen bij de achterdeur op te wachten.

'Hoe voelen jullie je?' vroeg ze.

'Beter. Dank u.'

Haar scherpe ogen bleven op Spencer rusten. 'En jij, jongeman?'

Spencer deed zijn vliegeniersmuts af. 'Ja, beter, dank u.'

'Dan is het goed afgelopen,' zei ze, en ze verdween in de wasruimte.

De kinderen slenterden achter haar aan. Ze hoorden water in de gootsteen klateren en zagen vanuit de deuropening dat mevrouw Vilums bezig was om een stapel schoonmaakdoeken te wassen. 'Hoe wist u dat we de zon in moesten?' vroeg Hedy plompverloren.

De huishoudster draaide zich half om. 'Gewoon,' zei ze. 'Het is toch logisch om de zon in te gaan als je het koud hebt?'

'In Engeland niet. Hier kun je jaren wachten op de zon.'

Mevrouw Vilums grinnikte.

Spencer wierp een waakzame blik achter zich en fluisterde luid: 'Was u vroeger ook goochelaar, net als opa John?'

'Ik niet.'

Ze sloegen mevrouw Vilums nog even gade en stapten vervolgens zwijgend over de drempel, alsof ze de uitgang voor haar wilden blokkeren. Toen de huishoudster een emmer en zwabber pakte vroeg Hedy: 'Weet u hoe we contact kunnen leggen met Albert Niemand?'

Mevrouw Vilums kneep zo hard in de fles met schoonmaakmiddel dat het alle kanten op spoot. Ze slikte, en haar oren werden een tint roder. 'Pardon?'

'Albert Niemand. Is er in dit huis misschien iets van hem te vinden?'

Mevrouw Vilums begon druk de gootsteen schoon te vegen. Uiteindelijk zei ze, zonder hen aan te kijken: 'Ik heb nog nooit van een Albert Niemand gehoord.'

Lie! Lie!

Even stonden ze alle drie als aan de grond genageld. Spencer stak een hand in zijn jaszak en haalde er voorzichtig het ei uit. Het schommelde zachtjes heen en weer op zijn hand, en in de donkergrijze schaal pulseerden fijne koperrode lijntjes. En opnieuw klonk het gedempt: *Lie! Lie!*

'Wat heb je daar?' Ze maakten een sprongetje van schrik. Opa John was in de deuropening verschenen zonder dat ze hem hadden horen aankomen.

Spencer stak zijn hand uit. 'Een ei!'

Opa John leek geschokt. Krabbend aan zijn kin staarde hij een hele tijd naar het ei. 'Heb je het zo gevonden?' vroeg hij uiteindelijk.

'Eerst was het helemaal grijs, als steen,' zei Hedy.

'Wat is het, opa?' vroeg Spencer, die zachtjes met een vinger over het ei aaide. 'Wat voor vogel, bedoel ik.'

Hun opa aarzelde. 'Dit is een lie... liervogel. De eieren lagen in de schaal toen ik dat beeld kocht, en ik heb ze er maar gewoon in laten liggen.' Hij stak er een vinger naar uit, maar liet zijn hand weer zakken voor hij het aanraakte. 'Ik wil graag dat jullie het terugleggen waar jullie het gevonden hebben.'

Op dat moment ging de bel. Van buiten kwam het geroep van kinderen.

'Daar zijn Max en Jelly!' riep Spencer, en hij rende al naar de hal.

Hedy wilde snel achter hem aan, maar struikelde bijna over de drempel van de wasruimte en zag uit haar ooghoek een bobbel in de deurpost, net zoals in de vloer op die eerste avond. Met een siddering verdween het ding even later in het hout.

Oom Peter en Jelly stonden met een kerstboom op de oprit. Een doos vol ballen en slingers stond op de veranda, bijna zeker daar neergepoot door Max, die nu een sneeuwbal naar Spencer gooide.

'Ik heb al mijn moeders lievelingsspullen gegapt!' riep Jelly, en ze wees naar de doos.

'Ik hoop niet dat je van plan bent binnen te komen met

al die rommel,' bitste opa John, die de kerstvreugde onverbiddelijk op zijn voordeur af zag komen.

Oom Peter grinnikte. 'Het was niet mijn idee.'

'Mijn sportclub verkocht kerstbomen voor het goede doel,' zei Jelly. 'We hebben er als verrassing een gekocht. De mooiste die er nog was.'

'Jullie hadden eerst wel eens mogen bellen,' mopperde opa John.

'Opa wist zeker dat jullie thuis zouden zijn,' zei Max, 'want u bent een kluizenaar. Dat betekent dat u nooit ergens heen gaat!'

Oom Peter moest zijn lachen inhouden. 'Sorry, ouwe jongen, maar het is waar.' Hij haalde een kerstmannenmuts uit zijn zak en zette die op opa Johns hoofd; zelf had hij er net zo een op. 'Kijk niet zo chagrijnig. Je kunt niet je kleinkinderen te logeren hebben en geen kerstboom in huis halen.'

Hedy en Spencer volgden hun neef en nicht opgetogen naar de huiskamer, waar de boom volgens Jelly moest komen te staan. De twee opa's gingen aan de slag met een kerstboomhouder.

'Ik heb je zoveel te vertellen!' fluisterde Hedy, precies op het moment dat haar nichtje mompelde: 'Ik moet je iets laten zien.'

Lachend glipten ze de kamer uit.

'Heb je haar gevonden?' vroeg Jelly in de hal.

'Nee, maar we hebben wel een heleboel andere dingen ontdekt,' zei Hedy. 'Bermudadriehoek-achtige dingen.'

'O mijn god. Nu ben ik zó boos dat je me niet hebt gebeld!'

De nichtjes troonden de opa's zo snel mogelijk mee naar

de keuken, waar ze gebroederlijk thee gingen zetten. Toen ze terugkwamen, zaten Spencer en Max de kerstversieringen op kleur en soort te sorteren.

Jelly nam Hedy en Spencer apart en zei zacht: 'Hier, kijk even.' Ze gaf hun een telefoon en nam daarna Spencers plaats in bij het uitzoeken van de versiersels.

Hedy en Spencer kropen achter de bank en namen ieder een oordopje. Jelly had een filmpje voor hen klaargezet. Het was een fragment uit een langere film die *De grote mysteries van de magie* heette. Het was een opname van de Illustere John Sang, Illusionist, tijdens een show in een theater dat De Salamanca heette. Hij leek niet erg op hun opa. Hoewel zijn stem bekend klonk, had deze jonge man een vaste, zelfverzekerde voordracht, de vlotte babbel van een artiest op het hoogtepunt van zijn kunnen. Hij kreeg gezelschap van de jonge Rose, achter in de twintig, gehuld in een jurk met lovertjes. Ondanks het wat wazige beeld was duidelijk dat ze vol liefde naar elkaar keken. Ze hielden even elkaars hand vast en liepen toen allebei aan een kant om een grote kist die ongeveer tot aan Johns middel kwam.

Daar was hij, de kist die het middelpunt was van het raadsel.

'De Kaleidos,' fluisterde Hedy.

Het was een volmaakte rechthoek, opgebouwd uit honderden spiegelende blokjes, ongeveer half zo groot als een vuist. Al die blokjes konden bewegen op een manier die lijnrecht tegen de wetten van de natuur in leek te gaan: John kon ze laten stromen als water, kneden als deeg of rondstrooien als dobbelstenen op een spelbord. Nadat hij het publiek het opmerkelijke vermogen van de Kaleidos om van vorm te veranderen had gedemonstreerd, liep hij naar de andere kant van het toneel en liet hij de blokjes zonder ze aan te raken, met slechts een handgebaar, weer de vorm van een kist aannemen.

Nu nodigde John een willekeurige toeschouwer uit om op het toneel te komen, een zwaarlijvige man van middelbare leeftijd, die vergeefs probeerde de blokjes van hun plaats te krijgen. John draaide de kist rond en liet de man vervolgens plaatsnemen op het enige luik in het toneel, zodat niets of niemand er ongemerkt door kon. Terug bij de kist klapte hij de hele voorkant omlaag, alsof hij een loket opende. Rose zwaaide naar het publiek en kroop in de Kaleidos, waarna John de kist sloot.

Uit de blokjes schoten vlammen op, soms wel een halve meter hoog. De man op het podium kromp in elkaar van schrik. Het publiek hield de adem in. John duwde de ene rij blokjes na de andere naar binnen, de ruimte in waar Rose zou moeten liggen, zonder dat het vuur zijn handen deerde. Toen deed hij een paar stappen achteruit, gebaarde naar de kist, en de brandende blokjes kwamen omhoog en draaiden rond tot de hele kist binnenstebuiten was gekeerd. Het leek onmogelijk dat er iemand in lag. John keerde de kist een hele slag en de vlammen doofden. Met een zwierig gebaar maakte hij de kist open. Het was duidelijk dat hij niet anders verwachtte dan dat Rose er heelhuids en ongedeerd uit zou komen.

Maar dat gebeurde niet.

John schrok zichtbaar, maar grapte tegen het publiek dat ze waarschijnlijk haar neus aan het poederen was. Hij klapte de Kaleidos dicht, vroeg het publiek om tot drie te tellen en deed hem weer open.

Het voorzichtige applaus stierf snel weg toen de mensen beseften dat de truc zo niet hoorde te gaan. Rose was nog steeds niet terug. Het werd doodstil in de zaal, alleen John schreeuwde: 'Rose!'

Bij een montage van nieuwsberichten en foto's van krantenartikelen deed de voice-over verslag van de theorieën die na haar verdwijning opgang deden. Ze kon niet verbrand zijn, want er was geen lijk en er was geen as. Iemand in de gemeenschap van illusionisten had geprobeerd John verdacht te maken, maar de politie had onderzoek naar hem gedaan en hem vrijgepleit. Er was een grootscheepse zoekactie op touw gezet, die niets had opgeleverd. Nu ging bijna iedereen ervan uit dat ze was weggelopen, nog een tijdje onopgemerkt had doorgeleefd en was gestorven voor ze haar hadden kunnen vinden.

Hedy wist dat dit een logische verklaring was. Maar andere mensen hadden niet gezien wat zij hadden gezien. Die hadden geen boodschappen doorgekregen, die zichzelf schreven in het stof op een fotolijst.

Het filmpje was afgelopen. Ze bekeken het nog één keer, kwamen achter de bank vandaan en gaven de telefoon terug aan Jelly, die een opgevouwen papiertje uit de zak van haar spijkerbroek haalde.

'Wat is dat?' vroeg Hedy terwijl Spencer het openvouwde.

Jelly boog zich naar voren. 'Ik dacht dat jullie deze foto misschien wel wilden hebben.'

Het was een kopie van een krantenknipsel met een foto van John, Rose en de Kaleidos. In het artikel stond dat de foto vlak voor de verdwijning van Rose was gemaakt, en John en Rose stonden er van opzij op. Rose lachte vrolijk naar het publiek. John stond iets achter haar, met haar hand in de zijne, trots naar haar te kijken. Een paar tellen later zouden Rose en John elkaar loslaten en hun truc met de kist doen. Daarna zouden ze elkaar nooit meer zien.

Hedy kreeg een brok in haar keel en haalde haar neus op. 'Ik vind hem heel mooi,' zei ze tegen haar nichtje. 'Maar het is ook zo verdrietig, snap je?'

Jelly gaf haar een knuffel en zei tegen Spencer: 'Hedy en ik halen de slingers wel uit de knoop. Als jij Max nou eens even gaat helpen?' Daarna moest Hedy op de grond gaan zitten en kreeg ze een berg slingers voor haar neus.

'Zo, en wat heb je dan wel allemaal ontdekt?' vroeg Jelly.

Zachtjes vertelde Hedy wat ze de laatste dagen beleefd hadden, en het vertellen deed haar goed. Jelly's ogen werden bij elke nieuwe wending groter en ronder: Matt en Stan, Simon, mevrouw Pal en de gouden handen, de kou, Albert Niemand.

Ze pakte Hedy bij een knie. 'Ik wil Matt en Stan ook wel eens zien!'

'Opa was niet zo blij toen hij ons daar laatst betrapte,' bracht Hedy haar in herinnering.

'Poeh, nee, echt hè? De jongens moeten hem maar een minuutje of tien bezighouden.' Jelly keek naar de boom. 'Ze zijn al klaar!'

Dat was inderdaad zo. Spencer had Max op zijn schouders laten klimmen, en Max zette nu als laatste zorgvuldig een engelenpiek op de top. Hedy kon het niet laten om het een en ander aan de boom te veranderen, zodat het rood netjes verdeeld was en niet allemaal op een kluitje zat, en er niet alleen in het midden, maar ook onderaan ijspegels hingen. Tot haar verrassing waren er vijf ballen met prachtig geschilderde taferelen uit goochelshows erop. Ze hingen allemaal bij elkaar boven in de boom, dus die verspreidde ze ook maar even wat beter.

'Waarom verplaats je de goochelaars?' klaagde Max. 'Ik wilde ze allemaal bovenin, onder de engel.'

Spencer rolde met zijn ogen. 'Hedy is een controlfreak.' Hedy wierp hem een giftige blik toe en hij liep snel achteruit naar de deur. 'Ik heb honger. Kom mee, Max!'

Jelly sloeg een arm om Hedy's schouder. 'Een boom wordt veel mooier als hij door een controlfreak wordt versierd,' troostte ze. 'Hé, kunnen we nu niet even naar Matt en Stan?'

Hedy ging haar nichtje voor de trap op en sloop op haar tenen naar de kamer met de groene deur, die in haar hoofd al de kamer van Matt en Stan was geworden. 'Jongens?' zei ze toen ze haar hoofd om de hoek stak. Ze trok Jelly naar binnen en deed de deur dicht. 'Matt, Stan, dit is mijn nichtje Jelly.'

'Ik ben een vriendin en ik kom totaal in vrede,' zei Jelly. 'Ik zweer 't.'

Maar de beer en het hert hielden zich muisstil. Hedy probeerde het opnieuw, nu door op haar knieën te gaan zitten en Matt in de ogen te kijken. 'Ze is oké. Ik heb haar over jullie verteld. En over de boodschap van oma Rose. Ze zegt niets tegen opa.'

Matt vertrok geen spier.

'Waarom willen ze niet met me praten?' vroeg Jelly.

Hedy haalde teleurgesteld haar schouders op. 'Geen idee.' Ze keek om zich heen en zei: 'Wil je de foto van Niemand zien?'

Spencer en zij waren dik een halfuur bezig geweest om alle weggewaaide bladen weer in het album te stoppen. Nu pakte Hedy het boek van de plank, en de nichtjes gingen op het voetenbankje zitten en bladerden door tot ze het krantenknipsel hadden gevonden. Jelly boog zich diep over de foto. 'Hé, moet je zien, mijn opa zonder baard. En wat is-ie dun!' zei ze giechelend. 'Ze leken op elkaar.' Ze wees. 'Is dat Niemand?'

Hedy las het bijschrift nog een keer. 'Yep.'

'Hij is best leuk.'

Hedy lachte. 'Yep,' zei ze weer.

'Wie is er leuk?' Opeens stak Spencer zijn hoofd naar binnen.

Geërgerd sloeg Hedy het album dicht. 'Kun je niet kloppen of zo?'

Haar broertje kwam de kamer in, gevolgd door Max. 'Dit is jouw kamer niet, hoor. Wie is er leuk?'

'O, niemand,' zei Jelly. Ze grinnikte om haar eigen grapje, dat Spencer natuurlijk niet ontging.

'Vinden jullie Niemand knap?' vroeg hij ongelovig.

'Welke is Matt en welke is Stan?' riep Max er dwars doorheen.

Hedy keek haar broertje boos aan. 'Dat je het hem verteld hebt!'

'Waarom niet?' kaatste hij terug. 'Jij hebt het toch ook aan Jelly verteld!'

'Ja,' zei Jelly, 'maar ze willen niet met me praten, dus tegen Max zeggen ze zeker niks.'

Hedy keek de gang in. 'Waar zijn opa John en oom Peter?'

'Die gingen naar de garage,' zei Spencer. 'Ze hebben ruzie over hoe je een goed egelhuis moet maken.'

'Jullie moeten mee om ze af te leiden,' zei Hedy.

'Maar ik wil hier kijken,' zei Max, die intussen op een tafel was geklommen.

'Je kunt hier geen parcours doen, Max,' zei Jelly.

'Doe ik ook niet!' Max tilde de bos metalen veren van de muur. Nu ze de bruinleren riemen met de glad gesleten gespen aan de stang zag bungelen, herinnerde Hedy zich opeens de poster van Sebastian Sello in De Palissade; de veren waren vleugels, besefte ze.

'Hebben jullie dit geprobeerd?' vroeg Max met grote ogen.

'Je mag niet aan opa Johns spullen komen,' zei Hedy kortaf.

Haar neefje wist niet wat hij hoorde. 'Waarom hebben jullie het niet geprobeerd?'

Toen hij zijn armen door de riemen stak, keek ze hem dreigend aan. 'Oké dan,' zei ze, meer om hem tegen te houden dan om iets anders. Ze ging met haar rug naar de anderen toe staan, zodat ze haar konden helpen de vleugels aan te trekken. Ze waren zwaar, log. 'Hier kun je echt niet mee vliegen, hoor.'

'Mag ik ze dan eens aan?' smeekte Max. 'Ze doen het toch niet, dus het maakt niet uit.'

'Eén minuutje dan,' zei Hedy.

Met de vleugels op zijn rug, wankelend onder hun gewicht, stond Max trots op de tafel. 'Ik kan vliegen!' riep hij naar het plafond, en hij sprong alsof hij een superheld was die de lucht in schoot.

Wham! Vlak voor Max de grond raakte, klapte een van de vleugels wijd open, waardoor hij uit balans raakte en op het berenvel tuimelde.

'Zie je nou? Als het de bedoeling was dat je vloog, was je wel met een snavel geboren!' bromde Matt.

Ze staarden alle vier naar de berenkop.

Na een lange stilte zei Spencer: 'Vleermuizen hebben ook geen snavel en toch kunnen ze vliegen.'

Matt was er niet van onder de indruk. 'Wie wil er nou zo'n suffe vleermuis zijn!'

'Meneer vindt het vast niet leuk dat ze het weten van ons, Matthias,' zei Stan nerveus.

Matt krabde zich op zijn kop. 'Weet ik,' zei hij. 'Te laat, helaas.'

Max liet zich van Matt af rollen, en terwijl hij overeind kwam klapte de gespreide vleugel weer in.

'Hoe deed je dat?' vroeg Hedy. 'Drukte je op een knop of zo?'

Hij schudde zijn hoofd. 'Ik weet het niet. Ik sprong alleen maar.' Met open mond keek hij op naar Stan.

'Je minuut is voorbij.' Hedy maakte de gespen los en keek of ze ergens een mechanisme zag waardoor de vleugel opengesprongen kon zijn.

Zodra hij bevrijd was, ging Max naast Spencer op de grond zitten, pal voor Matts neus; de vleugels waren alweer vergeten. Jelly klom op het voetenbankje om Stan van dichterbij te bekijken. 'We wilden jullie gewoon zien, horen hoe jullie praten en zo,' zei ze.

'Nou, je hebt ons gezien,' zei Stan, 'dus ga nu maar gauw weg, anders vindt meneer jullie hier straks weer en dat wil ik echt liever niet meemaken.'

Jelly graaide in haar zak. 'Mag ik een filmpje maken van jullie als jullie praten?'

'NEE!' riepen Hedy en Spencer tegelijk.

'Waarom niet?'

'Echt niet, ze zijn van ons,' zei Spencer stuurs.

Hoe aardig ze Jelly ook vond, Hedy vermoedde dat haar nichtje het niet zou kunnen laten om het filmpje te delen met vriendinnen of, nog erger, haar ouders. 'Het is te riskant. Straks komt oom Peter of opa John erachter.'

Spencer dacht opeens weer aan het ei in zijn zak en haalde het tevoorschijn. 'Jongens, kijk eens wat ik heb gevonden. Volgens opa John is het van een liervogel.'

'Een liervogel, zei je?' Matt bekeek het ei aandachtig. 'Wel heb ik ooit.'

'Mag ik het ook zien?' riep Stan. Spencer weigerde bezitterig het ei aan Jelly te geven en stond op om het Stan zelf te laten zien.

'Ah, natuurlijk,' zei Stan met een knikje. 'Mooie beestjes.'

'Heb je wel eens een liervogel gezien dan?' vroeg Hedy. 'Ik dacht dat ze in Australië leefden.'

'Er is niets wat de heer van het Koninginnewoud níét heeft gezien,' zei Stan gewichtig.

Het ei in Spencers hand trilde en ze hoorden allemaal het 'Lie! Lie!' binnenin. Matt begon zo te schateren dat Hedy op zijn snuit moest duiken om het geluid te dempen. Het gelach golfde door het hele haardkleed, en schuddend op Matts rug vroeg ze: 'Wat is er zo grappig?'

'Ik durf mijn staart eronder te verwedden dat dat het ei van een liegvogel is,' zei hij toen hij een beetje was bijgekomen.

'Dat zeiden we toch?' zei ze ongeduldig.

'Nee, een lieGvogel,' probeerde Matt nog een keer. 'En het heeft de heer van het Koninginnewoud op jokkebrokken betrapt. "Niets wat de heer van het Koninginnewoud níét heeft gezien." Ha!'

'Niet waar,' zei Stan snuivend.

'Ik hoorde van ze toen ik bij die Italiaanse goochelaar thuis voor de haard lag. Als ze vroeger misdadigers voor het gerecht brachten, hadden ze er een liegvogel bij die wist wanneer ze niet de waarheid spraken.'

Jelly klapte in haar handen. 'Mag ik er ook een? Toe?'

'Mooi niet,' zei Spencer beslist. 'Ze zijn van opa.'

Alsof hij hen had gehoord, begon opa John op dat moment van beneden te roepen, wat betekende dat het hoog tijd was om daar weg te gaan. Hedy wenkte de anderen.

'Er zijn een miljoen vette dingen hier,' zei Max, die met nieuwsgierige ogen om zich heen keek.

'Ja,' zei Hedy, 'maar ze helpen ons allemaal niet om te vinden wie we zoeken.'

Misschien was het gezichtsbedrog, maar een donkere knoest in de plankenvloer leek te knipogen terwijl ze het zei.

HOOFDSTUK 12

DE KROONLUCHTER

Tok. Tok. Tok.

Hedy gleed langzaam haar droom uit, in de verwachting dat het getok op de grens tussen slapen en waken wel zou ophouden. Maar dat deed het niet. Haar droom, die ging over de rondvliegende spiegelblokjes die ze die middag in het filmpje hadden gezien, begon te vervliegen.

Tok. Tok. Tok.

Het klonk dwingender nu, en het kwam van het voeteneinde van haar bed. Hedy schoot overeind. Ze haalde al haar ledematen en dekens binnenboord, zodat er niets meer over de rand hing wat in het donker door een monster kon worden gegrepen, knipte het lampje op haar nachtkastje aan en kroop behoedzaam naar haar voeteneinde.

Tok. Tok. Tok.

Het lampje gaf een zacht geel licht, maar toch moest ze met haar ogen knijpen tot ze eraan gewend waren.

Spencer haalde diep adem en knipperde met zware oogleden. 'Wat?' mompelde hij.

Tok. Tok. Tok.

Nu vlogen Spencers ogen helemaal open. Hedy gebaarde met haar hoofd naar de bron van het geluid. Ze gingen allebei omgekeerd liggen, met hun voeten op hun kussen, en tuurden naar de vloer. Drie bobbels beschreven achtjes in de ruimte tussen hun bedden. Af en toe botsten ze tegen een bedpoot, alle drie snel achter elkaar, *tok tok tok.* Een van de drie was duidelijk kleiner dan de andere, maar net zo watervlug.

'Net als op de eerste avond,' fluisterde Spencer.

In Hedy's hoofd klikte een woord op zijn plaats. Wezens in het hout. 'Houtspionnen.'

Een van de bobbels hield ter plekke stil, wat de andere niet op tijd merkten, waardoor ze tegen de eerste ketsten, als auto's die op elkaar botsten. 'Rustig maar,' fluisterde Hedy, die de indruk had dat het schichtige wezentjes waren. 'Wat willen jullie?'

'Ik heb een idee.' Spencer pakte zijn sok met knikkers, haalde er een paar uit en tikte er zachtjes mee op het hout. 'Hé,' zei hij, 'kom eens hier.'

De houtspionnen hielden halt toen ze het geluid hoorden. Spencer liet de knikkers rollen, en ze gingen alle drie achter een knikker aan. Door de manier waarop ze door de vloer bewogen, rolden de knikkers bij hen vandaan. Ze bogen naar links of naar rechts om de knikkers van richting te doen veranderen en draaiden snelle rondjes als ze wilden dat ze stil bleven liggen.

De kinderen lieten zich op de grond zakken en kwamen langzaam kruipend dichterbij. Spencer pakte zijn camera en nam een foto. Toen een van de houtspionnen tegen Spencers been botste, was ook die over zijn angst heen.

'Hoi,' zei Spencer. 'Vinden jullie de knikkers leuk?'

De houtspionnen duwden hun knikkers om het hardst terug naar Spencer en gaven hem een kopje.

Simons laatste woorden flitsten door Hedy's hoofd. *Zelfs meneer zou niet precies weten waar alles stond of lag als hij het niet aan de houtspionnen kon vragen.* Steunend op haar ellebogen vroeg ze: 'Weten jullie misschien waar Albert Niemand is?'

De houtspionnen leken te schrikken en schoten met hun knikkers een stukje de kamer in voor ze met een boog terugrolden naar Hedy's elleboog en ook haar een kopje gaven.

'Jullie weten het,' concludeerde ze. 'Daarom hebben jullie ons wakker gemaakt, hè?'

De houtspionnen kropen dicht bij elkaar, dreven de knikkers naar een grote donkere knoest in de vloer, die een heel klein beetje openging – en de knikkers een voor een naar binnen zoog voor hij zich weer sloot. Langzaam bewogen de houtspionnen zich naar de deur, waar ze even stopten voor ze de kamer uit gingen.

'Willen ze dat we meegaan?' vroeg Spencer.

'Misschien wel.' Vlug haalde Hedy haar zaklamp uit haar kist. 'We moeten ze niet kwijtraken.'

Spencer stond op. 'Ik ben benieuwd of Niemand me zou kunnen leren hoe je je eigen hoofd eraf hakt en 'm er dan weer op zet.'

Het licht van hun zaklamp vond de drie houtspionnen in de gang, op weg naar de trap. Vervolgens begonnen ze door de treden omhoog te kruipen.

'Hier gaan we niet veel mee opschieten,' zei Hedy. 'Boven zijn alle kamers op slot.' Maar ze volgden de houtspionnen de trap op en deden hun best om de treden niet te laten kraken.

'Hoe denk je dat Niemand eruitziet?' vroeg Spencer.

'Geen idee. Hoezo?'

'Ze brengen ons toch niet naar een lijk, hè?'

'Waarom zou opa John een lijk in huis hebben?'

'Hij heeft hier zo veel rare dingen. Een lijk zou nog niet eens het raarst zijn.'

'Echt wel!'

Zwaaiend met de zaklamp ontdekte Hedy de houtspionnen in een kringetje rond een knoest. Langzaam draaiden ze eromheen, tot – *plop plop plop!* – de knikkers die beneden verdwenen waren eruit omhoogschoten. Met knikkers en al vlogen de houtspionnen verder de gang door, naar een blauwe deur.

Een van de drie schoot via de deurpost naar het slot, en opeens ging de klink met een klik omlaag. De deur zwaaide open.

Anders dan in de rest van opa's overvolle huis, bevatte deze kamer maar twee voorwerpen. Het ene was een laaghangende kroonluchter. Het andere was een houten kist, ongeveer net zo groot als de kisten in hun slaapkamer en beschilderd als een dominosteen, met één blanco vlak en één vlak met vijf stippen.

Terwijl de houtspionnen achter hun knikkers aan joegen, schuifelden Hedy en Spencer voetje voor voetje de kamer in.

'Hij moet in die kist zitten,' zei Hedy.

'Maken we hem open?'

'Ga je gang.'

'Nee, doe jij maar.'

'Waarom ik?'

'Jij bent de oudste.'

De kist was in elk geval groot genoeg voor een lijk. Hedy negeerde de rilling die vanuit haar nek omlaagliep. Ze besloot dit net zo te benaderen als ze thuis de duikplank in het zwembad benaderde: niet te lang over nadenken, zorgen dat het snel achter de rug is. Ze deed de paar stappen naar de kist en tilde met bonkend hart het deksel op.

De kist was leeg, op een pak kaarten in een hoek na.

'Hallo?' probeerde ze. 'Albert Niemand?'

Niets. Spencer kwam opgelucht naast haar staan. 'Moeten we iets doen om Albert Niemand aan de praat te krijgen?' vroeg hij.

'Misschien weten de houtspionnen het.' En op dat moment zag Hedy het drietal bij elkaar onder de kroonluchter zitten. Ze knielde naast hen en keek omhoog. 'Is Albert Niemand daar?'

Ze wiebelden heen en weer.

'Volgens mij betekent dat ja,' zei Spencer.

De kroonluchter was groot en rond als een wagenwiel, gemaakt van acht buizen waaraan koperen ornamenten hingen. In het midden zat een glazen bol met een groen-zwarte tekening als van de huid van een prachtige, levensgevaarlijke slang.

Toen Hedy overeind kwam, schoot een van de houtspionnen onder haar ene voet door, waardoor ze haar evenwicht verloor en haar hoofd stootte tegen de kroonluchter. 'Au!' Ze hoorde iets ratelen, alsof er een voorwerp door een van de buizen rolde.

Spencer frunnikte aan het koperen ornament. 'Het kan eraf!' zei hij, en toen hij het los had gedraaid, viel er iets wits op de grond. Het was een melktandje.

'Ieuw.' Hedy trok een vies gezicht.

'Hoe komt die tand daar nou?' vroeg Spencer.

'Ik wil het niet weten.'

'Zou hij van Niemand zijn? Misschien heeft hij zijn melktanden bewaard.'

Zonder een spoor van walging begonnen de houtspionnen met de mysterieuze tand te spelen zoals ze eerder met hun knikkers hadden gespeeld.

'Misschien moet je hem maar weer terug stoppen,' zei Hedy.

'Waarom ik?'

'Omdat jij hem eruit hebt gehaald!'

'Niet expres!'

'Waarom draaide je dat koperen ding dan los?'

'Ik wist niet dat... Nee!' Spencer dook naar de vloer. De houtspionnen hadden de tand naar een knoest toe gemanoeuvreerd, en voor hij er iets tegen kon doen, verdwenen ze met tand en al in de vloer.

'Geef terug,' zei een stem achter hen. Het was niet de stem van opa John.

Geschrokken draaiden de kinderen zich om. Er was niemand, maar het glas van de kroonluchter gaf een donkerblauw licht.

'Geef die verrekte tand terug!'

Blauwe lichtstralen kronkelden als aderen door de bol.

Spencer schoof dichter naar Hedy toe.

'Albert Niemand?' vroeg ze.

De onzichtbare spreker negeerde haar vraag. 'Waarom veroorzaken jullie zo'n enorme opschudding? Rammelen jullie aan mijn huis als barbaren aan de poort? Zijn jullie soms opgevoed door bavianen? Geef mijn tand terug en smeer 'm.'

'Dan moeten we eerst de houtspionnen terugroepen,' zei Hedy. 'Maar we wilden je eigenlijk even spreken, Albert.'

'Meneer Niemand voor jou, lompe troela.'

Ze beet op haar tong. Ze moesten hem zover zien te krijgen dat hij hen hielp. 'Probeer jij het eens,' fluisterde ze tegen haar broertje.

'Ik vind uw act erg goed, meneer Niemand...' begon Spencer.

'Dat verbaast me niets, achterlijke jandoedel,' zei Niemand. 'Ik wil wedden dat je je hele leven nog nooit iemand echt hebt zien toveren.'

Spencer keek beteuterd naar de kroonluchter. 'Ik geloof in toveren,' begon hij opnieuw. 'Hoe hakt u uw eigen hoofd eraf?'

'Waarom wil je dat weten?'

'Mag ik dat ook leren?'

'Maar natuurlijk!' Spencers gezicht klaarde op toen Niemand opeens zo'n vriendelijke toon aansloeg. 'Kom maar wat dichterbij,' voegde de onzichtbare illusionist eraan toe.

Spencer keek van opzij naar Hedy. In z'n eentje durfde hij niet. Ze nam hem bij de hand, en samen schuifelden ze naar voren tot ze nog maar twee stappen bij de kroonluchter vandaan waren.

'Neem een scherp, een vlijmscherp voorwerp,' zei Niemand, ' en snij...'

'Hou op,' snauwde Hedy. 'Niet luisteren, Spence.'

Spencer deed een stap achteruit en sloeg zijn armen over elkaar.

'Nee, stelletje achterlijken,' zei Niemand zacht, 'het klein gebroed van John Sang, de vleesgeworden inbeelding, mag mijn gezichtsbepalende illusie níét leren.' Blauwe lichttentakels slingerden zich rond de glazen bol. 'O, zoek mij! Zoek mij!' zei hij opeens gniffelend.

Hedy boog zich naar voren. 'Wat zei u?'

'Zoek. Mij,' herhaalde hij met een hoog stemmetje. 'Rose, je geliefde grootmoeder.'

'Hoe weet u van haar?'

'Ik ben een intelligent wezen, al ben ik nog zo dood. Ook in deze gevangenis let ik op wat er om me heen gebeurt. Ik luister. In tegenstelling tot sommige andere oud-illusionisten onder dit dak.'

'Waar is ze?' vroeg Hedy verder.

'De hemel mag het weten,' zei Niemand opgeruimd. 'Ik weet maar tot een bepaald punt wat er met haar gebeurd is.'

'Tot welk punt?'

'Het punt waarop ze verdween om nooit meer terug te komen, het punt waarop ze het leven van je grootvader, en ik zou zelfs durven zeggen dat van je moeder, voorgoed vergalde.'

Hedy en Spencer keken elkaar aan. Ze hadden er nooit echt bij stilgestaan hoe het leven van hun moeder eruitzag voor zij geboren werden, of hoe het na de verdwijning van oma Rose moest zijn veranderd.

'Wilt u ons niet vertellen wat er is gebeurd?' vroeg Hedy.

De onzichtbare Niemand dacht na. Na een lange stilte zei hij: 'Ik heb besloten dat ik jullie toch wel mag. Knap hoor, dat jullie me hebben weten te vinden.'

Al geloofde ze hem nog zo graag, toch vertrouwde Hedy deze plotselinge omslag niet helemaal.

'Ik ga jullie niet vertellen wat er is gebeurd,' vervolgde Niemand. 'Ik weet iets beters. Ik zal het jullie laten zien. Al zullen jullie er misschien niet blij mee zijn.'

'We kunnen er wel tegen,' zei Hedy stoer.

'Is dat zo? Er is wel één voorwaarde aan mijn medewerking verbonden.'

'Hoe bedoelt u?'

'Als je wilt dat ik help, moet je me uit deze gevangenis bevrijden.'

'Hoe kunt u nou vastzitten?' vroeg Spencer verbluft. 'Geesten kunnen toch door muren?'

'Wie zei dat ik een geest was?'

'Wat bent u dan?' viste Spencer.

'Dat zou je toch niet begrijpen.'

Hedy rolde met haar ogen. Het was om gek van te worden als volwassenen dat dachten. 'En hoe zouden we u eruit moeten krijgen?'

'Geef mijn tand terug en draai alle buizen open. Meer hoef je niet te doen. Makkie. Dan zijn jullie van me af, en je grootvader ook – als die sukkel al weet dat ik er ben.'

'En leert u me dan die truc?' vroeg Spencer, die wel doorhad dat dit het moment was om te onderhandelen.

'Maar natuurlijk.'

Hedy fronste haar wenkbrauwen. 'We zullen erover nadenken,' zei ze. Daarna wenkte ze Spencer; het was tijd om te gaan.

'Bevrijd mij,' riep Niemand zacht, 'en ik kan jullie misschien helpen je grootmoeder te bevrijden.'

Zonder nog iets te zeggen of de deur achter zich dicht te doen, haastten de kinderen zich de kamer uit. Hoe verder ze zich van die vreemde, lichaamloze stem verwijderden, hoe beter ze zich voelden.

HOOFDSTUK 13

LIE! LIE!

De hele volgende ochtend piekerden Hedy en Spencer over het aanbod van meneer Niemand. Dwalend van kamer naar kamer keken ze uit naar een wit tandje, of een bewegende bobbel in de houten planken.

'Hoe kun je iemand vertrouwen die eerst zo gemeen doet en dan opeens aardig is als hij iets van je wil?' fluisterde Hedy.

Spencer keek haar verwijtend aan. 'Zo doe jij ook tegen mij.'

'Zó gemeen ben ik nooit.' Spencers onbewogen blik bezorgde haar een steek van spijt. 'Toch?'

Na het ontbijt zat opa John meestal een uur of twee in zijn werkkamer. 'Om brieven te schrijven,' zei hij. Hedy had het idee dat hij op die manier aan nieuwe voorwerpen kwam om te kopen. Zodra hij de deur achter zich dicht had gedaan, gingen ze stiekem naar Matt en Stan om te vertellen wat ze hadden ontdekt en wat Niemand had voorgesteld.

'Die Niemand klinkt als een verdacht sujet,' mompelde Stan.

Matt bewoog een oor. 'Ik ben het met Stan eens. Niet alles wat meneer in huis haalt deugt, zoals wij. Sommigen zouden zeggen dat hij maar wat doet en alles wat ook maar een beetje naar magie zweemt naar binnen sleept. Anderen zouden zeggen dat hij júíst wil hebben wat niet deugt, speciaal om het verborgen te kunnen houden en te voorkomen dat het buiten schade aanricht.'

'Albert Niemand valt in de categorie "deugt niet", als we op jullie kennismaking af mogen gaan,' zei Stan. 'Dat hij jou nou een jandoedel noemde, jongeheer Spencer.'

Spencer haalde zijn schouders op. 'Ik dacht dat-ie zo'n knapperig koekje bedoelde met suiker erop.'

'Slecht idee om zaken met hem te doen,' zei Stan hoofdschuddend.

'Maar hij is onze enige kans om erachter te komen wat er gebeurd is,' zei Hedy.

Matt en Stan zwegen. Daar hadden ze niets tegen in te brengen. Uiteindelijk zei Matt: 'Als jullie maar beloven dat jullie hem niet vertrouwen.'

'En zo min mogelijk loslaten,' voegde Stan eraan toe.

'En ik denk dat jullie hém ook niet los moeten laten,' ging Matt verder. 'Hij zit daar niet voor niets.'

Hedy zuchtte. 'Voor we iets kunnen doen, moeten de houtspionnen sowieso die tand teruggeven.'

Al het hout dat ze bekeken – vloer, deuren, raamkozijnen, tafels en stoelen – was zo statisch als het hoorde te zijn. Ten einde raad keken ze ook in de garage, naar de stelen van schoppen, harken en schoffels, triplex platen, een oud kegelspel. Nergens was iets vreemds aan te ontdekken.

Toen ze voetstappen op de oprit hoorden, stopten ze de kegels gauw terug in de houder.

Opa John gluurde om de hoek van de deur. 'Wat spoken jullie hier uit?' Hij klonk niet boos, de frons tussen zijn wenkbrauwen verraadde eerder bezorgdheid.

'We... eh...' Hedy liet haar blik door de garage gaan, op zoek naar inspiratie. 'We wilden naar je motoren kijken. Alleen even kijken.'

De frons tussen opa's ogen verdween. 'Dat daar is een Gillet uit 1929,' zei hij. 'En dat is een Indian. En die oranje is een Honda.'

'Waarom heb je er zoveel?' vroeg Spencer.

'Vroeger toerde ik heel wat af. En je oma ging vaak mee op de Indian. Heerlijke ritjes door de streek.'

'Kon oma Rose motorrijden?' Dat had Hedy niet verwacht.

'Dat kon ze zeker. Dat was haar helm.' Opa John wees naar een oude helm, rood met een witte streep door het midden.

Spencer slenterde naar de oranje motor. 'Reed jij op deze?'

'Soms. Er reden ook wel andere mensen op. Peter bijvoorbeeld een paar keer. Dan gingen we met een hele groep uit rijden en maakten we een ongelooflijke hoeveelheid herrie.' Hij schudde zijn hoofd bij de herinnering en zei toen ernstig, vanuit het niets: 'Vergeet nooit dat jullie alleen elkaar hebben.'

'Net als jij en oom Peter,' zei Spencer.

Maar Hedy móést het vragen: 'Waren jullie lid van een motorbende?'

'Goeie genade, nee,' zei opa John. 'We hadden gewoon een paar gezamenlijke hobby's.'

'Een goochelende motorbende?'

Opa John pakte zijn kist met schroevendraaiers. 'Je maakt het veel interessanter dan het was,' zei hij. 'Alsof we met wapperende capes en een toverstok in de hand door het land scheurden. En nu wegwezen. Jullie hangen al de hele ochtend binnen, terwijl je ook van de buitenlucht zou kunnen genieten.'

'Ga jij dan mee?' vroeg Spencer.

Opa rammelde met zijn schroevendraaiers. 'Ik moet nog iets doen.'

Spencer zette een zo laag mogelijke stem op en fronste zijn wenkbrauwen net als opa altijd deed. 'Maar je hangt al de hele ochtend binnen.'

Opa John grinnikte. 'De volgende keer, apenkop.'

De buitenlucht was koud en bewolkt, maar het was verfrissend om het huis even uit te zijn. Ze slenterden over het tuinpad, braken doorns van de kale poort van klimrozen en schopten tegen stenen. Met enige moeite klommen ze op de onderste takken van de bladerloze esdoorn. Speurend naar houtspionnen liet Hedy haar blik over de stam en de takken gaan, maar na een tijdje gaf ze het op en genoot ze maar gewoon van het zitten in de boom. Als ze naar het huis keek, zag ze mevrouw Vilums bezig in de keuken, maar opa John moest met zijn schroevendraaiers terug zijn gegaan naar zijn werkkamer.

‘Weet je,’ zei ze, ‘volgens mij vindt opa het nu best leuk dat we er zijn.’

‘Ik wou dat we dichterbij woonden,’ zei Spencer. ‘Dan zou ik al lang goochelaar zijn.’

Hedy lachte. ‘Je hebt nog niet één truc geleerd.’

‘Dat is mijn schuld niet, we hebben het vet druk de hele tijd,’ protesteerde hij. ‘Laten we bij de eieren gaan kijken.’

Verrukt stelden ze vast dat de eieren er nu heel anders uitzagen, ook het ene ei dat Spencer een halve dag bij zich had gedragen. Waar de schalen eerst glanzend donkergrijs waren, hadden ze nu een veel lichtere kleur, het grijs van donderwolken in de verte. Steeds meer koperrode lijntjes vlamden in het oppervlak.

‘Zou dat betekenen dat ze bijna uitkomen?’ vroeg Spencer.

‘We kunnen het aan opa vragen,’ opperde Hedy. ‘Met deze eieren is hij geloof ik minder streng dan met de spullen in huis.’

Meer aanmoediging had Spencer niet nodig. Hij stopte de drie eieren in drie verschillende zakken van zijn jas. ‘Als ze uit zijn, mogen we er misschien wel een houden als huisdier!’ En met Hedy op zijn hielen rende hij terug door de tuin.

Hoe dichter ze bij het huis kwamen, hoe langzamer ze gingen. Uiteindelijk pakte Hedy haar broertje bij zijn arm en keken ze door het raam naar binnen. Mevrouw Vilums stond in de deuropening tussen de keuken en de hal, met haar rug naar hen toe. Het leek alsof ze tegen de deurpost praatte. Even later verschenen er bobbels in het hout, om meteen weer te verdwijnen, als walvissen die uit zee omhoogkomen en weer onder water duiken. De huishoudster glimlachte en hield haar gezicht vlak bij het hout, en een van de houtspionnen raakte haar aan alsof hij een zoen op haar wang gaf.

'Ze kent de houtspionnen,' fluisterde Hedy.

Geamuseerd keek mevrouw Vilums toe terwijl de houtspionnen speels achter elkaar aan joegen, omhoog langs de ene kant van de deurpost, over de dwarsbalk en aan de andere kant weer naar beneden. Daar verdwenen ze in het hout. De kinderen bukten zich voor ze zich omdraaide en kon zien dat ze haar bespioneerden.

'Wat doen we nu?' vroeg Spencer zacht.

Hedy beet op haar lip. 'Laten we haar om hulp vragen. We hebben die tand nodig. Voor oma.'

'Wat zeggen we dan?'

'Doe maar mee met wat ik doe.'

Ze gingen door de achterdeur naar binnen en glimlachten onschuldig naar mevrouw Vilums, die inmiddels appels stond te schillen. Hedy keek of opa niet net door de hal liep en raapte al haar moed bij elkaar. 'Mevrouw Vilums, kent u de houtspionnen?'

Mevrouw Vilums wachtte net iets te lang voor ze reageerde. 'Pardon?'

Hedy wees naar de deurpost. 'We zagen ze hier een paar minuten geleden, samen met u,' zei ze.

'Eentje gaf u een kus!' vulde Spencer aan.

Mevrouw Vilums draaide zich om om een bord met appelschillen op tafel te zetten. 'Ik weet niet waar jullie het over hebben.'

Lie! Lie! Lie!

De huishoudster werd opeens zo zenuwachtig dat ze het bord bijna uit haar handen liet vallen. De appelschillen vlogen over tafel terwijl ze keek waar het geluid vandaan kwam.

Spencer haalde een van de eieren half uit zijn zak. 'Liegvogelei.'

'Die weten het als iemand liegt,' zei Hedy zacht.

Mevrouw Vilums wierp haar handen in de lucht en riep: 'Waarom word ik opeens aan een kruisverhoor onderworpen?'

'Alstublieft, we hebben de hulp van de houtspionnen nodig,' zei Hedy. 'Ze hebben iets gepakt wat niet van hen was. Een tand. Het is heel belangrijk dat ze die teruggeven.' Mevrouw Vilums leek het onbewogen aan te horen. Hedy besloot de druk wat op te voeren. 'Weet opa John het van u en de houtspionnen?'

De huishoudster wuifde de vraag weg. 'Het zou hem niks kunnen schelen.'

Lie! Lie! Lie!

'U weet van de houtspionnen,' ging Hedy verder. 'U wist hoe we weer warm moesten worden. U bent niet zomaar iemand die voor onze opa kookt en schoonmaakt, hè?'

Mevrouw Vilums keek alsof ze het liefst de achterdeur uit zou rennen. Spencer haalde het ei nu helemaal uit zijn zak en hield het met twee handen voor zich uit. Koperen draden schitterden in de schaal, en het hele ei trilde van opwinding.

Starend naar het ei zei mevrouw Vilums: 'Ik... Ik ben hier jaren geleden door een rivaal van je opa naartoe gestuurd om in zijn huishouden te infiltreren en hem zijn geheimen te ontfutselen. De rivaal wilde dat ik de informatie aan hem doorbriefde.'

'Albert Niemand?' vroeg Spencer.

'Nee, iemand anders.' Het ei zweeg, dus mevrouw Vilums sprak de waarheid. 'Hij dreigde mijn zussen iets aan te doen, maar ik heb deze rivaal nooit iets belangrijks verteld. En hij is trouwens gestorven.' Toen ze Hedy en Spencer zag kijken voegde ze eraan toe: 'Een natuurlijke dood!'

'Waarom bent u hier dan nog?' vroeg Hedy.

De huishoudster keek door het raam naar buiten. 'Om dicht bij mijn zussen te zijn.'

Het kwam er zo zacht en zo verdrietig uit dat Hedy zichzelf haatte om wat ze nu ging zeggen. 'Als u ons helpt om die tand terug te krijgen,' zei ze, 'vertellen wij niet aan opa wat u net aan ons vertelde.'

Chantage ging haar niet goed af; ze kreeg er een onaangename, kriebelende blos van op haar wangen. Ze probeerde de wreedheid van haar woorden te verzachten door eraan toe te voegen: 'Misschien helpt het ons om onze oma te vinden.'

Mevrouw Vilums' ogen fonkelden van schrik en woede. Hedy keek hulpzoekend naar Spencer, maar die stond in een van zijn zakken te turen.

'Eh...' zei hij, 'dit ei komt uit.'

HOOFDSTUK 14

EEN KAARTTRUC

Niet alleen het ei in Spencers rechterzak was bezig uit te komen, maar dat in zijn hand ook, evenals het derde. Binnen een paar minuten hadden de kinderen drie natte liegvogeltjes uit de bergjes kapotte schaal en slijm gevist en in een tijdelijk nest van theedoeken gezet. De grijzig roze huid schemerde door de plakkerige veertjes en de beestjes maakten een uitgeputte indruk.

Hedy en Spencer hadden nog nooit zulke kleine vogeltjes gezien. Ze bogen zich diep over het nest, zeiden fluisterend tegen elkaar hoe lief ze waren, bekeken de kleine zwarte oogjes en de minuscule snaveltjes die steeds open- en dichtgingen. Zelfs mevrouw Vilums was vertederd. Zachtjes neuriede ze een slaapliedje, in een taal die de kinderen niet verstonden. 'We moeten het tegen jullie opa zeggen,' zei ze toen ze uitgezongen was.

Het duurde nog een hele tijd voor opa John de keuken in kwam, zich op zijn hoofd krabde en beweerde dat hij nooit had verwacht dat 'die dingen' nog eens uit zouden komen. Daarna hadden de kinderen en hun grootvader een poos alleen maar aandacht voor de vogeltjes, die langzaam opdroogden tot zilverbruine pluizenbolletjes, met op hun kop een kuifje in de kleur van een smeulend vuur. Boven een beker warme chocolademelk bestookten Hedy en Spencer opa John met vragen: waar kwamen ze vandaan, wat moesten ze te eten hebben, wat was hij met ze van plan?

Gedurende dit alles glipte mevrouw Vilums op zeker moment onopgemerkt de achterdeur uit. Toen Hedy het in de gaten kreeg, zonk de moed haar in de schoenen. Zou de huishoudster nu voorgoed weg zijn? Maar toen ze die avond naar bed gingen, lag het witte tandje midden in hun kamer op de grond.

Toen om twaalf uur die nacht Spencers wekker afging, kwamen de kinderen hartgrondig gapend en met zware oogleden uit bed. Met de tand in de zak van Spencers badjas slopen ze de gang door en de trap op naar Niemands kamer. Voor de deur bleef Hedy staan.

'Klaar?' vroeg ze.

Spencer aarzelde. 'Ik wil die onthoofdtruc van hem niet meer leren,' zei hij zacht.

'Ik zorg dat hij je niets doet,' zei Hedy. Het klonk dapperder dan ze zich voelde. Na nog een keer diep ademhalen duwde ze de deur open, en met haar broertje in haar kielzog ging ze naar binnen.

'Ah!' kirde Niemand toen ze om de houten kist met het

dominopatroon heen liepen. 'Als dat het Sang-gebroed – ik bedoel, de kindertjes Sang niet zijn. Wat zijn jullie snel terug.'

'We heten geen Sang. We heten Van Beer,' zei Spencer tegen de blauwe lichtsliert die in- en uitrolde in de glazen bol.

'Natuurlijk, wat dom van me. Het verbaast me niets dat jullie moeder het geen goed idee vond, de naam Sang die aan zulke geweldige kinderen zou kleven en hun toekomst zou bezoedelen. Ik neem aan dat jullie de tand hebben?'

Spencer hield hem omhoog. 'Hier.'

'Knap, hoor. Hoog tijd om mij vrij te laten,' zei Niemand slijmerig.

Hedy deed een halve stap naar voren, maar bedacht zich. 'Nee, eerst moet u laten zien wat er met onze oma is gebeurd.'

'Hoe weet ik dat jullie niet gewoon weglopen als ik dat eenmaal gedaan heb?' vroeg Niemand alsof hij zich diep gekrenkt voelde. 'Een van ons moet als eerste over de brug komen, en júllie hebben mij om hulp gevraagd.'

Maar met de waarschuwing van Matt en Stan in haar achterhoofd hield Hedy voet bij stuk. 'Eerst laten zien wat u weet.'

Het blauwe licht flikkerde nijdig. 'Net zo koppig als je opa, hè?'

'Klopt.'

Niemand zuchtte luid. 'Goed dan. Jullie willen een show, jullie krijgen een show. Maar o wee als je je woord niet houdt. Jullie moeten die tand terug stoppen. Zolang jullie die in je hand houden, kan ik niets doen.'

Ze wilden de kroonluchter allebei liever nooit meer aanraken, maar ze besloten te doen wat hij zei en draaiden een van de buizen open. Er viel een piepklein schijfje uit, ongeveer zo groot als een vingernagel.

'Vlug, raap op, stommelingen,' siste Niemand. 'Dat is de verkeerde. De tand hoort in de volgende, met de klok mee gezien. Haal ze niet door elkaar, anders groeien er straks tanden uit mijn vingers.'

Het was een ontstellende gedachte, maar voor ze konden vragen wat hij bedoelde doken in de vloer de drie bekende bobbels op. De houtspionnen waren op het schijfje afgekomen. Hedy raapte het vlug op voor ze het te pakken konden krijgen en besefte dat het niet zomaar zo groot was als een nagel; het was écht een nagel. En geen afgeknipt stukje, maar een hele nagel, in z'n geheel losgeraakt van een vinger. Van afschuw liet ze hem bijna weer vallen. De nagel was heel donker van kleur, iets tussen rood en paars en zwart in. Ze probeerde er zo min mogelijk van aan te raken en stopte hem terug in de buis. Daarna deed Spencer de dop erop. Ze maakten de buis ernaast open, zoals Niemand had gezegd, en Spencer stopte de tand erin en maakte hem weer dicht.

'Oké, nu is het uw beurt,' zei Hedy terwijl ze zo ver mogelijk bij de kroonluchter vandaan ging en Spencer meetrok. De houtspionnen draaiden rond hun voeten; ze wist niet of de wezentjes zenuwachtig waren of hen alleen maar wilden beschermen.

'In die kist zit een kaartspel,' zei Niemand. 'Pak dat even.'

Hedy klapte het deksel van de dominokist open en haalde het pakje kaarten eruit. Voorzichtig liet ze de kaarten uit het doosje op haar hand glijden.

'Gooi ze in de lucht.'

'Wat?'

'Gooi ze in de lucht.'

Met een onzekere blik op Spencer gooide Hedy de kaarten. Met een zachte klets vielen ze op de grond.

'Wat een zielige poging,' mopperde Niemand. 'Probeer het nog maar eens, samen, allebei een half spel. En nu echt góóien. Als ze op de grond liggen, kan ik er weinig mee.'

De houtspionnen schoven de kaarten in hun handen tot ze allebei ongeveer het halve spel hadden. Diep in het hart van de kroonluchter was het blauwe licht van Niemand samengebald tot een compacte knikker.

'Een, twee, drie,' telde Spencer, en op drie zwiepten ze de kaarten de lucht in.

Ze dwarrelden door de kamer. Maar er gebeurde nog iets anders. Alle ruiten, schoppen, harten en klavers, en ook de cijfers, kwamen los van de kaarten, zodat er alleen blanco kartonnetjes op de grond vielen. De rode en zwarte tekens pakten zich samen tot een mysterieuze wolk, tot Niemand met een zware toneelstem zei: 'Aanschouw. De Verdwijning van Rose Sang.'

Nu namen de cijfers en symbolen de vorm aan van een langwerpige kist, die Hedy en Spencer herkenden van het filmpje op Jelly's telefoon.

'De Kaleidos,' fluisterde Hedy. De kleinste houtspion wiebelde opgewonden heen en weer en botste tegen haar tenen.

De cijfers en symbolen vlogen weer uit elkaar. De Kaleidos verscheen opnieuw, en een rood-zwarte wolk in de vorm van een mens stapte erop af: een vrouw in een kort, wijd rokje. Het kon niemand anders zijn.

Spencer stond er als verlamd bij. 'Dat is oma.'

De wolk die oma Rose voorstelde liet haar hand liefkozend over de Kaleidos gaan en liep weer weg. Het volgende moment viel ze uit elkaar en was alleen de kist over. Maar nu kwam er een andere persoon bij. Een groter iemand met brede schouders en een wapperende cape. Net als bij oma Rose het geval was geweest, bleef zijn gezicht vaag. Hij bukte zich bij de kist en haalde er een blokje uit, dat bestond uit een stapeltje ruiten. Daarna liep ook hij weg en verspreidden de tekens waaruit hij was opgebouwd zich door de ruimte.

'Wie was dat?' vroeg Hedy, maar Niemand gaf geen antwoord.

Het rood en het zwart zwierde door de lucht en vormde opnieuw de kist, die nu kleiner uitviel dan de eerste keer, alsof hij verder weg stond. Op de plek waar een blokje ontbrak, zat een zwarte vlek van schoppen.

Popperige versies van John en Rose stapten uit de tornado van tekens en maakten staand voor de kist een buiging naar het denkbeeldige publiek. Rose maakte nog een lichte knicks en kroop in de Kaleidos. De kleine zwarte John veranderde zijn blinkende creatie duwend en trekkend en gebarend van vorm, terwijl de rode tekens erboven dansten als vlammen.

John maakte de Kaleidos weer langwerpig en klapte de voorkant open. De kleine rode Rose was weg. Huilend boog John zich over de kist.

Nadat de cijfers en symbolen zich weer tot één grote Kaleidos hadden samengevoegd, zweefden ze op Hedy en Spencer af. De lege plek, de plek van het ontbrekende blokje, werd steeds groter en kwam plotseling in volle vaart op de kinderen af, en de ruimtes tussen de symbolen verdwenen tot er alleen nog maar zwart was. Het was een tunnel van pure duisternis die hen omhulde. Hedy zag niets, maar hield Spencers hand stevig vast. Toen zijn andere hand tastend door het donker kwam, pakte ze ook die vast. Hoe hard ze ook met haar ogen knipperde, het angstaanjagende zwart maakte het onmogelijk om iets te onderscheiden. Ze hoorde ook niets. Alleen Spencers handen en de houtspion onder haar voeten boden nog een heel klein beetje houvast.

Eindelijk, licht. De duisternis week uiteen, als een tent die werd opengeritst. De tekens vormden weer één grote rood met zwarte wolk en doken vervolgens omlaag naar de kaarten op de grond, waar ze hun plaats weer innamen. Even later zagen de kaarten eruit alsof er niets was gebeurd.

'Ziezo,' zei Niemand monter. Het blauwe licht had niet langer de vorm van een knikker en draaide zoals gewoonlijk rond in de bol.

Hijgend klampten Hedy en Spencer zich aan elkaar vast.

'Wat was dat op het laatst?' vroeg Hedy met trillende stem.

'Dat was het eind.'

'Hoe bedoelt u?'

'Het was de verpletterende, peilloze nacht die je grootmoeder naar mijn mening ondergaat. Wil je het nog een keer zien?'

Dat wilde ze niet. Haar hele wezen kromp in elkaar bij de gedachte opnieuw in die duisternis te moeten verdrinken. Maar ze wilde Niemand niet laten merken dat ze bang was. 'Wie was de man die het blokje weghaalde?'

'Dat weet je best,' zei Niemand sluw.

'Wie dan?'

'De grootste goochelaar van de familie, natuurlijk!'

Hedy had het gevoel dat haar hart in een diepe put viel. Spencer liet bleek van schrik haar hand los. 'Opa?' fluisterde hij.

Het duurde een hele tijd voordat Niemand stopte met grinniken.

'Het kan opa niet geweest zijn,' bracht Hedy met moeite uit.

'O nee? En waarom niet?'

'Hij hield van haar. Hij heeft zo veel verdriet, hij is... kapot sinds zij er niet meer is.'

'Kapot van schuldgevoel, als je het mij vraagt,' zei Niemand. 'Of is het een toneelstukje? Heb je je nooit afgevraagd waarom je moeder zo ver bij haar enige nog levende ouder is gaan wonen? Wist ze diep in haar hart wat hij had gedaan en haatte ze hem erom?'

'Papa en mama moesten verhuizen voor hun werk,' protesteerde Spencer.

En mama haat opa John niet, dacht Hedy. Alsof het een reddingsboot was, hield ze zich vast aan wat ze dacht te weten. Momenten met hun moeder en opa samen speelden door haar hoofd. Misschien waren ze wel een beetje slecht op hun gemak met elkaar, en soms zaten er weken tussen twee telefoontjes. Hedy had ze nooit ruzie horen maken, maar waarom woonden ze eigenlijk zo ver bij elkaar vandaan? Waarom zochten ze elkaar niet wat vaker op?

Niemand zuchtte. 'Dat zei ze natuurlijk alleen maar tegen jullie,' zei hij. 'Je opa was in die tijd de arrogantste illusionist die er in de theaters rondliep. We hadden allemaal een hekel aan hem. Zelfs Peter werd gek van hem. John vond zelf dat hij de beste was, maar ik had mijn geld op een heel aantal anderen durven zetten. Ik heb nooit begrepen waarom de politie het onderzoek naar de Illustere John Sang zo snel heeft gestaakt. Jullie grootvader was waarschijnlijk op aandacht uit.'

Hedy kon de diepe pijn van opa John niet rijmen met het beeld van iemand die zijn eigen vrouw zou laten verdwijnen.

'Hoe dan ook, ik heb me aan mijn deel van de afspraak gehouden, nu is het jullie beurt. Haal me hieruit.'

'Wat gaat u doen als u vrij bent?' vroeg Spencer.

Het duurde even voor Niemand antwoord gaf. 'De wereld rond reizen om de zon op mijn keel te leggen. Om de donder in de ogen te kijken. Om mijn tanden in de wind te zetten.'

De kinderen waren even sprakeloos. Wat betekende dat, de donder in de ogen kijken?

'Ik dacht dat u ging zeggen dat u bij iemand ging spoken,' zei Spencer.

'Zou je dat wel willen?' plaagde Niemand.

Hedy probeerde haar gedachten op een rijtje te krijgen. 'Maar wat doen wij nu? Hoe moeten we oma Rose vinden?'

'Nou, dat lijkt me duidelijk, hè. Om haar te bevrijden moet je de kist waar ze in opgesloten zit zien te vinden en hem weer heel maken,' zei Niemand.

'Maar opa John zei dat hij de Kaleidos heeft afgebroken,' zei Hedy. 'Om te zorgen dat onze moeder niets kon overkomen.'

Niemand lachte schamper. 'Ha! Je mag hopen van niet.

Anders heb je geen schijn van kans. En nu halen jullie me hieruit.'

'Maar moeten we dan op zoek naar het ontbrekende blokje?'

Na lang nadenken antwoordde Niemand: 'Als jullie me vrijlaten, kan ik helpen zoeken. Ook naar de Kaleidos.'

'Hoe dan?'

'Er zijn plekken waar jullie niet kunnen komen, maar ik wel.'

Hedy vertrouwde het niet helemaal. 'Belooft u dat?'

'Erewoord.'

Ze beet nadenkend op haar duimnagel en mompelde: 'Oké dan.'

Spencer pakte haar bij haar elleboog. 'Matt en Stan zeiden dat we hem niet mochten vertrouwen!' fluisterde hij.

'Ik denk dat dit de snelste manier is.' Langzaam liep ze dichter naar de kroonluchter toe. 'Wat moeten we doen?'

'Jullie moeten al mijn overblijfselen op de grond leggen. De tand, de nagel, alles wat in deze buizen zit. Haal het eruit en leg het neer zoals ik het zeg.'

Zenuwachtig maakten Hedy en Spencer de buizen open. Niet alles wat eruit kwam was luguber, al bleef het griezelig om dingen in je handen te houden die van een dode waren die je nooit had ontmoet. Na de tand en de nagel kwam er een zakhorloge tevoorschijn, met een minuscuul fotootje van een lachende kale baby en zijn lachende moeder.

'Wie zijn dat?' vroeg Spencer.

Maar Niemand wilde het niet zeggen. Bruusk beval hij Spencer het op de grond te leggen. Na het horloge volgden een gouden ring, een bril met schildpadmontuur, een das met een blauw-rood paisleypatroon en een bruine haarlok met een dun zwart lintje erom. Uiteindelijk stak Hedy haar vingers in de laatste buis. Het voelde als een grote rozijn, maar wat eruit kwam bleek grijs te zijn, met een donkere vlek erin.

'Nu zal ik het zien,' snorde Niemand.

Met een misselijk gevoel liet Hedy het ding vallen.

'Wat is dat?' vroeg Spencer.

'Een oog.' Hedy wilde niets liever dan haar handen wassen – uren-, dagenlang, misschien wel tot in het nieuwe jaar.

Toen Niemand erop stond dat ze het oog tussen de ring en de nagel legden om zo de cirkel compleet te maken, verplaatste ze het met de punt van haar schoen. Het blauwe licht stroomde uit de kroonluchter en bescheen de voorwerpen op de grond.

'Wat gebeurt er nu?' vroeg Hedy.

'Al die vragen,' kraste Niemand. 'Geen wonder dat jullie ouders jullie hier gedumpt hebben. Wegwezen nu!'

HOOFDSTUK 15

PORTSALL

'Wat moeten we nu, Hedy?'

Spencer was te bang om in zijn eigen bed te slapen. Hij nam een paar pufjes van zijn inhaler, mikte zijn kussen op het voeteneinde van Hedy's bed en kroop onder de dekens met zijn voeten aan de kant van haar hoofd. Hedy, die ook niet kon slapen, zat met haar rug tegen de muur met het kaartje te spelen dat in De Palissade in haar zak terecht was gekomen.

'De gouden handen zeiden dat we Niemand om hulp moesten vragen,' zei ze. 'Dat moet betekenen dat Niemand de waarheid spreekt...'

'...en dat opa John het heeft gedaan,' vulde Spencer aan.

Hedy trok het dekbed hoger op. Er bekroop haar een kou die niets met de winternacht te maken had. Ze dacht terug aan alle keren dat oma Rose ter sprake was gekomen en probeerde zich te herinneren hoe opa John erbij gekeken had. Hij leek altijd alleen maar gebroken van verdriet, smachtend naar haar. Was hij dan gewoon de beste acteur van de wereld?

Ze pakte de krantenfoto die Jelly voor hen gekopieerd had. Ze hadden het compleet over het hoofd gezien: een donkere, lege plek in de zijkant van de Kaleidos, waar een glimmend blokje had moeten zitten. Ongelukkig staarde ze naar de gezichten van de jonge John en Rose, die elkaar stralend aankeken. Was Johns lach nep?

Als ze het probleem opsplitste, kwam ze misschien van dit machteloze gevoel af. Ze pakte een rode stift en begon in de marges van de kopie aantekeningen te maken. Aan de ene kant schreef ze: *Waar is het blokje?* en aan de andere kant: *Waar is de Kaleidos?* Onderaan, onder opa John, schreef ze: *Waarom?*

Het was een klein lijstje met aantekeningen. In plaats van geïnspireerd voelde ze zich somberder dan ooit.

'Dus wat moeten we nu, Hedy?' vroeg Spencer opnieuw.

'Morgen verzinnen we wel iets.'

De volgende ochtend werden ze laat wakker. Ze hadden die nacht geen fantastische invallen gekregen en bleven lang in bed liggen, tot Hedy's maag zelfs nog harder knorde dan die van Spencer.

'Heb jij hier iets te eten?' vroeg Spencer.

'Nee. We zullen naar beneden moeten.'

'Zou opa John al klaar zijn met ontbijten?'

'Zou kunnen.' Hedy kwam met tegenzin onder haar dekbed vandaan, en ze sjokten naar de gang, de trap af naar beneden. De duisternis die hen tijdens Niemands kaarttruc had omhuld, had haar sporen nagelaten: Spencer wilde per se overal het licht aan.

Opa John keek glimlachend op toen ze de keuken in kwamen. Spencer bleef zoveel mogelijk achter Hedy en mompelde met gebogen hoofd nog net 'Goedemorgen' voor hij helemaal dichtklapte. Hedy moest voor hen allebei ja zeggen op de vraag of ze pap wilden, want haar broertje kon alleen maar stom naar het tafelblad staren.

'Wat is er met jou, jongen?' vroeg opa bezorgd.

Na een ongemakkelijke stilte zei Hedy: 'Hij heeft niet zo goed geslapen.'

Opa John knikte begrijpend. 'Ontbijt zal je goeddoen. En zullen we dan eens naar het Vossenbos gaan?' Hij keerde zich naar het aanrecht om pap te maken.

'Doe normaal!' fluisterde Hedy tegen Spencer.

'Maar ik ben bang,' fluisterde hij terug.

'Hij heeft ons nog nooit iets aangedaan.' Die vaststelling gaf haar net genoeg vertrouwen om een heel klein beetje twijfel toe te laten aan wat Niemand hun die nacht had laten zien.

Toen hij klaar was met eten keek Spencer weer iets opgewekter uit zijn ogen, al zei hij nog steeds geen woord. Hedy had intussen zitten piekeren over de letters op de koelkast, die allang weer door elkaar waren gehusseld en geen boodschap meer vormden. Zou oma Rose hen niet hebben gewaarschuwd als opa John haar verdwijning op zijn geweten had? Of wist ze dat zelf niet eens? In haar hoofd leverden de vragen strijd met elkaar, de ene voor theorie zus, de andere voor theorie zo.

Nadat ze haar kom had omgespoeld ging Hedy bij de liegvogeltjes zitten, die in een grote kartonnen doos in het warmste hoekje van de keuken waren ondergebracht. Opa John had ze al gevoerd en nu lagen ze tevreden te slapen.

'Opa,' begon ze. Haar stem was luid en schor van de zenuwen. Ze probeerde het opnieuw. 'Opa, weet jij wie er achter de verdwijning van oma Rose zat?'

Een theelepeltje viel uit zijn hand op het aanrecht. Hedy schrok ervan. Ze wist dat ze een onhandige vraag stelde, zo helemaal vanuit het niets.

'Hier hebben we het al eerder over gehad,' zei opa John. 'Waarom vraag je dat?'

Ze haalde haar schouders op. 'Maar weet je het?'

'Wat een vreemde manier om de dag te beginnen.' Hij leek slecht op zijn gemak. Kwam dat door de vogeltjes? 'Als ik het had geweten, had ik er wel iets aan gedaan.'

Een van de vogeltjes zette zijn veren op en deed één oog halfopen, maar sliep toen weer verder. Hedy wist niet of het een reactie was op opa's antwoord, en ergens wilde ze dat ook niet weten.

In de hal ging de telefoon. Opa John haastte zich met enige opluchting de keuken uit om op te nemen.

'Wat denk jij?' fluisterde Spencer. 'Heeft hij het gedaan?'

Hedy fronste haar wenkbrauwen. 'Hij gaf niet echt antwoord, hè?'

Spencer liet zijn lepel ronddraaien in zijn hand. 'Zullen we papa en mama bellen? Om te vragen of ze eerder terug willen komen?'

'En wat vertellen we ze dan?'

'Gewoon, alles!'

'Maar Niemand helpt ons nu om oma Rose te vinden,' wierp Hedy tegen.

In de hal sprak opa John op opgewonden toon tegen degene aan de andere kant van de lijn. Hedy liep op haar tenen naar de keukendeur. 'Nee, natuurlijk wil ik het nog hebben,' hoorde ze hem zeggen, 'maar moet het per se vandaag? Ik heb mijn kleinkinderen te logeren...'

Spencer kwam naast Hedy staan om mee te luisteren.

'Nee, nee, dat is nergens voor nodig, ik neem het wel,' vervolgde opa John. 'Laat me even iets regelen.' Hij hing op, dacht na en draaide een nummer. 'Ja, met mij,' zei hij kortaf. 'Kun jij een paar uur op Hedy en Spencer passen? Vanochtend...'

Spencer keek vragend naar Hedy. *Oom Peter*, zei ze zonder geluid te maken. Toen opa John ophing, gingen ze gauw weer aan tafel zitten, en ze probeerden verbaasd te reageren op zijn mededeling dat ze zo weg moesten. 'Ik moet jullie heel even bij oom Peter achterlaten terwijl ik ergens iets ophaal.'

Hedy dacht aan alles wat ze zouden kunnen doen als ze een paar kostbare uren alleen thuis waren. 'We kunnen anders wel hier blijven,' zei ze.

Opa John keek haar van opzij aan. 'Dit duurt wat langer dan wanneer ik alleen even heen en weer moet naar het dorp. Ga je nu maar aankleden.'

Boven poetsten de kinderen hun tanden, waarna ze zich snel aankleedden. Toen Spencer zijn dekbed optilde om zijn sokken te zoeken gaf hij een gil van schrik. Hij wees. 'Wat is dat?'

In zijn bed lag een klein, stenen kopje, en het duurde

even voor Hedy het kon plaatsen. 'Dat is het hoofd van die Romeinse wagenmenner,' zei ze langzaam. 'Van dat beeldje in de kamer van Matt en Stan.'

'Wat doet dat in mijn bed?' Spencer bukte zich om het te bestuderen. 'O, ik weet het al. De houtspionnen hebben het er natuurlijk in gelegd.'

'Ik denk het. Al wist ik niet dat ze daar konden komen. Het bed is niet van hout.'

Voor het eerst die ochtend glimlachte Spencer. 'Het lijkt wel een geschenk voor een koning.'

Hedy stopte de krantenfoto met het lijstje van zaken die moesten worden onderzocht in haar zak. Misschien wist oom Peter iets.

De kinderen deden hun rugzak om en liepen alweer naar de trap, maar opeens kwam er uit de kamer van Matt en Stan een boze, gesmoorde grom. Ze bleven staan. Ze hoorden opa beneden bezig, dus ze konden best even vlug bij hun vrienden naar binnen kijken.

'Alles goed, jongens?' fluisterde Spencer.

'Verre van!' riep Stan. 'Kijk!'

Uit zijn arme neus staken drie pijltjes. De veertjes aan de uiteinden wipten op en neer terwijl Stan ze eruit probeerde te werken door zijn neus op te trekken.

'Vanuit het niets zomaar gespietst,' zei Matt.

'Zijn dat magische pijlen?' vroeg Spencer.

'Nooit iets van gemerkt,' antwoordde Matt. 'Ze liggen hier al jaren, zo stil als maar kan. Iets heeft ze gegooid.'

'Iets heel gemeens,' zei Stan briesend. 'Ik dacht dat ik het laatste scherpe voorwerp op me af had zien komen toen die verrekte jager me te grazen nam. Het is niet eens een wedstrijd, nu ik aan de muur hang en nergens naartoe kan.'

Matt schudde zijn hoofd. 'Wat het ook was, het kan goed mikken.'

Terwijl de beer en het hert praatten, bouwden de kinderen gauw weer een dozentrap, zodat Hedy de pijltjes uit Stans neus kon halen.

'Hartelijk dank,' zei Stan.

'Graag gedaan,' zei ze zonder hem aan te kijken. Er begon een vervelende gedachte bij haar te rijpen, een die ze liever niet onder woorden wilde brengen.

'Hé, opa roept,' zei Spencer, die zenuwachtig bij de deur stond te luisteren.

Stan schraapte zijn keel. 'Neem die pijltjes mee, wil je? Gooi ze maar weg.'

'De heer van het Koninginnewoud heeft genoeg van ezeltje-prik,' grapte Matt, die zijn gevoel voor humor terug had nu de pijltjes uit zijn vriend waren verwijderd.

Stan trok een zuur gezicht. 'Je mag hopen dat jij niet als volgende aan de beurt bent, schurftig vod.'

Hedy liet de dieren verder maar kibbelen. Ze trok de deur achter zich dicht en duwde Spencer naar de trap. Halverwege de gang vroeg hij: 'Hedy, wie zou Stan zoiets nou aandoen?' Opeens bleef hij staan. Hij pakte haar bij haar pols. 'Het was Niemand, hè? Hij heeft die pijltjes gegooid. En het hoofd in mijn bed gelegd.'

Oom Peter woonde in Portsall, wat ongeveer veertig minuten rijden was. Het lag niet ver van de kust, en toen Spencer zijn raampje opendraaide, waaide er een zilte lucht de auto in. Net als Stradmoor gaf ook Portsall Hedy een onwerkelijk gevoel, alsof ze in de ruimte was geweest en een paar dagen niets had gemerkt van wat zich op aarde afspeelde. Ze had de hele rit stil zitten malen over het beeldje en de pijltjes, maar vooral over Niemands kaarttruc en wat die betekende voor opa John.

Ze stopten voor een breed rijtjeshuis van bruine baksteen met een witte erker. Hedy en Spencer waren blij dat ze uit konden stappen. Oom Peter deed bijna meteen open en riep: 'Welkom in het lachpaleis!'

Zodra hij een stap opzij deed, stormden Jelly en Max naar buiten.

'Verrassing!' gilde Max, en hij daagde Spencer meteen uit om tikkertje te spelen.

Jelly sloeg een arm om Hedy's schouder. 'We wonen maar een paar straten verderop, en we mochten van mijn moeder komen omdat jullie er ook zouden zijn.'

'Hoog tijd dat je me eens komt bezoeken, John,' zei oom Peter. 'Kopje thee voor je verdergaat?'

'Nee, bedankt, er wordt op me gewacht,' zei opa John kortaf. 'Gedraag je, hè kinderen? Nergens aankomen.'

Oom Peter schoot in de lach. 'Natuurlijk mogen ze ergens aankomen, zolang ze maar niets kapotmaken!'

Opa John tuitte zijn lippen. 'Ik doe maar alsof ik dat niet gehoord heb.' Hij zei nog tegen de kinderen dat hij over een uur of twee terug zou zijn en liep vlug weer naar zijn auto.

'Weet jij waar hij naartoe gaat, oom Peter?' vroeg Hedy. 'Tegen ons wilde hij het niet zeggen.'

'Tegen mij ook niet, vrees ik.' Oom Peter trok aan zijn baard. 'Zijn geheimen houdt hij voor iedereen verborgen.'

Hedy en Spencer volgden de anderen naar een vestibule, waar ze hun schoenen uitschopten en hun jas ophingen, en door de tochtdeuren naar binnengingen. In de hal rook het heerlijk, naar een of ander lekkers uit de oven. Dankzij die geur en het vrolijke gedoe van haar neef en nicht, begon de zorgelijkheid een beetje van Hedy af te glijden.

Rechts van de hal was de zitkamer, waar het licht van buiten gedeeltelijk werd weggenomen door een gigantische kerstboom. Hoewel er genoeg interessants te zien was, was het een nette en uitnodigende en heel gewone kamer – totaal anders dan het tjokvolle huis van opa John. Er stond een glanzende zwarte piano en een leren bank met bijzettafeltjes waarop foto's stonden van Jelly en Max, met hun ouders Toni en Vincent.

'Kom eens kijken.' Max trok Spencer mee naar drie ingelijste posters van een jonge oom Peter (ERVAAR DE MAGIE VAN PETER SANG!). Hedy bekeek een hoge boekenkast met glazen deurtjes. Er waren allerlei intrigerende voorwerpen in uitgestald: verweerde stenen met ingekraste symbolen, een klein zilveren mes in een schede, gekleurde eieren versierd met goudfiligrein en verschillende houten maskers, allemaal met een angstaanjagende tronie. In een zilveren lijstje zat een sepiafoto van niemand minder dan Tsang Li Ming.

Oom Peter zag haar kijken. 'Dat is je betovergrootvader.'

'Heb je die wel eens ontmoet?'

'Twee keer maar. Toen ik op het toneel verscheen was hij al met pensioen en woonde hij in China. Hij was een beroemd goochelaar, weet je.'

'Dat heb ik geloof ik wel eens gehoord,' zei Hedy voorzichtig. 'Zijn opa John en jij daarom ook goochelaar geworden?'

Oom Peter dacht na. 'Ik denk wel dat John daarom goochelaar is geworden, maar de reden dat ík goochelaar werd was John.' Hij glimlachte om haar verbaasde gezicht. 'Broers kunnen nogal competitief zijn.'

Terwijl hij de kamer uit ging, viel Hedy's oog op een vreemd rood zakje dat boven de open haard hing. 'Wat is dat?' vroeg ze aan Jelly.

'Dat is een talisman. Het houdt het kwaad op afstand,' antwoordde haar nichtje. 'Wij hebben thuis een grotere, maar die zit nu in een doos, want we zijn aan het verbouwen en er ligt letterlijk óveral stof. Mijn oma maakt ze.'

'Waar is je oma?' vroeg Hedy nieuwsgierig.

'Die woont in Amerika, in New Orleans, daar komt ze vandaan. Opa en zij waren al gescheiden toen ik geboren werd.' En met een weemoedige blik op de talisman voegde Jelly eraan toe: 'Jouw opa is niet de enige die zijn vrouw kan laten verdwijnen.' Bij het zien van Hedy's geschokte uitdrukking zei ze: 'O. Te snel?'

Maar Hedy barstte in lachen uit, en Jelly nam haar bij de arm om haar de rest van het huis te laten zien.

Voor de lunch liepen ze met z'n vijven naar een Chinees restaurant dat Het Hof van de Keizer heette, waar oom Peter hen 'ter ere van jullie betovergrootvader' op dumplings wilde trakteren. De eigenaar kwam speciaal een praatje met hem maken en haalde roze limonade voor de kinderen, en bijzondere dumplings die niet eens op de kaart stonden. Na afloop nam oom Peter hen mee naar een ijssalon. De bedrijfsleider kwam naar voren om hem een hand te geven en uitgebreid bij te praten. Achter de toonbank stond een grote emmer met lolly's, waar de kinderen er een paar van mochten nemen. Spencer stopte natuurlijk zijn hele zak vol. Oom Peter koesterde zich als een welwillende koning in alle aandacht.

Op weg naar huis bestookte Spencer hem met vragen over zijn carrière als professioneel goochelaar. Met smaak onthaalde oom Peter hen vervolgens op verhalen over zijn optreden voor de koninklijke familie, waarbij hij een koets in een oogwenk in een pompoen had veranderd, en die keer dat hij zijn magische krachten had gebruikt om een vermeende Russische spion te dwarsbomen. Spencer zoog het allemaal op als een spons en vergat aan zijn ijsje te likken, waardoor de karamelswirl langs zijn pols droop. Zo hoort een vakantie te zijn, mijmerde Hedy.

Op een bepaald moment trok Jelly aan haar mouw. 'Wat is het laatste nieuws uit oom Johns Horrorhuis?' vroeg ze toen ze een eindje achter de anderen liepen.

'Het is geen horrorhuis!' fluisterde Hedy, om na een korte stilte schoorvoetend toe te geven: 'Maar we hebben wel iets engs ontdekt.' Ze vertelde hoe ze Albert Niemand hadden gevonden en wat die over hun opa had onthuld.

Jelly was verbijsterd. 'Je gaat toch zeker niet terug, hè?'

'Ik kan niet níét teruggaan.'

'Als hij het heeft gedaan en het al die tijd verborgen heeft gehouden, kún je gewoon niet teruggaan! Ben je niet bang? Jullie mogen best bij ons logeren. O, maar Max slaapt al bij mij omdat zijn kamer wordt opgeknapt. Maar bij mijn opa dan. Zal ik het vragen?'

Ze waren weer bij het huis van oom Peter, die bij de

voordeur op hen stond te wachten. Hedy schudde haar hoofd. Ze wist nog niet wat ze het beste kon doen. Ja, ze was bang, maar hoe moest het met oma Rose als Spencer en zij er niet meer waren? Zou Niemand dan ook nog op zoek gaan naar de Kaleidos en het ontbrekende stukje?

Hedy en Jelly vonden de jongens boven, in de kamer waar oom Peter zijn oude kostuums, posters en rekwisieten bewaarde. 'Kun je me laten zien hoe dit werkt?' vroeg Spencer net aan Max. In zijn handen had hij een vogelkooi, die in elkaar klapte op het moment dat hij het zei, waardoor zijn vingers pijnlijk klem kwamen te zitten en ze oom Peter erbij moesten roepen.

'Magie is een gevaarlijke roeping,' zei oom Peter terwijl hij Spencers vingers bevrijdde.

Spencer probeerde de pijn eruit te schudden. 'Dat zegt opa ook. Maar dit is toch gewoon een goocheltruc?'

Max drapeerde een iriserende donkergroene cape om zijn schouders. 'Hedy, heb jij die vleugels nog geprobeerd? Deden ze het?'

'Wat voor vleugels?' vroeg oom Peter.

Hedy schraapte haar keel en wierp Max een venijnige blik toe. 'Eh... kippenvleugels. Mevrouw Vilums kent een geheim recept.' Om de aandacht af te leiden ging ze voor haar neefje staan en zei: 'Hé Max, kun jij zo buigen?'

Zwaaiend met één arm maakte ze een diepe buiging. Terwijl ze dat deed, viel de kopie van het krantenknipsel uit haar zak. Oom Peter raapte hem op en keek met grote ogen naar de foto en de vragen die Hedy erbij had geschreven. 'Wat doe jij hiermee?' vroeg hij zacht.

Ze had de kopie meegenomen om hem ernaar te vragen, maar nu voelde ze zich overvallen. 'Eh... we wilden opa Johns Kaleidos bekijken.'

'Waarom?'

'Gewoon, vanwege oma Rose. We... we willen weten wat er met haar is gebeurd. Weet jij het?'

'Niemand weet wat er is gebeurd.' Oom Peter keek hoofdschuddend naar de foto. 'Die stomme kist ook.'

'Opa zei dat hij hem uit elkaar had gehaald,' zei Hedy, 'zodat er niets ergs meer mee kon gebeuren.'

Hij keek haar verrast aan. 'Weet je dat zeker?'

Hedy en Spencer knikten.

'Ik dacht dat hij hem nog ergens had.'

'Weet je ook waar?' vroeg Spencer gretig.

'Nee. Ik dacht alleen...' Verder ging hij niet.

'Ken je Albert Niemand?' vroeg Hedy.

Er vloog een gealarmeerde blik over het gezicht van oom Peter. 'Die opgeblazen kwal met z'n ene kunstje? Hoezo?'

'Ik las ergens dat hij er die avond ook bij was.'

'Dat klopt. Maar hij is al een hele tijd dood, en hij had trouwens ook weinig aardigs over je opa te zeggen nadat het gebeurd was.' Hij staarde een tijdje naar de foto en Hedy's woorden en keek haar toen onderzoekend aan. 'Je moet goed begrijpen dat deze herinneringen heel pijnlijk zijn voor John. Het lijkt me beter om dit hele verhaal niet weer op te rakelen. Hij heeft een paar weken onder verdenking gestaan, wist je dat? Het was een zware tijd.'

'Maar stel dat we haar kunnen vinden?'

Zachtjes legde hij een hand op haar hoofd. 'Dat kan niet. Waag je niet in een of ander konijnenhol, op jacht naar het onmogelijke. Over een paar dagen gaan jullie naar huis. Wou je al die ouwe koeien uit de sloot halen en hem er dan mee achterlaten? Iets wreders kan ik me niet voorstellen. Gooi die foto maar weg. Richt je op het hier en nu.'

Hedy voelde de aandrang om hem over de woorden in het stof te vertellen, over Matt en Stan, de houtspionnen, alles, al was het maar om zijn ongelijk te bewijzen. Maar ze hield zich in. Het zat er veel te dik in dat hij het aan opa John door zou brieven, zijn kant zou kiezen, en dan zouden ze oma Rose zeker niet vinden.

'Mogen ze niet hier logeren, opa?' vroeg Jelly verlegen. Toen Hedy haar waarschuwend aankeek, voegde ze eraan toe: 'Dan kunnen we veel meer samen doen.'

'Jullie zijn natuurlijk welkom,' zei oom Peter tegen Hedy en Spencer. 'Als jullie willen?'

Hedy voelde de smekende blik van Spencer op zich gericht en dacht aan de heel gewone, gezellige ochtend in Portsall, waar alles simpel en leuk was. Maar toen viel er licht op de cape om Max' schouders. Het donkere groen herinnerde haar aan Niemands kroonluchter, zijn kaarttruc en de duisternis die over hen heen was gerold – de duisternis waarin oma Rose volgens Niemand gevangenzat.

'Nee,' zei ze, 'we kunnen beter met opa mee teruggaan.'

HOOFDSTUK 16

ERGENS ANDERS IS HIER

Opa John vertelde niet waar hij was geweest, maar wat hij ook had gekocht, het had hem een goed humeur bezorgd. En aan zijn hand te zien die steeds naar zijn zak ging, was het een klein voorwerp.

Spencer zweeg bijna de hele weg naar huis. Hedy nam aan dat dit was omdat hij niet met opa John wilde praten. 'Misschien heeft Niemand de Kaleidos al gevonden,' fluisterde ze toen de auto eindelijk door de straatjes van Marberry's Rest slingerde.

Spencer tuurde naar het huis op de heuvel, dat er na hun ochtend bij oom Peter extra stil en verlaten uitzag. 'Ik hoop het.' Kwaad keek hij haar aan. 'Ik wou dat we bij oom Peter waren gebleven.'

Opa John rolde met zijn schouders, waardoor Hedy zich afvroeg of hij het misschien had gehoord. Ondanks alles vond ze het niet leuk om hem te kwetsen.

Toen ze naar binnen gingen hoopte ze half dat hun grootmoeder als bij toverslag terug zou blijken te zijn, ijsberend in de hal of wachtend aan de grote keukentafel. Maar het was alleen maar stil in huis. Er was geen Rose te bekennen, en zolang opa door de kamers scharrelde, konden ze ook moeilijk op zoek gaan naar Niemand.

De rest van de dag waren Hedy en Spencer geen van beiden erg spraakzaam. Ze aten met lange tanden, en Hedy loog dat ze zich niet lekker voelden en vroeg naar bed wilden. De zorgzaamheid waarmee hun grootvader hen instopte en zich voorbereidde op een nacht met twee zieke kinderen was roerend. Hij gaf ze allebei een emmer naast hun bed voor als ze moesten overgeven en legde Spencers puffer zo dat hij er makkelijk bij kon. Nadat hij de gedetailleerde instructies die Olivia in de EHBO-doos had gestopt uitvoerig had doorgenomen, zette hij een bordje met kinderparacetamol en crackers op een plank, dan stond het maar vast klaar voor als hij het 's nachts nodig zou hebben.

'Roep me als er iets is,' zei hij bezorgd vanuit de deuropening.

'Bedankt, opa. Ik denk dat we gewoon moeten slapen,' zei Hedy. Ze kroop diep onder de dekens en dwong zichzelf eraan te denken dat hij misschien de verdwijning van zijn eigen vrouw op zijn geweten had.

Terwijl opa Johns voetstappen zich verwijderden, gingen ze allebei weer rechtop zitten. Hedy speurde het plafond af. 'Meneer Niemand?'

Spencer drukte zijn kussen tegen zijn borst. 'Is hij hier?'

'Ik geloof het niet. Ik vroeg het maar voor de zekerheid.'

Ze sprong uit bed. 'Laten we kijken of we hem kunnen vinden.'

'Waar?'

'Om te beginnen in zijn kamer.'

Zijwaarts schuifelden ze door de gang naar de trap. Beneden verroerde zich gelukkig niets; opa John was waarschijnlijk naar zijn werkkamer gegaan. Pas toen ze boven waren durfde Hedy haar zaklamp aan te doen, en op hun tenen renden ze naar Niemands kamer.

'Ik doe de deur open en jij schijnt naar binnen,' zei Spencer. 'Zo doet de politie het op tv ook altijd.'

'Wij zijn de politie niet, Spence. En dit is geen pistool.' Maar ze wilde het best op zijn manier doen, en het zou ook goed zijn gegaan als hij de blauwe deur in zijn zenuwen niet zo hard open had gegooid dat hij tegen de muur knalde.

'Voorzichtig!' fluisterde ze.

Ze scheen met haar zaklamp naar binnen. Niemands griezelige overblijfselen lagen niet meer op de grond, en toen ze zachtjes zijn naam riepen, kwam er geen blauw licht en ook geen stem.

Hedy deed de deur weer dicht. 'Hij is er niet.'

Spencer kwam dichter naar het licht van haar zaklamp toe. 'Denk je dat hij nog wel ergens in huis is?'

Van de andere kant van de gang kwam een scherp *pssst.* Met een zwiep richtte Hedy haar zaklamp. In het donker kwam het spookachtige hoofd van Simon door de gele deur.

'Jullie moeten meneer waarschuwen,' zei hij met verstikte stem, alsof hij gehuild had. 'Waarschuw John.'

'Wat is er dan, Simon?' vroeg Hedy. Met Spencer vlak naast zich liep ze voorzichtig naar de spookpianist toe. Met elke stap kreeg ze het kouder.

'Albert Niemand is ontsnapt!'

'Hij... hij... helpt ons oma te zoeken.'

Simon keek haar verbijsterd aan. 'Hebben jullie hem vrijgelaten?'

'Weet je nog dat jij zei dat we hem naar oma Rose moesten vragen?' zei ze verdedigend.

'Vragen, ja. Vrijlaten, *non*!'

'Waarom niet? Wat doet-ie dan?' fluisterde Spencer.

'Hij heeft mijn centrale C gestolen!' Hedy en Spencer wisten niet wat dat betekende. IJle tranen sprongen in Simons ogen en rolden over zijn wangen naar zijn kin, maar ze losten op voor ze op de grond vielen. 'Hij heeft vijf toetsen van mijn piano gestolen. Hoe kan ik zo nou spelen? Mijn concerto klinkt als gatenkaas! En de buste van Wellington is onthoofd. De kop heeft een deuk in mijn arme piano gemaakt. Niets is veilig als Niemand op vrije voeten is! Jullie moeten meneer waarschuwen, anders doe ik het. Ik lok hem naar boven en zeg dat het jullie schuld is!'

'Nee, zeg het alsjeblieft niet tegen opa John,' smeekte Hedy. 'Niemand had ons beloofd te helpen zoeken naar oma Rose. Dat is het enige wat we willen.'

'Als we hem zien, zegt Hedy wel dat hij op moet houden met pesten,' voegde Spencer eraan toe.

Simon leek niet overtuigd.

'We zorgen dat je je toetsen terugkrijgt, goed?' zei Hedy. 'Weet je waar ze zijn?'

Simon droogde zijn tranen met een kanten mouw en schudde zijn hoofd. 'Ik kan niet zo ver bij mijn pianokruk vandaan. Daar blies ik mijn laatste adem uit, moet je weten. Dus ik kon niet achter hem aan. Ik weet niet waar hij ze heeft gelaten.'

'Zei hij nog iets?'

'Alleen dat ze "een mooi uitzicht" zouden krijgen.' Koppig sloeg hij zijn armen over elkaar. 'Als jullie ze niet terugbrengen zal ik meneer moeten vertellen wat jullie uitgespookt hebben!'

Ze beloofden de geest dat ze hun best zouden doen, en even later was zijn gekwelde hoofd in het niets verdwenen. De kinderen liepen op hun tenen de trap af, hun zintuigen gespitst op elk mogelijk spoor van Niemand. Hield hij zich schuil in een van die andere kamers waar ze nooit in waren geweest, achter die roze of die rode of die turquoise deur misschien?

'Denk je dat hij zich aan zijn belofte houdt?' vroeg Spencer.

'Dat is wel te hopen,' antwoordde Hedy. 'Anders weet ik niet hoe we oma Rose ooit moeten vinden.' Voor de kamer van Matt en Stan bleef ze staan. 'Even kijken of Stan niet nog meer pijltjes in zijn neus heeft gekregen.'

Maar achter de groene deur wachtte hun een heel ander tafereel. Matt lag omgekeerd op de grond, verkreukeld, alsof hij had gevochten. Hij draaide zijn hoofd toen ze naast hem kwamen zitten en zei mistroostig: 'Wind er maar geen doekjes om, welpen. Hoe erg is het?'

'Hoe erg is wat?' vroeg Hedy.

'Ik zei al dat het best meeviel!' riep Stan nerveus. 'Dat is ook zo.'

'Keer me om,' zei Matt.

De kinderen draaiden Matt op zijn buik en moesten allebei een kreet onderdrukken. Op zijn rug was een hele strook uit zijn vacht, alsof iemand er een scheermes overheen had gehaald. En dat niet alleen: zijn staart was ook weg.

'O, Matt,' fluisterde Hedy. Spencer was sprakeloos.

Matt sloot zijn ogen. 'Ik wist dat het erg was.'

'Doet het pijn?' vroeg Hedy.

'Van achteren.'

'Wat is er gebeurd?' wist Spencer eindelijk uit te brengen.

'Ik heb het niet gezien,' zei Matt, die een blik probeerde te werpen op de plek waar zijn staart hoorde te zitten. 'Vertel jij het maar, Stan.'

Stan likte onrustig aan zijn neus. 'Het was een mes met een parelmoeren handvat, glanzend in het schaarse licht,' begon hij, 'in de hoogte gehouden door een onzichtbaar sujet.'

'Daar gaan we weer,' verzuchtte Matt.

'Ik probeer je tegenslag alleen een zeker cachet te geven,' zei Stan mokkend.

'Vertel nou maar gewoon, maf speldenkussen dat je bent.'

'Moet ik er dan plompverloren uitgooien dat er vanuit het niets een mes opdook dat je rug schoor tot je sprekend op een stinkdier leek en daarna je staart afhakte?'

Matt wierp zijn poten in de lucht. 'Ja!'

'Hoe dan ook,' zei Stan snuivend, 'de conclusie is dat we nog steeds geen conclusie hebben. We weten niet wat het was. Meneer heeft iets gedaan en dat heeft deze ellende aangericht.'

Hedy merkte dat slikken haar moeite kostte. 'Wij weten denk ik wat het was.'

Met horten en stoten vertelden de kinderen wat er was voorgevallen, van Niemands kaarttruc en zijn bevrijding uit de kroonluchter tot het hoofd van de Romeinse wagenmenner in het bed van Spencer. Naarmate het verhaal vorderde sprak Hedy steeds minder en moest Spencer het steeds vaker overnemen. De laatste dagen waren er wel vaker kleine rimpelingen van spanning door haar heen gegaan: omdat ze voor Spencer moest zorgen, omdat ze niet wist wat ze van opa John moest denken, omdat ze zich schuldig voelde over Stans neus en Simons pianotoetsen en Matts staart. Nu voegden deze rimpelingen zich samen tot één grote golf die haar dreigde te overspoelen. Uit alle macht probeerde ze zich ertegen te verzetten.

'We hadden toch gezegd dat jullie Niemand niet moesten vertrouwen,' zei Stan hoofdschuddend.

'En dat jullie hem niet vrij mochten laten,' voegde Matt eraan toe.

Hun ergernis gaf de golf nog een extra zetje, en toen hij eindelijk over haar heen sloeg, barstte ze in tranen uit. Spencer staarde haar aan, verbijsterd door deze plotselinge verandering in zijn evenwichtige zus. Hij sloeg onzeker een arm om haar heen, maar daardoor begon ze alleen maar nog harder te huilen.

'Vanwaar die tranen, kleintje?' vroeg Matt.

'Het... het spijt me zo dat we hem vrij hebben gelaten,' zei ze snikkend.

'Gedane zaken nemen geen keer,' mompelde Stan. 'Je deed wat je dacht dat je moest doen.'

'Maar ik vind het zo erg wat jou is overkomen. En Matt, je staart...' De golf van schuld en spijt overspoelde haar nog eens en nog eens, en de anderen deden het enige wat er te doen viel: haar laten huilen.

Het duurde een hele tijd, maar geleidelijk kalmeerde

haar ademhaling, en uiteindelijk besefte Hedy dat er één ding was dat haar het meest dwarszat. 'Ik wil geen hekel hebben aan opa John.'

'Ik ook niet,' zei Spencer. Hij had zijn arm nog steeds om haar heen en gaf af en toe een klopje op haar schouder. Ze vond het vreemd om te worden getroost door haar kleine broertje, maar ook opbeurend.

'Nee, logisch,' verzuchtte Stan. 'Het is een rare, zelfs voor een mens, maar ik moet er toch niet aan denken dat hij zo'n geheim met zich meedraagt.'

'Wat gaan jullie nu doen?' vroeg Matt.

Hedy haalde diep adem. Ze had het nooit verwacht, maar ze voelde zich opgelucht. 'We moeten Niemand terug zien te vinden. Zorgen dat hij stopt met pesten en hem eraan herinneren dat hij ons zou helpen.'

'Tja, hij heeft mijn staart uren geleden afgehakt,' zei Matt. 'Ik vind het niet leuk om te zeggen, maar stel dat hij er genoeg van had om hier te klieren en vertrokken is om het ergens anders te gaan doen?'

'Het ontketende beest raast ende tiert,' verklaarde Stan.

Matt fronste zijn voorhoofd. 'Watte? Een dichtregel?'

'Nee, ik verzin het ter plekke,' zei Stan trots. 'Daarom is hij zo onhandelbaar. Hij is net een tijger die uit zijn kooi is ontsnapt en iets aan flarden wil scheuren.' Hij zweeg even. 'Misschien kan het wel een gedicht wórden.' Met gesloten ogen murmelde hij de woorden nog een keer voor zich uit.

Matt keek de kinderen aan. 'Maak maar gauw dat je wegkomt,' adviseerde hij. 'Nou wordt-ie poëtisch, en daar hebben jullie de tijd niet voor.'

De volgende ochtend verschenen er overal in huis tekenen dat Niemand langs was geweest, al liet hij zich nog steeds niet zien of horen. Hedy en Spencer vonden hun tandenborstels in de wc. Uit een boek dat Hedy in de woonkamer had laten liggen, was een bladzijde gescheurd. Een houtspion speelde met het hoofd van een van Spencers worstelpoppetjes.

'Nu is het klaar!' brieste Spencer terwijl hij het hoofd van de grond opraapte en op het plastic lichaam duwde. 'Oké, hij is kampioen onthoofden, maar daarom hoeft-ie de kop toch niet van mijn poppetje af te rukken!' Hij pakte Hedy bij de hand en trok haar mee naar het washok, waar hij de stofzuiger uit zijn hoekje tevoorschijn haalde.

'Wat doe je?' vroeg Hedy.

'Misschien kunnen we meneer Niemand hiermee opzuigen.'

Ze keek hem weifelend aan. 'Hoe kom je daarop? Heb je dat uit een film?'

'Weet jij soms iets beters?'

Ze wist niets beters, dus maakten ze opa John wijs dat hun ouders hadden beloofd dat ze extra zakgeld zouden krijgen als ze wat schoonmaakwerk voor hun grootvader deden.

'Jullie maken toch niets kapot, hè?' zei hij. 'Misschien moet ik jullie betalen om géén schoonmaakwerk voor me te doen?'

'We leren verantwoordelijkheid nemen,' antwoordde Hedy poeslief. 'En hoe het is om hard te werken.'

'Ik moet iets anders verzinnen om jullie bezig te houden.'

Opa John keek hoofdschuddend toe hoe ze de hal en de woonkamer stofzuigden, tot hij zeker wist dat ze niet van alles zouden slopen en zich in zijn werkkamer terugtrok.

'Oké,' zei Spencer, 'we gaan het proberen.'

Samen staken ze de borstel van de stofzuiger in de lucht en zwaaiden er langzaam mee de kamer rond.

'Hoe weten we of we hem opzuigen of niet?' vroeg Hedy.

'Misschien komen zijn tand en zijn oog en andere onderdelen daarin terecht,' zei Spencer, en hij wees naar het doorzichtige plastic reservoir waar het stof in ronddwarrelde.

Ze zogen alle kamers beneden zonder een spoor van Niemand tegen te komen, en daarna gingen ze naar boven. Met lamme armen van het omhooghouden van de stang gingen ze door hun eigen kamer heen, door de gang en zelfs snel even door de kamer van Matt en Stan. Maar pas toen ze de stofzuiger de badkamer in reden hadden ze beet, al was het op een andere manier dan Spencer had bedacht.

'Jullie maken jezelf knap belachelijk zo,' zei een stem.

Van schrik lieten ze de stang uit hun handen vallen. Het lampje links van de spiegel gaf een flikkerend blauw licht. Hedy schoof de stofzuiger vlug de gang op, zodat opa John zou denken dat ze nog bezig waren, en deed de deur dicht.

'Waarom blijft u niet van onze spullen af? Én van de spullen van opa John?' zei ze met een boze blik op het blauwe licht.

'"Het ontketende beest raast ende tiert",' zei Niemand, zogenaamd met de stem van Stan.

Spencer deed geschokt een stap achteruit. 'Hebt u ons bespioneerd?'

Er klonk gegniffel. 'Ik ben op onderzoek uit geweest!'

'O ja? Nou, u was heus niet op "onderzoek" uit toen u Matts staart afhakte!' zei Hedy.

'Ah, arme teddybeer, heeft geen staartje meer!'

'We hadden een afspraak.' Ze kneep haar ogen tot spleetjes. 'Bent u alleen maar aan het treiteren geweest, of hebt u ook nog echt iets ontdekt?'

'Ik heb inderdaad écht iets interessants ontdekt – iets heel verhelderends. Helemaal boven in het huis.' Het klonk alsof hij bijzonder tevreden was met zichzelf.

'Op de bovenste verdieping, bedoelt u?' vroeg Spencer.

'Hoger. *La bella vista.* De belvedère.'

'Dat ding dat we het torentje noemen,' zei Hedy tegen haar broertje. En aan het licht vroeg ze: 'Wat is daar dan?'

'Ik zal de verrassing niet bederven,' zei Niemand spinnend. 'Maar je zult zien dat het uitzicht inderdaad heel mooi is.'

Er ging een schok door Hedy heen. *Een mooi uitzicht.* Dat had Simon gezegd. Waren de toetsen van zijn piano daar ook?

'Noem maar gewoon mijn naam als je boven komt,' zei Niemand achteloos. 'O, en ik zou die stofzuiger niet helemaal meesjouwen als ik jullie was.'

Hedy dacht dat de belvedère van binnenuit te bereiken moest zijn, maar de deur naar de zolder zat stevig op slot.

'Jij kunt die toch wel openkrijgen, Matt?' vroeg Spencer hoopvol, nadat ze eerst alles over hun gesprek met Niemand hadden verteld.

Matt keek onbehaaglijk naar de poot waarmee hij de deur van Simons kamer had opengemaakt. De vacht, die eerst lichtbruin was verkleurd, was inmiddels wit, en de vlek was ook weer groter geworden. 'Ik ben bang dat deze poot sinds die magische kraak ouder is dan de rest van mij.'

'Weten jullie nog hoe slap hij zich voelde na de vorige keer?' vroeg Stan tobberig. 'Hij was net een grote harige sok die te vaak gedragen was. Laten we hem nou niet totaal uitputten. Het is erg genoeg dat hij een stinkdier zonder staart is, ik wil niet dat hij in een comateuze ijsbeer verandert.'

Hedy liep naar de vleugels aan de muur en ging met een vinger over de koperen en zilveren veren. Max had ze aan de praat gekregen. Min of meer.

Met hulp van Spencer trok ze de vleugels aan, waarna ze op haar tenen op en neer wipte. Maar toen ze plotseling voor zich zag hoe ze van het dak zou vallen, meegesleurd door het gewicht van het metalen apparaat, knakten de vleugels omlaag en voelden ze vele malen zwaarder dan ze een paar tellen geleden nog waren. Met knikkende knieën moest ze zich op de grond laten zakken. Dat gaf de doorslag: dit was niet het moment om met vliegen te experimenteren.

Dan bleef er nog maar één mogelijkheid over. Ze moest klimmen.

HOOFDSTUK 17

WAT ER MET ZOEKERS GEBEURT

Na de lunch zeiden Hedy en Spencer dat ze de tuin gingen verkennen, en opa John werd zo in beslag genomen door waar hij ook mee bezig was (raadselachtig genoeg kreeg hij er blauwe handen van) dat hij hen onbekommerd hun gang liet gaan.

Ze smokkelden een roestige ladder de garage uit – dat viel nog niet mee zonder krassen in opa's auto te maken – en slopen naar de kant van het huis die het verst van de werkkamer verwijderd was. Daar schoven ze de ladder helemaal uit en zetten hem tegen de muur.

'Hij haalt de tweede verdieping op geen stukken na,' merkte Spencer op. 'En er ontbreken een paar treden.'

Hedy dacht diep na. Ze keek naar het dak en wierp een blik om de hoek. Aan die kant was de dakgoot van de begane grond binnen bereik van de ladder. Vanuit de goot zag ze een weg omhoog via een regenpijp en een vensterbank, tot waar de twee puntgevels bij elkaar kwamen. Als ze daar eenmaal was, kon ze makkelijk tussen de stenen beelden door naar de belvedère lopen en over de reling klimmen. Ze stelde zich voor wat ze op het punt stond te gaan doen en probeerde niet op het trekkende gevoel in haar buik te letten.

'Jij houdt de wacht,' zei ze.

'Alweer?' vroeg Spencer.

'Wil jij anders naar boven? Als opa naar buiten komt, zeg je maar dat ik een tennisbal van het dak haal.'

Ze verplaatsten de ladder en Hedy begon met trillende benen te klimmen. Ze keek niet naar beneden en deed haar best om niet te lang stil te staan bij alle treden die niet goed vast leken te zitten. Toen ze de goot bereikte, begon ze bijna te gillen van schrik toen er een grote kever onder een hoopje natte bladeren vandaan kroop. Haar haar waaide alle kanten op, maar gelukkig had de wind ook de meeste sneeuw van het dak geblazen, waardoor het minder glibberig was dan ze had verwacht. Ze kreeg wel ijskoude handen.

Ze pakte zich aan de gevelrand vast en hees zich op. Zo licht als een veertje, dacht ze terwijl ze voorzichtig over de dakpannen liep, die zo te zien in prima staat verkeerden. Ze kwam bij de regenpijp naast de vensterbank en hield zichzelf voor dat ze niet diep zou vallen als het misging. Met beide handen stevig om de regenpijp zette ze zich van de vensterbank af. Ze plantte een voet op een siersteen, zette zich opnieuw af en wurmde zich tussen de puntgevels door omhoog tot ze met de beelden als houvast verder over het dak kon schuifelen. Met een paar stappen was ze bij de belvedère.

Even nam ze de tijd om van het uitzicht te genieten. De slingerstraatjes van Marberry's Rest, de lappendeken van besneeuwde velden en de kale bomenbosjes – van hierboven was het net een speelgoedlandschap.

Glurend over de reling van de belvedère zag Hedy niet alleen de vijf toetsen die Niemand uit Simons vleugel had gehaald, maar ook een kort bruin berenstaartje. Grijnzend klom ze in de belvedère; misschien kon mevrouw Vilums haar wel helpen Matts staart er weer aan te naaien. Met de toetsen en de staart veilig in haar binnenzak voelde ze aan een raamloze deur, die volgens haar alleen maar naar de zolder kon leiden, maar die zat op slot.

'Het is je gelukt. Goed werk,' zei een inmiddels vertrouwde stem achter haar.

Hedy keek om en zag één tel een zweem van een mannenhoofd voor zich. Het volgende moment was het alweer weg. 'H-hallo,' zei ze. Ze rilde – omdat het boven op het dak zo koud was, natuurlijk. 'Ik neem de toetsen en de staart mee.'

'Als je wilt,' zei Niemand toegeeflijk.

'Wat hebt u hier ontdekt over oma Rose?'

Niemand lachte. 'Ik heb ontdekt wat er met zoekers gebeurt.'

'Wat bedoelt u daarmee?'

'Je grootvader heeft een buitengewoon alarmsysteem. Primitief, maar buitengewoon. Probeer het dak heel te houden als je eraf valt.'

'Wat hebt u ontdekt?' riep ze.

Maar er kwamen geen plaagstootjes meer van Niemand. De koude wind floot hol rond de belvedère. En vanuit haar ooghoeken zag Hedy aan de andere kant van het torentje een beeld bewegen. Het was een duiveltje. Het rolde met zijn gespierde schoudertjes, richtte zich op en schraapte zijn schorre keel. Achter het duiveltje kraste iets over de dakpannen, en daar kwamen nog meer beelden aan gehompeld.

'Vinders!' zei het duiveltje met een stem zo hard als steen.

'Wat?' zei Hedy nauwelijks hoorbaar.

'Vijanden!' sneerde een griffioen.

'Ik ben geen... ik ben geen vijand!' stamelde ze. 'Ik ben de kleindochter van meneer.'

Maar de monsters kwamen steeds dichterbij. Hedy klom hijgend over de reling van de belvedère en schuifelde zo vlug als ze kon terug over het dak. In haar angst zette ze een voet verkeerd neer, en met een gil greep ze zich vast aan een stenen draak, die onder haar handen tot leven kwam. Kreunend liet ze zich op handen en knieën vallen om verder te kruipen.

'Bescherm haar!' kraste een andere draak, die op haar afkwam. Even dacht ze dat hij haar te hulp schoot. Maar in plaats daarvan probeerde hij in haar voet te bijten. Ze schopte hem zo hard als ze kon, en de draak zocht geschrokken de veiligheid van de groep op. Maar door die schop verloor Hedy haar evenwicht, en ze gleed een eindje naar beneden voor een gevelspits haar tegenhield. De stenen monsters kwamen dichter- en dichterbij. Dit is het dan, dacht ze, nu moet ik om opa schreeuwen.

Op het moment dat ze diep ademhaalde om het op een schreeuwen te zetten, streek er iets fladderend voor haar neer. Het was een raaf. Een raaf met witte veren, waar stenen rimpelingen doorheen voeren. Dezelfde grote raaf die hen op die eerste dag de weg naar opa Johns huis had gewezen. Ze wist het zeker. Ze zette zich schrap tegen zijn pikkende snavel, maar de vogel schoot de lucht in en vloog dreigend op de monsters af. Hij probeerde haar te helpen! De monsters hapten en gromden naar hem, maar hij ontweek ze behendig en viel ze toen met gestrekte klauwen aan. Stukjes steen vlogen in het rond, en uiteindelijk trokken de monsters zich omzichtig een stukje terug.

Hedy klauterde omlaag en liet haar voeten even op de vensterbank rusten. Met haar neus tegen het vieze raam stond ze daar. Binnen zag ze paspoppen met goochelaarskostuums en, in een donker hoekje, iets van glanzend metaal. Dit was de zolder.

De raaf kwam op haar af en keek haar met zijn strenge ogen aan. De monsters kwamen weer dichterbij.

Ka, kraste de raaf dwingend.

Vanbinnen kwam vaag een geluid. Hedy gluurde door het raam. Zag ze daar in die hoek iets bewegen?

En net als in het stof op het glas van de fotolijst verschenen er woorden in de vuiligheid op het raam: JE BENT VLAKBIJ.

Oma, dacht Hedy. Ze was vlak bij oma!

De raaf sloeg met zijn vleugels om haar weg te jagen. Voorzichtig gleed en kroop ze verder naar beneden, naar de ladder, die Spencer nog steeds stevig vasthield. 'Ik kom eraan!' schreeuwde ze.

Spencers mond viel open toen hij zag hoe een duivel en een griffioen de raaf ontweken en glijdend over de dakpannen achter Hedy aan kwamen. 'Kijk uit!'

Zo snel ze kon daalde ze de ladder af. Toen ze opkeek,

zag ze de kopjes van de monsters over de rand van het dak steken, maar ze kwamen niet verder naar beneden. Kennelijk hadden ze één taak van opa John gekregen: zorgen dat er niemand bij de nok van het huis kwam.

'Wat is er gebeurd? Gaat het, Hedy? Die dingen zaten achter je aan!'

Hijgend, met het gevoel dat haar hart uit haar borst bonkte, sleurde ze Spencer bij het huis vandaan. Ze zagen de monsters terugkeren naar hun plaats op het dak en ter plekke verstenen. Geen mens zou ze nu nog voor iets anders aanzien dan beeldhouwwerken.

Ka. De raaf liet zich op het tuinhek zakken en nam hen met zijn pientere ogen op.

'Is dat die raaf van de eerste dag?' fluisterde Spencer. 'Die voor ons uit vloog naar opa's huis?'

'Ik geloof het wel. En volgens mij is hij een vriend. Hij heeft me helpen ontsnappen.'

De raaf krabde met zijn snavel aan zijn rug en vloog toen met een laatste *ka* terug naar het dak.

Ze brachten de ladder naar de garage. Spencer had het laatste deel van de achtervolging gezien en bestookte Hedy nu met vragen over wat er precies was gebeurd, tot hij zag dat haar handen trilden. Hij bood haar een lolly aan uit de voorraad in zijn zak, die nog over was van Portsall, en de zoetigheid hielp een beetje tegen de spanning in haar buik. Maar een doorzeurend gevoel van schrik joeg haar steeds verder bij het huis vandaan. Ze holden naar het achterste deel van de tuin, waar de beelden, anders dan de monsters op het dak, tenminste rustig op hun plaats zouden blijven staan. Op de knie van een van de stenen figuren op het bankje kwam Hedy eindelijk genoeg tot rust om Spencer bij te praten.

'Als oma Rose zei dat je vlakbij was, moeten we dan weer het dak op?' vroeg Spencer met een angstige blik op het huis.

'Dat doe ik echt niet nog een keer,' antwoordde ze. 'Niemand moet hebben geweten dat ze me zouden aanvallen. We moeten van binnenuit op de zolder zien te komen.'

HOOFDSTUK 18

NAALD EN DRAAD

Hoewel er een bijtende wind stond, bleven ze lang op de beeldenbegraafplaats. Ze aten zich een weg door Spencers lollyberg en maakten plannen om van binnenuit op de zolder te komen, tot ze ongeveer een uur later opa John hoorden roepen. Halverwege de tuin kwamen ze hem tegen.

'Proberen jullie te bevriezen hierbuiten?' vroeg hij. 'Ga mee naar binnen. Ik heb een klusje voor jullie waar je geen ijspegels van aan je neus krijgt.'

In de woonkamer had hij een vierkante tafel neergezet, met een opstaande houten rand, groen vilt op het blad en ondiepe houten laatjes eronder. Op de tafel stond een grote doos met puzzelstukjes.

'Is dat een puzzeltafel?' vroeg Spencer.

Opa John liet zijn blik over het groene oppervlak gaan.

'Een mahjongtafel. Het is een erfstuk,' zei hij. 'Mahjong is een Chinees spel, maar vraag me niet het je te leren, want ik kon de regels met de beste wil van de wereld niet onthouden. Maar hij leek me perfect hiervoor. Tweeduizend stukjes.' Hij haalde het deksel van de doos en liet de kinderen het plaatje zien. Het was een kersttafereel, met de Kerstman in een volgeladen arrenslee, dennenbomen en bergen sneeuw die moeilijk uit elkaar te houden zouden zijn.

'Tweeduizend is wel veel,' mompelde Hedy. 'Papa en mama komen... morgenavond al terug!' Ze kon het bijna niet geloven: overmorgen was het kerst. Door alles wat er was gebeurd, had ze helemaal niet meer op de dagen gelet.

'Nou, begin dan maar gauw, zou ik zo zeggen.' Opa glimlachte. 'Je wilt niet dat er een onaffe puzzel aan je knaagt als je weer thuis bent.'

Hedy en Spencer wisten niet wat ze hier tegen in moesten brengen. Ze lieten zich allebei op een stoel zakken en begonnen met tegenzin stukjes te sorteren. Maar tegen de tijd dat opa John naar zijn kamer vertrok, gingen ze er al helemaal in op.

Ze hadden twee randen gelegd toen hij zijn kamer weer uit kwam en naar de keuken ging, waar hij een tijdje met veel kabaal in de kastjes rommelde. Daarna zagen ze hem teruglopen naar zijn kamer. 'Wat moet hij met een trechter en een kan?' vroeg Spencer zich hardop af.

Even later kletterde er iets op de grond en hoorden ze opa John luid vloeken, wat hij in hun bijzijn nooit eerder had gedaan.

Hedy sprong op en rende met Spencer op haar hielen op het geluid af. 'Opa?'

Maar hij was niet gevallen. Hij stond in de deuropening naar zijn werkkamer, met de trechter in zijn hand en de scherven van de aardewerken kan aan zijn voeten. Toen hij hen aan hoorde komen, keek hij verstoord om. 'Zijn jullie hier binnen geweest terwijl ik in de keuken was?' viel hij uit.

De kinderen deinsden achteruit en schudden hun hoofd. 'We zaten te puzzelen,' zei Hedy. 'Echt waar.'

Opa John liet zijn schouders hangen en haalde een hand door zijn haar, waardoor het in slordige pieken overeind kwam te staan. 'Natuurlijk. Het spijt me,' zei hij, en het was duidelijk dat hij het meende. 'Het was niet mijn bedoeling om zo lelijk tegen jullie te doen.'

'Wat is er gebeurd?' vroeg Spencer.

'Er is iets kapotgegaan terwijl ik in de keuken was... Ik denk dat ik ertegenaan stootte toen ik me omdraaide.' Maar Hedy had wel door dat hij zelf ook niet geloofde dat het zo was gegaan. Hij deed een stap naar achteren en trok de deur dicht, maar niet voordat de kinderen een snelle blik in de werkkamer hadden geworpen en een rommelig, half afgebouwd *iets* op zijn bureau hadden zien staan. Het zag eruit als een dubbele helix van geschubde staarten, omgeven door metalen ringen en scharnieren en een half Smac-blikje.

Opa zei dat ze rustig door konden gaan met puzzelen terwijl hij orde op zaken stelde in zijn werkkamer, en ze schoven halfhartig met stukjes zonder te zeggen wat ze allebei dachten: dat Niemand nog steeds bezig was.

Tegen bedtijd was Spencers worstelaar opnieuw onthoofd, en deze keer was het hoofd nergens te vinden. Toen hij een sjaal om zijn hals bond en wilde dat Hedy dat ook deed, had ze niet de moed om hem erop te wijzen dat een sjaal weinig zou helpen als er iemand kwam met iets scherps waarmee je een hoofd kon afhakken. En omdat ze zich er zo in had laten luizen dat ze bijna van tweehoog van een dak was gevallen, besloot ze zich te verdedigen hoe en waarmee ze maar kon.

'Ik moet vandaag ergens heen,' zei opa John toen ze de volgende ochtend beneden kwamen.

'Naar mevrouw Pal?' vroeg Hedy hoopvol. 'Mogen we mee?'

'Nee, naar iemand anders. Het is verder dan De Palissade en... jullie moeten in de auto blijven als we er zijn.'

Spencer fronste zijn voorhoofd. 'Waarom?'

Zwijgend voerde opa de hongerige vogeltjes, die met van opwinding deinende kuifjes in hun doos zaten. Uiteindelijk slaakte hij een zucht. 'Ik heb gewoon liever dat jullie daar niet naar binnen gaan. Vraag me niet waarom. Het is geen plek voor kinderen.'

Hedy dacht meteen aan de berenstaart en de pianotoetsen onder haar kussen, die ze die nacht niet terug had durven brengen. Als opa weg was, konden ze die tijd gebruiken om Simon zijn toetsen te bezorgen, op de een of andere manier Matts staart weer vast te zetten en, met een beetje geluk, een ingang naar de zolder te vinden. 'Komt mevrouw Vilums vandaag?'

'Ze kan er elk moment zijn. Ze zei dat ze nog wat laatste dingen voor kerst zou komen brengen.'

'Kunnen we dan niet bij haar blijven?' Toen Hedy haar grootvader zag aarzelen, vervolgde ze ernstig: 'Het is verboden om kinderen alleen in de auto achter te laten.'

'Dat mag niet eens met een hond!' riep Spencer ook nog. 'Dus als we meegaan, moeten we ook mee naar binnen.' Hoewel ze erg haar best deed om opa John zover te krijgen dat hij hen thuisliet, was ze ergens ook wel heel erg nieuwsgierig naar die ultrageheime plek die niet geschikt was voor kinderen.

Opa zei dat ze thuis mochten blijven als mevrouw Vilums het ook goedvond. Gespannen wachtten ze op de komst van de huishoudster. Toen die even na negenen binnenkwam, begroette ze opa John net zoals altijd, maar tegen de kinderen was ze beduidend koeler. 'Dus ze willen bij mij blijven?' Ze trok een wenkbrauw op en legde met een bonk een zak zoete aardappelen op het aanrecht. 'Niet om ongestoord rottigheid uit te kunnen halen, mag ik hopen.'

'Ze weten wel beter,' zei opa John met een strenge blik op Hedy en Spencer. Nog geen tien minuten later reed hij weg, nadat hij eerst iets van zijn werkkamer naar de auto had gesmokkeld wat best eens de dubbele helix had kunnen zijn.

Het was pijnlijk zoals mevrouw Vilums hen negeerde. Hedy zag het plan om haar om hulp te vragen in het water vallen toen ze zwijgend en nauwgezet de eettafel begon te boenen terwijl zij en Spencer er nog aan zaten, alsof ze onwelkome indringers waren.

'Pardon, mevrouw?' begon Hedy uiteindelijk. Ze wilde eigenlijk naar de zolder informeren, maar vroeg in plaats daarvan: 'Weet u of opa ergens naald en draad heeft?'

'In het washok ligt geloof ik wel iets.'

De kinderen maakten zich uit de voeten en vonden in een van de kastjes boven de wasmanden een oude naaidoos met een lange naald en een klosje garen.

'Laten we Matt gaan repareren,' fluisterde Hedy.

Ze gingen naar boven om de staart onder Hedy's kussen vandaan te halen en glipten stiekem de kamer van Matt en Stan in.

'Je hebt hem terug!' riep de beer toen Hedy de staart in de lucht hield.

'Jullie hadden haar moeten zien op het dak,' zei Spencer. 'Zo stoer zoals ze al die monsters te snel af was.'

Hedy stond versteld van Spencers onverholen bewondering. Ze haalde bescheiden haar schouders op en maakte op Matts rug de naaidoos open.

'Hemel,' zei Stan, zwaaiend met zijn gewei. 'Jullie moeten ons vergasten op de mare van deze heroïsche zoekactie! En hoe willen jullie Matt weer aan zijn staart vastmaken?'

'Nga!' Matts oog was op de naald in Hedy's hand gevallen. 'Je was toch zeker niet van plan om me met die rottige speer te lijf te gaan, hè?'

Stan kwam niet meer bij van het lachen. 'Dan weet je ook eens hoe ik me voelde, Matthias. Welke kleur garen zou je willen? Wat dacht je van aubergine?'

Na te hebben geopperd dat Stan zijn mond misschien dicht kon naaien met zijn aubergine koos Matt voor gewoon bruin garen en mocht Hedy zijn staart er weer aan naaien. Bij elke prik van de naald kromp hij in elkaar. Zijn huid was zo dik dat Hedy's vingers zeer deden van de moeite die het kostte om de naald erdoorheen te krijgen. Ze was blij dat Spencer het van haar overnam, zodat zij Matt en Stan rustig kon vertellen wat er op het dak was voorgevallen.

'We moeten op zolder zien te komen,' zei ze, precies op

het moment dat de deur openging.

'Wat moet dit voorstellen?' Mevrouw Vilums stond met haar handen in haar zij op de drempel.

Spencer schoof de naald vlug onder Matt, maar niet vlug genoeg. De huishoudster had hem met haar scherpe ogen al gezien, en anders was er altijd nog de naaidoos op Matts rug. 'Ik hoop niet dat je bedoelt dat jullie naar zolder willen terwijl je grootvader de deur uit is.' Ze kwam verder de kamer in. 'Wat moet ik precies tegen hem zeggen?'

Hedy had een droge keel gekregen. 'U hoeft niets tegen hem te zeggen.'

'Maar dat is hier toch de gewoonte?' zei ze zuinig. 'Chantage?'

Hedy boog haar hoofd. Het duurde even voor ze met schorre stem wist uit te brengen: 'Het spijt me van laatst.' Ze keek mevrouw Vilums aan, wat nog meer moeite kostte dan praten. 'We zullen opa niet vertellen wat u aan ons vertelde. Bedankt dat u ervoor hebt gezorgd dat de houtspionnen de tand teruggaven.'

De blik van de huishoudster werd wat vriendelijker. 'Wat is er met jullie grootmoeder aan de hand?'

'Nou.' Hedy aarzelde. 'Daarom moeten we dus naar zolder. Ik denk dat oma Rose daarboven ergens is. Hebt u misschien een sleutel?' Toen mevrouw Vilums blik weer duister werd voegde ze er snel aan toe: 'We beloven dat we opa niets over uw verleden zullen vertellen. Maar... we hebben gewoon hulp nodig. Er is nog maar weinig tijd.'

Mevrouw Vilums zuchtte. 'Ik heb geen sleutels van de afgesloten kamers in dit huis.'

'Maar u werkt hier al een euwigheid,' zei Spencer. 'Ik

dacht dat hij u vertrouwde.'

'Je opa schijnt de gewoonte te hebben om niemand te vertrouwen.'

Op dat moment begon Matt woest te grommen. Zijn staart was in een knoest in de vloer verdwenen. 'Wat gebeurt er?' schreeuwde hij.

'De houtspionnen. Ze trekken aan de naald!' riep Spencer.

Met een paar stappen was mevrouw Vilums bij de knoest. Ze liet zich op haar knieën zakken, klopte zakelijk op het hout en zei: 'Jullie nemen te veel. Geef terug alsjeblieft.'

Bij haar been doken drie ronde houtspionnen op, die teder tegen haar aan duwden. 'Goed, goed,' mompelde ze terwijl ze ze een voor een een aai gaf. 'En nu teruggeven, alsjeblieft.'

De houtspionnen lieten los, en Hedy en Spencer haalden de staart plus naald en draad voorzichtig uit het gat omhoog. 'Zal ik dit maar even afmaken?' vroeg mevrouw Vilums. Ze knikten. De huishoudster maakte behendig nog een paar steken en knoopte de draad af.

'Dank u, mevrouw Vilums,' zei Matt, die behoedzaam met zijn staart kwispelde.

Ze aaide zijn bruine vacht en kwam overeind. 'Als jullie twee kunnen beloven dat jullie geen andere kamers meer in proberen te komen, ga ik verder met het eten voor vanavond.'

'We moeten nog één ding doen,' zei Hedy, die dacht aan de toetsen van Simons piano. 'Dan komen we naar beneden en kunnen we u helpen, als u wilt.'

'Dat wil ik wel,' antwoordde mevrouw Vilums met een glimlach.

Spencer staarde naar haar verdwijnende rug. 'Ze is niet zoals andere volwassenen,' fluisterde hij.

'Nee,' stemde Hedy in, 'maar gelukkig staat ze vanochtend wel aan onze kant.' Ze pakte de naaidoos in, die op en neer deinde omdat de houtspionnen onder Matt aan het spelen waren.

Spencer vroeg om de naald, pakte een klosje garen uit de doos en legde ze allebei op de donkere knoest in de planken vloer. 'Kunnen jullie ons helpen om op zolder te komen?' vroeg hij.

De houtspionnen zogen de naald en het garen de vloer in en verdwenen vervolgens ook zelf.

Het duurde even voor Spencer besefte dat ze er met zijn geschenken vandoor waren gegaan. 'Ja, jullie ook bedankt!' Kwaad keek hij naar de roerloze vloer.

'Het was het proberen waard,' zei Hedy. 'Laten we de toetsen naar Simon terugbrengen.'

Toen ze op de gele deur hadden geklopt, stak Simon zijn hoofd erdoor, dolblij om zijn toetsen op Hedy's hand te zien liggen. '*Mes chouchous*!' koerde hij. 'Mijn lieverdjes!'

'Ik weet niet hoe we ze naar binnen moeten krijgen,' zei Hedy, want de deur bleef op slot. Terwijl ze op handen en knieën vergeefs probeerden de toetsen onder de deur door te schuiven, waren daar opeens – *plop, plop, plop* – de houtspionnen. Voor de kinderen er iets tegen konden doen, pakten de twee grootsten een toets, maar deze keer verdwenen ze er niet meteen weer mee. Alsof ze hadden begrepen wat Hedy zei, werkten ze de toets onder de vloer door de kamer in. Even later stak Simon zijn hoofd naar buiten om te zeggen dat ze hem terug hadden gelegd op de piano.

'Er zit een barst in, maar hij is tenminste weer thuis!' zei hij met een grote grijns op zijn gezicht.

De kleinste houtspion probeerde intussen uit alle macht de aandacht van de kinderen te trekken. Nadat de anderen ook de laatste toets terug hadden gebracht, nam hij een aanloop en botste hard tegen Spencers knie.

'Au! Hé!' riep Spencer.

Hedy was als volgende aan de beurt. Ze gaf de houtspion een bestraffend tikje, maar nu ze hem in de gaten hadden, sjeesde hij de gang door. Even later stopte hij alsof hij ergens op wachtte.

'Wat probeert hij ons duidelijk te maken?' vroeg Hedy zich hardop af.

De houtspion rolde door, naar de deur van de zolder en langs de deurpost omhoog. Ze hoorden het slot met een klik opengaan.

HOOFDSTUK 19

DE ZOLDERKAMER

'Zie je? Die naald en draad heeft ze overgehaald om ons te helpen!' zei Spencer zelfvoldaan. Hij bleef een halve stap achter Hedy toen ze op hun tenen naar de zolderdeur liepen, die precies dezelfde kleur had als de muren, alsof hij erg zijn best deed om niet op te vallen. 'Maak jij maar open.'

'Bedankt, hoor,' mopperde Hedy.

De deur kraakte gelukkig niet; Hedy dacht niet dat ze de vlinders in haar buik anders in bedwang had kunnen houden. Achter de deur zat een trap, waar van bovenaf een zwak licht op viel.

'Ik kan hier wel de wacht houden als je wilt?' fluisterde Spencer.

'Je haat het om de wacht te houden,' bracht Hedy hem in herinnering.

Met ingehouden adem liepen ze de trap op, en twintig treden later waren ze op zolder. Het stond er vol met rijen en eilandjes van spullen. Het was net een doolhof. Grote houten theekisten waren beschreven met namen als Siam, Delhi, Nepal, en de paspoppen in goochelaarskostuum bezorgden de kinderen het onbehaaglijke gevoel dat ze bekeken werden. Hedy's blik viel op de woorden van oma Rose, nog steeds zichtbaar in de viezigheid op het raam.

Spencer pakte haar bij haar elleboog en wees naar een harnas in een donker hoekje. 'Ik wou dat ik dat aan kon trekken!' zei hij zacht.

'Daar ben je veel te klein voor.' Ze bukte zich naar de houtspionnen die tegen haar hielen stootten en gaf een tikje tegen de kleinste. 'Waarheen?'

De houtspion schoot tussen de rommel door naar de tegenoverliggende muur. Daar rolde hij ongeduldig rond een kledingrek, net zo lang tot de kinderen het aan de kant schoven. Erachter vonden ze een deur van donker, ongeverfd hout, met in het midden een gouden hand.

'Net als bij mevrouw Pal!' zei Spencer. 'Net als Samuels hand!' Hij deed een stap naar voren en zei: '*Souvenir foelemon.* Denk aan de hand.'

Hoewel hij precies op de gouden handen in De Palissade leek, maakte deze hand niet de geringste beweging, laat staan dat hij kaarttrucs deed. De deur zelf zat potdicht.

'Van wie zou die hand zijn?' zei Spencer. 'Van welke dode goochelaar, bedoel ik.'

'Of is-ie van opa John?' Hedy bukte zich om de hand beter te bekijken. De grootte en de vorm van de vingers leken wel wat op die van hem.

Spencer pakte de hand beet voor Hedy kon zeggen dat hij eraf moest blijven voor het geval er een alarm af zou gaan. Maar er gebeurde niets. De gouden hand draaide, boog, zwaaide of wenkte niet. Hij bleef zo stijf en levenloos als maar kon.

'Kunnen jullie deze deur open krijgen?' vroeg Hedy aan de houtspionnen. Ze bewogen snel heen en weer in het hout, wat waarschijnlijk houtspionnentaal was voor 'nee'. 'Probeer het eens,' zei ze bemoedigend.

Ze hoorde een zachte klik en keek vlug om. Niets te zien. Ik begin door te draaien, dacht ze bij zichzelf.

De middelgrote houtspion snelde op de deur af, maar hij kwam er niet doorheen. Hij probeerde het opnieuw, sneller nog, maar het was alsof er een bowlingbal tegen een betonnen muur knalde: de houtspion deed *kloink* en kaatste terug. De andere houtspionnen probeerden het ook, zelfs de kleine, maar zodra ze het hout van de deur of de post raakten, schoten ze terug door de vloer.

Hedy probeerde de gouden hand nog een keer, maar had net zo weinig succes als haar broertje.

'Wat is daar?' vroeg ze aan de houtspionnen. Ze dromden met z'n drieën bij elkaar en leken toen een idee te krijgen. Samen haastten ze zich naar de deur en verdwenen in de vloer er vlak voor. Een paar seconden later ontstond er onder de deur een kier van iets minder dan een handbreedte; de houtspionnen trokken van onderen aan de planken. De kier beefde, alsof het ze de grootste moeite kostte om hem open te houden.

'Wat een genieëen zijn jullie,' zei Hedy terwijl zij en Spencer op hun knieëen gingen zitten en hun hoofd op de grond legden om door de opening te kijken.

Ze hapten naar lucht.

Wat ze zagen was een tweede, adembenemende zolderkamer. Als een wonderschoon, nachtelijk bos een per ongeluk op zolder terechtgekomen toneel kon zijn, dan was dit het. Dikke, roodfluwelen gordijnen omlijstten struikgewas en donkere boomstammen die er heel realistisch uitzagen en leken op te rijzen naar de vrije hemel alsof er geen dak bestond. De vloerplanken gingen over in gras en aarde. Vijf fakkels – lange stelen met een brandende kop, als bovenmaatse lucifers – stonden als wachters rond het ding in het midden van de ruimte. De maan wierp haar licht op het hele tafereel, maar scheen het felst op een langwerpige, glanzende kist.

'De Kaleidos!' fluisterde Spencer.

Opa John had de kist dus toch niet uit elkaar gehaald. De Kaleidos was zo lang als een doodskist, maar veel breder, en gemaakt van glimmende, veelkantige blokjes, als geslepen diamanten. Ze speelden op een vreemde manier met de zachte manestralen en de rossige vlammen van de fakkels, waardoor licht en schaduw in een constante beweging pieken en dalen vormden.

'Kunnen jullie het gat groter maken?' vroeg Hedy dringend. 'Dan kunnen we naar binnen.'

De houtspionnen wisselden zigzaggend van plaats, maar ze konden de opening niet veel groter maken dan hij al was. Toen ze omlaagdoken, leek de vloer zelf hen af te weren. Ze floepten weer omhoog, niet langer in staat de kier open te houden, en even later was er alleen nog een dun streepje over, waar niets door te zien viel.

'Verdorie,' mompelde Hedy. Het was om gek van te worden. Ze waren zo dicht bij de Kaleidos, en dus vast ook dicht bij oma Rose, maar ze konden niet bij haar komen.

Toch was dat niet eens hun grootste probleem.

Achter hen hoorden ze metaal over metaal schrapen, een knarsend *schhhhhk* dat klonk alsof er een zwaard werd getrokken, en het holle *kleng* van een metalen voet die een stap naar voren deed. De kinderen keken voorzichtig om, hopend dat ze zich vergisten in de herkomst van het geluid. Maar ze vergisten zich niet.

De ijzeren man die zo bewegingloos in een hoek had gestaan, naderde langzaam maar gestaag. Het pad dat het harnas volgde, sloot alle vluchtwegen af.

'Stop,' probeerde Hedy met trillende stem. 'Wij zijn de kleinkinderen van meneer.'

Rammelend kwam het harnas dichterbij. De in de borstplaat gegraveerde slangen begonnen te kronkelen en lichtten op alsof er binnen in het ijzer een vuur brandde.

'Wat moeten we doen? Waar moeten we heen?' vroeg Hedy fluisterend aan de houtspionnen. Maar die beefden op hun plek en wezen niet langer de weg. Bij een extra lawaaiige stap van het harnas wipten ze geschrokken op, waarna ze definitief in de vloer verdwenen.

'Kleine lafaards!' zei Hedy briesend. Terwijl Spencer en zij opkrabbelden, schatte ze de afstand tot de trap en de snelheid waarmee het harnas op hen afkwam. De zolder was een chaos van dozen en koffers, maar misschien haalden ze het wel. Ze nam Spencer bij de hand, maar voor ze drie stappen hadden gezet, versnelde het harnas met geheven zwaard zijn pas.

'Deze kant op.' Hedy veranderde van richting en duwde haar broertje achter een stapel helmen. De rommel hinderde niet alleen hun ontsnapping, maar voorkwam ook dat het harnas recht op hen afstevende. In een ingeving duwde Spencer een stapel lichte, maar lijvige koffers om. Het harnas wachtte tot ze allemaal stillagen en begon toen weer te lopen, schoppend naar alles wat op zijn pad kwam. Hedy volgde het voorbeeld van haar broertje en gooide van alles en nog wat voor de voeten van hun achtervolger: paspoppen, lampenkappen, dozen. Het harnas was niet snel, maar het bewoog zich met een vastberadenheid die haar de stuipen op het lijf joeg. Als ze hem verder de zolder op wisten te lokken, konden ze misschien met een boogje om hem heen draaien en zo de trap bereiken.

Het zwaard zag er gevaarlijk scherp uit en gaf het harnas een griezelig groot bereik. Daar kwam het al naar beneden. Ze doken naar rechts toen het – *woesj* – langs hen scheerde. Spencer struikelde over een gevallen lampenkap en Hedy viel over zijn gespreide benen. Ze probeerde van hem af te rollen zodat hij kon opstaan. Omkijkend zag ze dat het harnas op het punt stond opnieuw uit te halen. De slangen op zijn borst kronkelden wild. Ze graaide naar een oude kaki helm die over de grond tolde en draaide zich met een kreet om naar het zwaard.

Ze bracht de helm met kracht omhoog. De kling schampte af op de ronde bovenkant, maar haar armen trilden onder het geweld.

Van beneden kwam geroep. 'Hedy? Spencer?' Mevrouw Vilums rende de trap op.

'Pas op!' schreeuwde Hedy. 'Het harnas!'

De huishoudster aarzelde maar even voor ze op het harnas afbeende. Verrast deed het een paar stappen achteruit, waardoor een smal pad ontstond waarlangs de kinderen konden ontsnappen. Mevrouw Vilums wapperde ongeduldig met een hand ten teken dat ze achter haar langs moesten rennen.

Maar het harnas doorzag haar bedoeling. Met geheven zwaard deed het een stap opzij om te voorkomen dat Hedy en Spencer ervandoor gingen.

'Nee!' gilde mevrouw Vilums.

Voor de kinderen beseften wat er gebeurde, sprong ze tussen hen en het harnas. Het zwaard suisde omlaag. Mevrouw Vilums stak een hand uit om het tegen te houden. Ze gaf geen kik, maar de pijn spatte uit haar ogen toen het zwaard haar hand in ging en bijna meteen niet verder kon. Er was geen bloed; de hand was veranderd in zwarte steen.

Het harnas wrikte zijn wapen los. De hand van mevrouw Vilums brak af en kletterde op de grond. Hedy voelde dat Spencer haar vol ongeloof bij haar arm greep. Ze sloeg een hand voor haar mond. Maar voor het harnas opnieuw kon aanvallen, begon de vloer onder zijn voeten te golven, waardoor het met een klap onderuitging. De houtspionnen hadden ingegrepen.

'Ze zijn terug!' schreeuwde Spencer.

'Voor mevrouw Vilums,' vermoedde Hedy.

De houtspionnen leefden zich helemaal uit. De vloer borrelde als kokend water. Het lukte het harnas niet om op te staan; het kon niet eens op zijn knieën komen. De kleinste houtspion dook onder de stenen hand, manoeuvreerde die naar een knoest en trok hem in de vloer, waarna hij terugging naar de anderen, die nog altijd bezig waren met hun ontregelende werk.

'Breng me naar mijn zussen,' bracht mevrouw Vilums hijgend uit.

'Wat? Waar?' vroeg Hedy. 'We kunnen beter een ziekenwagen laten komen!'

'Nee!' Ze schudde driftig haar hoofd. 'De tuin.'

Hedy en Spencer pakten haar allebei bij een elleboog en haastten zich de zolder af, waar het harnas op de vloer lag te rammelen en te kraken. De arm van mevrouw Vilums veranderde met elke stap verder in steen.

'Wat gebeurt er met u?' vroeg Hedy angstig.

Spencer keek met grote ogen naar de stenen elleboog in zijn hand. 'Komt dit door het zwaard?'

Mevrouw Vilums schudde haar hoofd. 'Het stenen bankje achter in de tuin,' zei ze puffend terwijl ze haar mantel pakte en door de achterdeur naar buiten stapte.

De tuin had nog nooit zo groot geleken als op die gruwelijke vlucht. De steen verspreidde zich door mevrouw Vilums armen naar haar bovenlichaam en maakte haar traag. Hedy en Spencer sleepten haar de laatste meters naar het bankje, waar ze de capuchon van haar mantel over haar hoofd trok en zich stijf tussen de twee stenen figuren aan de uiteinden liet zakken. Ze knikte naar links en naar rechts. 'Mijn zussen. Maja. Ewa.'

Dus toen mevrouw Vilums zei dat ze dicht bij haar zussen wilde zijn, had ze het over dit bankje gehad – dit bankje, besefte Hedy, waar soms twee figuren op zaten en soms drie.

'Gaat het nu met u?' vroeg ze met tranen in haar ogen. 'Is dit waar u thuishoort? Wat gebeurt er?'

Mevrouw Vilums kon haar hoofd al niet meer bewegen. 'We zijn geboren uit steen. Alleen ik mocht transformeren. Maar ik vrees dat ik hieruit niet meer zal ontwaken.'

'Wat kunnen we voor u doen?' vroeg Spencer huilend.

Donkere, harde strepen trokken door mevrouw Vilums gezicht. 'Alles in het honderd.' Haar ogen vlogen onrustig over de kinderen. 'Gevaarlijk hier. Maak dat je w...'

De laatste restjes van haar bleke huid verdwenen. Haar hele lichaam zat nu opgesloten in zwarte steen, en op de ontbrekende hand na was ze niet meer te onderscheiden van haar zussen.

HOOFDSTUK 20

EEN EXPLOSIE

Hedy en Spencer zaten op hun knieën op de koude grond aan mevrouw Vilums voeten. Snotterend klopten ze haar op haar arm, in de hoop dat ze op de een of andere manier duidelijk zou maken dat het goed met haar ging. Maar misschien was dat helemaal niet zo.

Gevaarlijk hier. Maak dat je wegkomt.

Hedy kwam overeind, veegde haar wangen droog en trok Spencer omhoog. 'Kom mee.'

Met angstige blikken op het huis liep hij achter haar aan door de tuin. 'Gaan we... gaan we proberen om in de geheime kamer van de Kaleidos te komen?'

'De houtspionnen konden ons niet helpen om binnen te komen. Niemand maakt alles kapot. Ik ben bijna van het dak gevallen. Stan is gewond geraakt, Matt is gewond geraakt en nu is mevrouw Vilums... ook gewond geraakt en het is allemaal onze schuld.' Ze schudde haar hoofd. 'Ik wil niet dat jou ook nog iets overkomt.'

'Opa John wordt woest als hij merkt dat we dat harnas tot leven hebben gewekt.'

'Dan had hij oma maar niet moeten laten verdwijnen. Mevrouw Vilums had gelijk. We moeten hier weg.'

'Ik wil papa en mama bellen,' zei Spencer.

Hedy sloeg een arm om hem heen. 'Ik ook. Maar ze zitten nu al in het vliegtuig, denk ik. Het is morgen kerst, weet je nog?'

'Hoe laat komen ze?'

'Vanavond, ik weet het niet precies. Maar we moeten hier nú weg.'

Bij de achterdeur bleven ze even staan luisteren voor ze naar de telefoon in de hal slopen. Het lawaai van het harnas dat op zolder door elkaar werd gerammeld, drong gedempt tot de keuken door.

Hedy had het nummer zo gevonden; het stond op een briefje dat naast de telefoon op de muur was geplakt. Ze draaide het. 'Oom Peter, met Hedy. Mogen we bij jou komen? Nu?'

'Heilige kerstballen, wat is er gebeurd?' riep Jelly toen ze een uur later uit oom Peters auto sprong. Ze zag eruit als een regenboog, beginnend bij de rode bandana om haar hoofd en eindigend met de paarse sneakers aan haar voeten.

'Wat doe jij hier?' vroeg Hedy verrast.

'Opa zei dat je een noodoproep had gedaan en ik had vet weinig zin in Max' kerstconcert. Hij is nu bezig, mijn ouders zijn daar ook. Maar wat is er gebeurd?'

Nu ze oom Peter met grote stappen op zich af zag komen, kon Hedy de woorden niet vinden.

'Alles goed?' vroeg hij. 'Waar is John?'

'Laten we gaan.' Spencer maakte zich los uit Jelly's omhelzing en liep naar de auto.

'Wacht even,' zei oom Peter. 'Ik kan jullie niet zomaar meenemen zonder iets tegen jullie grootvader te zeggen. Wat is er gebeurd? Hebben jullie ruzie gehad?'

Hedy frunnikte aan de onderkant van haar gestreepte sjaal. 'Hij is niet thuis.'

'Weet hij dat jullie me gebeld hebben? Wie is er bij jullie? Mevrouw Vilums?'

Ze beet op haar lip. Ze was zo naïef geweest om te denken dat oom Peter hen inderdaad zomaar mee zou nemen zonder eerst een volwassene te hebben gesproken. Maar hij ging naar binnen en keek rond alsof hij opa John toch gewoon thuis verwachtte. Opeens bleef hij met zijn hoofd schuin staan. 'Wat hoor ik voor lawaai?'

'Hoe... hoezo lawaai?' vroeg Hedy.

'Daar gebeurt iets boven.' Oom Peter liep naar de trap.

'Nee, oom Peter, niet doen!' Ze rende achter hem aan en probeerde hem de weg te versperren. 'Niet naar boven gaan.'

Hij staarde haar aan. 'Nu maak ik me nog meer zorgen, Hedy. Wat is er aan de hand?'

Hedy slikte. Een geloofwaardig verhaal viel niet te verzinnen, en dus rolde de waarheid eruit. 'Het is een harnas,' zei ze bijna fluisterend. 'Het heeft mevrouw Vilums in steen veranderd. Maar het was niet de bedoeling dat er iets met haar gebeurde. We waren op zoek naar oma Rose. En we vonden opa's magische kist in een geheime kamer op zolder, maar we komen er niet in. Er ontbreekt een blokje. Ik denk dat mevrouw Vilums voorgoed van steen is, maar ze zei nog wel dat we moesten maken dat we wegkwamen.'

Oom Peter probeerde haar met tot spleetjes geknepen ogen bij te houden. 'De Kaleidos staat op zolder?'

Ze knikte somber. 'Maar we komen er niet in.'

Even was er een zweem van hoop op oom Peters gezicht te zien. Zonder op Hedy's protesten te letten liep hij met twee treden tegelijk de trap op. Spencer en Jelly renden naar Hedy toe, en samen gingen ze achter oom Peter aan. Die was al halverwege de gang op de eerste verdieping toen zij bovenkwamen. Het gerammel van het harnas was hier veel duidelijker te horen. Oom Peter had zijn pas vertraagd, maar op het moment dat hij de kamer met Niemands kroonluchter passeerde, klonk er daarbinnen een harde knal. De blauwe deur barstte uit elkaar en stukken hout vlogen de gang in. Door het gat wolkte puin naar buiten.

Oom Peter had een glasscherf in zijn arm gekregen; het bloed trok in de mouw van zijn overhemd. Hij gebaarde dat de kinderen uit de buurt moesten blijven, maar ze negeerden het en renden op hem af.

'Opa!' gilde Jelly met overslaande stem. 'Gaat het? Wat moeten we doen?'

Met een van pijn vertrokken gezicht voelde hij aan de scherf. 'We moeten verband hebben voor ik deze eruit haal.'

Door het gat in de deur zag Hedy vaag het kapotte donkergroene glas en de zware ketting van Niemands ontplofte kroonluchter. Blauwe lichtstralen schoten door het glas, om zich even later los te maken en zich in de lucht samen te voegen. In een kolkende wolk kringelden ze door elkaar heen, tot ze doofden en er alleen een snel wegstervende gloed achterbleef.

Natuurlijk was dat het moment dat opa John boven aan de trap verscheen. 'Wat hebben jullie in vredesnaam gedaan?'

'Je bent alweer terug,' zei Hedy zwakjes. Door de knal van de ontploffing hadden ze hem niet aan horen komen.

'Toch te laat, zo te zien.' Met een ijskoude blik in zijn ogen kwam hij op hen af. Zijn kaakspieren stonden strak en zijn lippen vormden een dunne, withete streep. 'Ik wist dat er iets was gebeurd,' zei hij. 'Als ik ietsje sneller was geweest had ik de verwoesting van mijn huis misschien nog kunnen voorkomen.'

'Wil je alsjeblieft beneden in woede uitbarsten?' vroeg oom Peter met een gekwelde blik op zijn bloederige arm. 'Ik heb nu geen zin in ruzie met wat je daar ook hebt op zolder.'

Opa John wees bruusk naar de trap. 'Het komt niet naar beneden.'

'Hoe weet je dat?' vroeg Hedy.

'Het is mijn eigendom, of niet soms?'

'Maar als je spullen nou niet meer naar je luisteren?'

Dreigend keek hij haar aan. 'Naar de keuken allemaal.'

Spencer was er als eerste. Hij haalde voor de troost een vogeltje uit de doos en ging ermee op de grond zitten. Jelly hielp oom Peter naar een stoel, maar Hedy kon niet beslissen wat ze moest doen en drukte zich uiteindelijk tegen de deurpost. Zodra opa John met verband, ontsmettingsmiddel en wattenstaafjes de keuken in kwam, zag hij dat er iemand ontbrak. 'Waar is mevrouw Vilums?'

Hedy staarde naar Spencer. Wat ze ook zeiden, het zou de ene vraag na de andere uitlokken, en ze was niet in staat om met een geloofwaardige verklaring op de proppen te komen. 'In de tuin,' zei ze.

'Wat doet ze daar terwijl het halve huis de lucht in vliegt?'

'Ze is in steen veranderd.'

Opa verstijfde. 'Toch niet het Medusaglas?'

Hedy begreep het niet. 'Wat is dat?'

Hij sloeg zijn ogen neer; hij had iets ter sprake gebracht waar ze niets van mochten weten. 'Hoe is het gebeurd?'

'Ze is een beeld dat in een vrouw kan veranderen.' Ze staarde naar een knoopje van zijn overhemd, want ze durfde hem niet aan te kijken. 'Toen het harnas op zolder ons aanviel, sprong ze ervoor om ons te redden. Ze begon te veranderen nadat het zwaard in haar hand was gekomen. Ze wilde dat we haar naar het bankje op het beeldenkerkhof brachten. Daar zat ze als ze niet als mens hier in huis was.'

Opa John masseerde zijn voorhoofd alsof het hem de grootste moeite kostte haar woorden te begrijpen en besloot het over een andere boeg te gooien. 'En wat doe jij hier?' blafte hij tegen oom Peter.

'We waren bang,' zei Hedy vlug. 'We waren bang omdat het harnas ons aanviel en mevrouw Vilums zei dat we moesten maken dat we wegkwamen.'

'Natuurlijk viel het harnas aan, daar heb ik het voor gemaakt,' zei opa John driftig. 'Dat is nu eenmaal de taak van ridder Roland: hij waakt... daarboven.'

De kinderen keken elkaar aan. *Ridder Roland?*

Oom Peter keek strak naar de grond. 'Vanwege je Kaleidos?'

Opa John ademde hoorbaar in. 'Vanwege allerlei dingen

die ik veilig wil bewaren,' zei hij zacht, 'of veilig uit handen van anderen probeer te houden. Wat deden jullie op zolder, Hedy? Waarom heeft niemand in dit verrekte huis ooit het fatsoen om te doen wat ik zeg?'

Oom Peter tilde zijn gewonde arm op. Zijn gezicht was asgrauw. 'Kunnen we dit eerst afhandelen voordat ik je hele keukenvloer onder bloed? Dan kun je ze daarna op hun kop geven zoveel als je wilt.'

Zwijgend depte opa de wond met jodiumtinctuur en deed er een verband om. Oom Peter wilde niet naar de dokter. 'Ik moet alleen even liggen.'

Ze brachten hem naar de bank in de woonkamer en legden zijn jas over hem heen. Hij deed zijn ogen dicht en bedankte hen vermoeid; hij zou wel roepen als er iets was. Voor ze de kamer uit gingen, knetterde een blauw gloeidraadje vluchtig door de lampjes in de kerstboom. Opa John en Jelly zagen het niet, maar Spencer schrok en keek net als Hedy de kamer rond op zoek naar Albert Niemand. Ze zagen verder niets wat op zijn aanwezigheid wees.

'Misschien zijn die lampjes gewoon kapot,' zei Hedy hoopvol. Spencer leek niet overtuigd en glipte voor haar uit de hal in. Ze liet de deur op een kier, en met een laatste berouwvolle blik op oom Peter ging ze achter de anderen aan.

HOOFDSTUK 21

LIST EN BEDROG

Slecht op hun gemak gingen de kinderen aan de keukentafel zitten. Opa John zette intussen theewater op. Hij was zo kwaad dat hij het ook zonder vuur wel aan de kook had kunnen brengen. Toen zijn kopje rinkelend op zijn schoteltje terechtkwam, zag Hedy dat zijn hand trilde. Ze zette zich schrap voor een volgende uitbarsting, erger dan de explosie in de kamer van Niemand.

'Jullie hebben jezelf overtroffen,' zei hij na een lange stilte. 'Waarom jullie dachten dat "nergens aankomen" betekent dat je naar zolder moet om wachters te alarmeren en mijn huis moet slopen door god mag weten wat tot ontploffing te brengen – ik snap er geen snars van.' Hij liet zijn boze blik de tafel rondgaan. 'Ik had het nooit goed moeten vinden dat jullie kwamen. Dus voor de draad ermee. Wat moet dit allemaal voorstellen?'

Hedy dacht koortsachtig na. Ze had geen idee wat ze moest antwoorden. Een uur geleden zou ze alles hebben gezegd om hier weg te komen. Maar stel dat ze nooit meer welkom zouden zijn, dat ze oma Rose nooit meer zouden kunnen vinden? Wie zou haar dan moeten redden? Er zat maar één ding op: de waarheid spreken en opa John tot een bekentenis dwingen.

'Jij hebt oma Rose laten verdwijnen,' zei ze heel zacht.

'Dat weet ik. Daar ben ik me scherper van bewust dan wie ook.'

'Maar jij haalde een blokje uit de kist en daardoor deed hij het niet meer.' Ze slikte, haar hart bonkte. De frons in opa's voorhoofd werd nog dieper. Ze kon nu alleen nog maar doorgaan. 'We hebben te zien gekregen wat er gebeurde.'

'Te zien gekregen van wie?'

Hedy wierp een snelle blik op Spencer, die haar bemoedigend toeknikte. 'Van Albert Niemand.'

'Allang dood,' zei opa laatdunkend, maar opeens keek hij nadenkend opzij. Er begon hem iets te dagen. 'Niemands...' – er volgde een onverstaanbaar woord dat klonk als *troe-joek-lin-kot* – 'hing in de ontplofte kamer boven. Jullie zijn daarbinnen geweest. Jullie hebben dit veroorzaakt!'

Eindelijk vond Spencer zijn spraak terug. 'Niet waar!'

'Maar jullie zijn daar wel geweest?' Hun zwijgen was het enige antwoord dat hij nodig had. 'Waarom? Na alles wat ik jullie gezegd had.'

'Oma Rose zei dat we haar moesten zoeken,' flapte Hedy eruit. 'Ze gaf boodschappen aan ons door. Ze schreef ZOEK MIJ in het stof, en toen nog een keer met die koelkastmagneetjes!'

Opa John keek om naar de koelkast, maar de letters vormden al lang geen begrijpelijke woorden meer.

'Je zag het zelf ook,' ging ze door. 'ZOEK MIJ, stond er. En toen husselde je de magneetjes door elkaar.'

'Was dat Rose?' vroeg hij met een hapering in zijn stem.

'Ja.'

'Waarom zou ze dat aan jullie vragen? Waarom aan jullie en niet aan mij?'

'Volgens mevrouw Pal omdat je je voor de magie hebt afgesloten, maar...'

'Mevrouw Pal? Hebben jullie háár dit hele verhaal verteld?'

'Nee, ze zag het!' riep Hedy. 'Maar als jij het gedaan hebt, vraagt ze jou natuurlijk niet om hulp!'

Op dat moment hoorden ze iets krassen – sommige magneetjes bewogen. Het waren vier letters, en ze vormden de naam JOHN.

'Het is oma Rose!' riep Spencer. 'Zie je nou wel? We vertellen de waarheid!'

'Kijk!' gilde Jelly, en ze wees naar een van de keukenramen. Een onzichtbare vinger schreef JOHN in de condens in de hoek. Op de tafel viel een wolkje suiker, en in de korreltjes verscheen HELP ME, JOHN.

Opa John zat stokstijf op zijn stoel. Hij verroerde zich niet, er viel alleen een traan van zijn wimpers. Na een hele tijd fluisterde hij: 'Rosie?'

IK, schreef Rose in de suiker.

Een schreeuw ontsnapte aan zijn keel en hij sloeg vlug een hand voor zijn mond om hem binnen te houden.

Hedy, Spencer en Jelly keken elkaar verbaasd aan.

Oma Rose had opa John om hulp gevraagd. Betekende dit dat hij het niet had gedaan?

'Het lijkt me onwaarschijnlijk, John.' Tot hun verrassing stond oom Peter opeens in de deuropening, met een sceptische uitdrukking op zijn gezicht. Zelfs de vogels leken ervan te schrikken: onrustig fladderden ze door hun doos. Hoewel hij bleek tegen de deurpost leunde, zag hij er opvallend goed uit vergeleken met nog maar heel even geleden.

'Hoe bedoel je?' vroeg opa John met schorre stem.

'Hoe groot is de kans dat zij het is?'

Jelly sprong van haar stoel om haar opa een knuffel te geven. Hij leek het niet prettig te vinden, wat misschien door zijn wond kwam, en sloeg vluchtig zijn gezonde arm om haar heen voor hij haar terugduwde naar haar plaats. 'Zoals je al zei, waarom zou ze contact hebben gelegd met hén en niet met jou?' Er lag iets kils in de manier waarop hij 'hén' zei en minachtend naar hen wees. Hij was natuurlijk boos omdat hij door hun schuld gewond was geraakt, bedacht Hedy.

Opa John liep naar de koelkast en voelde verwonderd aan de magneetjes. Daarna ging hij naar het raam met zijn naam en legde zijn hand op het glas. Het liet een wazige afdruk achter. 'Maar het voelt wel als Rose. Ik voel dat ze er is.' Hij wilde zo graag dat het waar was, ze hoorden het aan zijn stem.

'Dat verbeeld je je maar,' zei oom Peter op treurige toon. 'Misschien wil je haar zo graag terug dat je gezonde verstand je in de steek laat.'

'We hebben ons die boodschappen heus niet verbeeld,' zei Hedy verontwaardigd. 'We zagen dat oma Rose ze schreef.

En die eerdere boodschappen waren ook echt. Ze is het!'

Oom Peter maakte zich hoofdschuddend los van de deurpost en ging achter zijn broer staan. 'Ik zeg niet dat er geen boodschappen waren. Maar wat is waarschijnlijker? Dat Rose na al die jaren opeens contact zoekt? Of dat het iets is uit een van al die dichte kamers van je, iets uit je verzameling?'

Opa John keek boos naar hem om.

Oom Peter lachte spottend. 'Je hoeft me niet zo aan te kijken, ouwe. Je verzamelt vreemde dingen en een van die dingen in je collectie flikt je een kunstje.' Hij wees naar de kinderen. 'Het krijgt de kinderen met list en bedrog zover dat ze je huis ondersteboven keren en van alles doen wat niet mag. Het heeft ze zelfs zover gekregen dat ze jou niet meer vertrouwen. En kijk eens wat er boven is gebeurd. Je had nog meer familie kwijt kunnen raken, en allemaal door je eigen schuld.'

De steen in Hedy's maag werd zwaarder en zwaarder. Waren de afgelopen twee weken één grote leugen geweest? Hadden ze zich als een stelletje sukkels door een of andere gemene geest beet laten nemen, laten verleiden om tegen opa's regels in te gaan, om hun eigen grootvader te verdenken?

Opa John liet zijn schouders hangen en slaakte een diepe, beverige zucht. Tranen prikten in Hedy's ogen. Dat ze aan hun grootvader hadden getwijfeld was nog niet eens het ergste. Ze hadden hem hoop gegeven – hoop die nu weer uit hem vloeide en hem als een breekbare huls achterliet.

Oom Peter legde een hand op zijn schouder. Hedy zag dat een van zijn nagels geraakt was door de explosie en paars begon te verkleuren. 'John, ik ben bang dat die troep van je op een dag je dood wordt.'

'Ik zorg dat al die dingen anderen geen kwaad kunnen doen,' hield opa John vol. 'Dat is mijn plicht. Die last heb ik na Rose op mijn schouders genomen.'

'Als je écht wilt voorkomen dat ze andere mensen kwaad doen, kun je ze misschien beter vernietigen.'

Opa John staarde hem verbijsterd aan. 'Wat?'

'Maak korte metten met al dat spul, dat hier maar een heel eigen leven leidt,' zei oom Peter zacht. 'Bevrijd jezelf van die last. Maak de wereld veiliger door je er voorgoed van te ontdoen. Verbrand het gewoon. Verbrand al die bezittingen van je, want op dit moment bezitten zij jou. Ze ketenen je vast aan herinneringen die je moet loslaten. Het zal een bevrijding voor je zijn. Hemel, het kan weer net zo worden als in onze jonge jaren. We kopen een paar motoren en zetten onze tanden in de wind.'

Hedy kreeg een schok. Waar had ze dat eerder gehoord?

'De motoren staan nog in de garage,' zei opa John verdwaasd.

Oom Peter knikte. 'Dat verbaast me niks. Jij bewaart alles. Laten we een vuurtje stoken en de rest in de hens steken. Het hele gevaarlijke zootje.'

HOOFDSTUK 22

DE BRANDSTAPEL

Een uur lang waren de broers onafgebroken bezig om armen vol spullen het huis uit te dragen en achter in de tuin op een hoop te gooien. Intussen zaten de kinderen onder de eettafel, waar Hedy en Spencer Jelly vertelden wat er allemaal was gebeurd sinds ze elkaar voor het laatst zagen. Uiteindelijk liepen ze naar het raam om te kijken hoe de berg steeds hoger en breder werd. Kartonnen dozen werden in de vorm van een iglo op elkaar gestapeld, hun inhoud onzichtbaar. Siervoorwerpen werden van planken gegrist en op de stapel gegooid. Toen oom Peter met de ingelijste kaarten uit hun slaapkamer naar beneden kwam, zei hij glimlachend: 'Zouden jullie niet even helpen, ellendelingen?'

Maar zijn plagerijtjes misten hun gewone goedmoedigheid en ze lachten geen van drieën.

'We mogen niet met vuur spelen,' zei Spencer.

'Jullie mochten ook niet in die kamers neuzen.' Hij krabde in zijn baard alsof die hem irriteerde. Er zat iets vies in zijn haar, een donkere pluk viel over zijn voorhoofd. 'Kom. Waar is jullie gevoel voor avontuur gebleven?'

'Moet het echt?' zei Jelly kreunend.

Haar grootvader draaide zich met een ijzige blik in zijn ogen naar haar om. 'Hou op met zeuren en kom helpen.' Zijn toon was dreigend en scherp, de warme bulderklank helemaal uit zijn stem verdwenen.

Jelly bleef even stil. 'We komen zo,' mompelde ze toen.

Terwijl oom Peter met energieke stappen de keuken uit liep, zag Hedy hoe haar nichtje vlug met haar vuist langs haar ogen ging. 'Gaat het?' vroeg ze.

Jelly haalde haar schouders op. 'Zo heeft hij me nog nooit aangekeken. Zo gemeen. Nooit. Meestal is jouw opa de chagrijn.'

'Hij heeft misschien een klap op zijn hoofd gekregen door die explosie.'

'Misschien. Maar word je daar een trol van? Je zou zeggen dat hij zich drukker zou maken om zijn arm.'

Spencer, die weer bij de vogeltjes was gaan zitten, kwam opeens overeind. 'Deze gaan ze toch niet verbranden, hè?'

'Dat kunnen ze niet maken!' riep Hedy.

'Maar ze zijn wel magisch, dus misschien doen ze het toch,' zei Spencer handenwringend. 'We moeten ze verstoppen.' Hij tilde de doos op, en de vogeltjes botsten fladderend tegen de kartonnen wanden. 'Een is in mijn zak in slaap gevallen. Waar kunnen we de andere verstoppen?'

Hedy pijnigde haar hersenen. 'Die twee gaan het hele huis door. De garage misschien?'

'En als ze nou spullen uit de garage op het vuur gaan gooien?' tobde Spencer.

'Daar bewaart opa vast geen magische dingen. Er kan te makkelijk ingebroken worden.'

Haar broertje pakte zijn vliegeniersmuts. 'Laten we vlug gaan voor ze naar beneden komen.'

Met z'n drieën haastten ze zich naar de garage. 'Het komt allemaal heus wel weer goed,' zong Spencer boven de doos.

Lie! Lie! Lie! deden de vogeltjes. Spencer hield betrapt zijn mond.

'Waar zetten we ze neer?' vroeg Jelly terwijl ze de deur achter zich dichtdeed. 'Kom op, Spencer, jij bent de vogelbaas.'

Hij keek om zich heen en wees naar een donkere ruimte onder een plank vol schepjes en troffels en rollen touw en ketting. 'We kunnen de doos hierin schuiven en die emmer verf ervoor zetten.' Hij legde zijn muts als een warm nestje in de doos, zette de vogeltjes erin en schoof de doos onder de plank.

'Hopen dat ze niet in je muts poepen,' zei Hedy om maar een grapje te maken.

'Gelukkig is-ie van papa,' antwoordde Spencer met niet meer dan een zweem van zijn gewone brutale grijns. Lachen viel niet mee met alles wat er gebeurde. Hij keek in zijn zak. 'Dit kleintje slaapt nog steeds,' zei hij tevreden.

Toen ze buiten gestommel hoorden stak Hedy haar hoofd om de deur van de garage. 'Opa John heeft die grote schilderijen uit de hal naar buiten gesjouwd,' meldde ze. 'Van die mensen met dierenkoppen.'

'Wat is daar mis mee?' protesteerde Spencer. 'Die zijn cool!'

Jelly trok haar neus op. 'Ik vind ze anders best eng.'

'Ook al zijn ze eng, dit slaat nergens op,' zei Hedy. 'We moeten hem tegenhouden.' Ze rende de tuin in, gevolgd door de anderen. 'Opa John?'

Hij zette de schilderijen van het stinkdier en de ekster schuin tegen de stapel. Er lagen spannende dingen op die Hedy nooit eerder had gezien: een rok van glanzende pauwenveren, een grote zwartleren koffer met een koperen sluiting, een kleine houten voet.

'Steek nou niet al je spullen in brand, opa,' smeekte Hedy. 'Ik zweer dat we nergens meer aan zullen komen. Het spijt ons heel erg van die kamer boven. We hebben ons lesje echt wel geleerd.'

Haar opa keek haar bedroefd aan. 'Dat punt zijn we voorbij, Hedy. Ik ben niet uit op jullie excuses. Die kamer had kunnen ontploffen met jullie erin. Ridder Roland had jullie aan zijn zwaard kunnen rijgen.' Langzaam schudde hij zijn hoofd. 'Ik wil niet op mijn geweten hebben dat Olivia jullie ook nog kwijtraakt, nadat ze haar moeder ook al heeft verloren.'

Hedy wist niet wat ze moest zeggen. Opa John keek verdrietig naar de spullen op de stapel, rechtte zijn schouders en liep weg om een volgende lading te halen. Het maakte hem niet uit dat de kinderen niet achter hem aan kwamen.

'We moeten een volwassene hebben om dit uit zijn hoofd te praten,' zei Hedy. 'Iemand naar wie hij luistert.'

'Mevrouw Pal?' opperde Spencer. 'Die heeft hem veel van deze spullen toch verkocht?'

'Goed idee, Spence. Haar nummer staat op dat kaartje. Kom mee.'

Ze rende naar boven om het visitekaartje uit haar rugzak te halen en ontmoette de anderen weer bij de telefoon in de hal. 'Oké, ik bel mevrouw Pal en vertel wat er aan de hand is,' zei ze. 'Als ik het zeg, roepen jullie opa John.'

Met opa's oude draaitelefoon duurde het eeuwen voor je een heel nummer had gekozen. Met z'n drieën bogen ze zich over de hoorn, wachtend op de verbinding. Na vijf keer *trrrring-trrrrrring* werd er opgenomen.

'U bent verbonden met De Palissade,' zei mevrouw Pal.

'Mevrouw Pal! Met Hedy van...'

'We kunnen op dit moment niet opnemen...' vervolgde de voicemail.

De kinderen kreunden.

'...maar als u na de *pieeep* een boodschap inspreekt...' Mevrouw Pal imiteerde het geluid van de 'piep' nog echt ook.

Jelly gaf haar nichtje een por. 'Spreek een boodschap in.'

'...bellen we u zo spoedig mogelijk terug.' *Pieeeeep.*

'Eh... eh... Mevrouw Pal, u spreekt met Hedy en Spencer,' hakkelde Hedy. 'Opa John bouwt een brandstapel van zijn magische spullen, want hij is bang dat ze gevaarlijk zijn. Alstublieft, we moeten hem tegenh...'

Klik.

Opeens lag er een vinger op de haak, waardoor de verbinding verbroken werd. Oom Peter was ongemerkt dichterbij gekomen. 'Mevrouw Pal steunt John alleen maar in zijn obsessie,' zei hij. 'En het stomste wat we kunnen doen, is die sjacheraar de gelegenheid geven spullen terug te kopen en weer op de markt te brengen. Dat mens verdient de kost door rottigheid de wereld in te helpen.'

De telefoon ging. Dat was natuurlijk mevrouw Pal die terugbelde. Maar voor ze konden reageren, tilde oom Peter de hoorn op – alleen om hem weer op de haak te laten vallen. 'Laat John doen wat hij moet doen.' De telefoon liet meteen opnieuw zijn schelle rinkel horen, maar weer hing oom Peter op. 'Ga jullie grootvader maar helpen met het berenkleed.'

De kinderen keken elkaar ontsteld aan. Zonder nog aan de telefoon te denken raceten ze met twee treden tegelijk naar boven, waar opa John Matt al netjes had opgerold en nu van de grond optilde. Matts ogen waren groot van angst.

'Nee, opa, alsjeblieft die niet!' riep Hedy.

Kreunend hees haar grootvader Matt op zijn schouder. 'Ik kan niet riskeren dat deze dingen nog meer schade aanrichten.'

'Maar hij doet geen vlieg kwaad,' hield ze vol.

'Hoe weet jij dat?'

Jelly kwam vlug tussenbeide. 'Oom John, oom John! Wij brengen deze wel voor u naar beneden. Kom,' zei ze met een bijna onzichtbare knipoog tegen Spencer en Hedy. 'Deze kunnen wij makkelijk naar de tuin sjouwen.'

'Ja! Wij nemen de beer wel!' riep Spencer.

Opa John overhandigde Matt aan de kinderen, en voor hij zich kon bedenken, renden ze snel de trap af. In de keuken ontweken ze oom Peter, waarna ze Matt naar de garage brachten en hem intussen fluisterend vertelden wat er aan de hand was. Terwijl ze hem onder de auto legden, zei Matt zenuwachtig: 'Stan. We kunnen Stan niet achterlaten.'

'Doen we ook niet,' beloofde Spencer, en ze renden het huis weer in. Maar in de hal zagen ze oom Peter al met Stan naar beneden komen. Hij hield het machtige gewei met twee handen stevig vast en leek vreemd genoeg helemaal geen last te hebben van zijn wond; sterker nog, hij leek zelfs langer en slanker dan eerst, maar dat was natuurlijk gezichtsbedrog.

'Wij helpen wel!' riep Spencer, met zijn handen al om Stans snuit. De nichtjes pakten het gewei en de nek vast en smeekten oom Peter om los te laten.

'Dit ding is te groot voor jullie!' blafte hij.

Ze duwden en trokken, en opeens bonkte de kop tegen de muur, waarbij twee punten van het gewei in het pleisterwerk prikten.

'Au!' schreeuwde Stan.

De kinderen verstijfden, maar oom Peter grinnikte alleen maar om hun geschrokken gezichten. 'O, ik wist al dat hij kon praten.'

'Hoe dan?' vroeg Hedy, maar in plaats van antwoord te geven rukte hij Stan uit hun handen.

'Blijf met uw tengels van me af!' zei Stan op zijn hooghartigste toon, maar zijn stem beefde.

Oom Peter schudde zijn hoofd. 'Huisdieren niet toegestaan,' zei hij, en hij werkte zich langs de kinderen om de kop naar buiten te brengen.

'Laat me los!' brulde Stan.

De kinderen renden achter hen aan. Oom Peter tilde Stan in de lucht alsof hij niets woog en gooide hem op de piramide van opa Johns bezittingen. De takken van het gewei haakten zich achter het gestel van een weefgetouw en een houten krat, dus er was geen kans meer dat hij op de grond zou rollen waar de kinderen hem konden pakken.

'O wee als ik zie dat jullie hem daar weg proberen te

krijgen.' Oom Peter wees streng naar de stapel. 'Ik steek zo dit hele zootje in de fik met jullie erbovenop.'

Hedy staarde naar zijn wijsvinger. De gekneusde nagel was nog donkerder geworden, iets tussen rood, paars en zwart in. Het deed haar denken aan de nagel van Niemand, die uit de kroonluchter was gevallen. Er kwam zo'n verschrikkelijke gedachte bij haar op dat ze er kippenvel van kreeg. Steels keek ze naar haar oudoom. Zijn haar was helemaal niet vies, besefte ze nu; het werd hier en daar bruin. Zijn voorhoofd leek hoger en hoekiger te zijn geworden, en er was iets vreemds met zijn ogen – hoorden die niet donkerder te zijn?

Hedy boog zich dicht naar Jelly's oor en zei heel zacht: 'Vind jij dat hij anders is?'

Jelly beet op haar lip. 'Hij ziet er raar uit, en hij is vet gemeen.'

'Volgens mij is hij in iemand anders aan het veranderen.' Zodra ze haar theorie hardop uitsprak, wist ze dat ze gelijk had.

'Wat?' piepte Jelly. 'Bedoel je dat hij... bezéten is?'

'Waarom fluisteren jullie?' fluisterde Spencer.

'Hedy denkt dat mijn opa bezeten is,' zei Jelly. 'En dat hij zich daarom als een bullebak gedraagt.'

Spencers mond viel open. 'Stel hem een vraag, om te testen of hij het is.'

De nichtjes keken elkaar even aan, toen stak Jelly haar duim op.

Ze liepen achter oom Peter aan naar binnen. 'Opa,' riep Jelly, 'wat maakt oma morgen te eten? Ik weet het niet meer.'

Zijn rug verstrakte. 'Ben ik vergeten,' antwoordde hij

zonder om te kijken. 'Wat ze altijd maakt, denk ik.'

Jelly greep de hand van haar nichtje. 'Oma woont in New Orleans, weet je nog? Dat was al zo toen ik geboren werd! Hij is het niet!'

Spencer was geschokt. 'Wie is het dan wel?'

'Denk eens goed na. Wie is er zó gemeen?' vroeg Hedy grimmig.

Het besef vloog over zijn gezicht. 'Niemand.'

HOOFDSTUK 23

DE COMPOSITIE

'Hoe krijgen we hem er nou weer uit?' Spencer rilde alsof er beestjes over hem heen kropen. 'Straks onthoofdt hij oom Peter nog!'

'Welnee.' Hedy keek, hoopte ze zelf tenminste, geruststellend naar Jelly.

'Ik wil niet te dicht bij hem komen.'

Dat wilde zij ook niet, en Jelly evenmin, na die opmerking van Spencer. Albert Niemands sadistische gedrag, de dingen die hij hun had laten zien, de onthoofde poppetjes, wat hij oom Peter aandeed – het zorgde er allemaal voor dat er wilde gedachten over vluchten door haar hoofd schoten. Konden ze het niet beter op een lopen zetten?

Boven was een discussie gaande. 'Wacht, ik help je,' hoorden ze oom Peter zeggen.

'Nee, nee, het lukt wel,' antwoordde opa John.

'Als jij nou de muziek neemt, dan pak ik de kruk. Ik ben robuuster dan jij, ouwe.'

'Wat een onzin. Oké, goed dan, verdorie. Maar maak hem niet kapot.' Opa John kon het kennelijk nog steeds niet laten om voorzichtig te zijn met zijn spullen.

'En waarom dan wel niet?' schamperde oom Peter. 'Je staat op het punt hem in de fik te steken.' Even later kwam oom Peter – of beter gezegd: oom Peters lichaam – met Simons pianokruk de trap af. Opa John volgde met een dikke stapel bladmuziek. Op de stapel lag een bundeltje met een blauw lint erom: Simons eigen compositie.

'Ha, daar heb je onze gehoorzame, hulpvaardige kleinkinderen,' riep oom Peter plagerig. 'Aan de kant, jullie.'

De kinderen deinsden achteruit en gaapten hem aan. Het leek wel alsof zijn nek langer was geworden. Toen hij rakelings langs Hedy liep, haakte er iets achter een van de knopen van haar jas. Er sprong een gouden zakhorloge tevoorschijn, aan een ketting. Het zag er precies zo uit als het zakhorloge dat Spencer en zij uit Niemands kroonluchter hadden gehaald.

Met z'n vijven liepen ze de tuin in.

Krak. Oom Peters gezicht stond vrolijk toen hij – nee, Níémand, hield Hedy zichzelf voor – de pianokruk op de berg met spullen gooide. Opa John legde de stapel bladmuziek op de grond en kwam met een vuist in zijn rug weer overeind.

'Mag ik alsjeblieft de bladmuziek hebben, opa? Alsjeblieft!' Hedy pakte het bundeltje van de stapel, maar haar opa stak zijn hand ernaar uit om duidelijk te maken dat hij het terug wilde.

'Het moet allemaal weg, Hedy. We kunnen geen uitzonderingen maken. Als ik moet nadenken over elk dingetje dat misschíén geen kwaad kan en misschíén wel kan blijven, krijg ik dit nooit voor elkaar.' Bij die laatste woorden sloeg zijn stem over. Het was alsof hij op deze brandstapel een deel van zichzelf kwijtraakte.

'Het is maar bladmuziek,' zei ze terwijl ze het bundeltje met twee handen oprolde.

Op hetzelfde moment werd het zo hard uit haar handen gerukt dat ze haar evenwicht verloor.

'Peter!' protesteerde opa John.

'Oeps!' zei de persoon die niet oom Peter was. Met zijn groene ogen keek hij geamuseerd op Hedy neer. Hij stak een hand uit om haar overeind te helpen. Toen ze die niet aannam zei hij: 'Goed, laten we dan maar eens beginnen.' Hij propte de compositie met de rest van de bladmuziek tussen de spullen op de stapel, alsof het aanmaakblokjes waren. 'John, heb je de eerste stukjes van die rampzalige kist van je?'

Opa John, die bezig was Hedy overeind te trekken, werd bleek en stak een hand in zijn broekzak. Hedy zag dat er iets hards in zat.

'John?' Oom Peters koude ogen waren zo strak als lasers op de broekzak met het blokje gericht. 'Ze komt nooit meer terug. Geef toe, het is zo luguber als de pest om zo'n ding te bewaren. Het was jaren geleden al tijd om door te gaan.' Hij kwam op zijn broer af en stak een hand uit. 'Geef dit maar aan mij, dan help ik je stuk voor stuk de rest naar beneden te halen. We doen er misschien de hele avond over om die kist op te ruimen, maar we doen het samen. We zullen jou eens even bevrijden.'

Met trillende hand haalde opa John een glanzend blokje uit zijn zak, een van de vele die Hedy en Spencer hadden gezien toen ze heel even een blik in de geheime kamer hadden kunnen werpen, een blokje van de Kaleidos. 'Ik kon er maar één meenemen,' mompelde hij. 'Ik weet niet of ik het hart heb om er nog meer te halen.'

'Eén is een mooi begin,' zei oom Peter poeslief. Hij griste het blokje uit opa's hand, gooide het op de stapel en haalde een aansteker uit zijn zak.

'Nee!' gilde Hedy wanhopig toen oom Peter een paar centimeter bij Simons compositie vandaan vuur maakte. 'Opa, dat is oom Peter niet. Albert Niemand zit in hem, die doet dit allemaal!'

De vreemde groene ogen vernauwden zich. Langzaam schudde oom Peter zijn hoofd. 'Ze liegt,' zei hij tegen een verwarde opa John. Toen hield hij zijn aansteker bij het opgerolde bundeltje.

'*Non*!' schreeuwde een stem. Iedereen keek geschrokken op. Uit de omgekeerde pianokruk kwam Simon tevoorschijn. Onder een stortvloed van scheldwoorden, allemaal in het Frans, krulde de geest zich rond zijn compositie, en meteen verschrompelde de vlam tot een zwart randje aan de bovenkant van de rol.

Oom Peter gromde en bukte zich om een volgende prop aan te steken, maar voor hij zijn aansteker kon laten klikken, rende Spencer naar voren en schopte met een kreet zijn hand weg. De aansteker vloog door de lucht. Na een kort moment van schrik gaf oom Peter zijn achterneefje een harde duw. Spencer, die zich in bochten wrong om het slapende vogeltje in zijn zak te beschermen, viel naast een van de halschilderijen en stootte zijn hoofd tegen de lijst.

'Peter! Ben je nou helemaal gek geworden?' bulderde oom John.

Hedy kreeg een rood waas voor haar ogen. Met gebogen hoofd stormde ze op haar oudoom af, maar hij hield haar met zijn sterke onderarm tegen en slingerde haar opzij, waardoor ze tegen Jelly aan viel en ze samen op de koude grond rolden. Met een *oef* ontsnapte de lucht uit haar longen. Terwijl ze overeind probeerde te komen moest ze machteloos toezien hoe oom Peter zijn aansteker weer opraapte, maar toen gebeurde er iets verbluffends.

Simon gaf een brul en stroomde van dichtbij oom Peter in, tot er niets meer van hem te zien was. Oom Peter kromde zich en viel stuiptrekkend op de grond. Opa John knielde bij hem neer, maar zijn pogingen om hem te kalmeren liepen op niets uit, en hij kreeg zelfs een schop tegen zijn oor voor de moeite. Hedy trok Jelly omhoog en rende om de beide mannen heen om ook Spencer overeind te helpen. De kinderen konden hun ogen niet van oom Peter afhouden. Schokkend met zijn hoofd en met uitpuilende ogen hapte hij naar adem. Zijn vingers klauwden in de aarde.

Het donkere haar werd lichter, donkerder en weer lichter, alsof het geen beslissing kon nemen. Zijn ogen leken met elke keer knipperen van kleur te veranderen, en onder zijn huid woedde een intens blauw licht. Na een paar martelende minuten gaf hij een woeste brul. De zwarte nagel sprong blauw vonkend van zijn vinger. Hij draaide zich hoestend op zijn zij. Er schitterde iets in zijn mond, en prompt spuugde hij een tand uit, precies op het moment dat het gouden horloge uit zijn zak viel. Eindelijk verdween de donkere verkleuring helemaal uit zijn haar; oom Peter had weer zijn gewone grijze krullen.

Naast hem hing een vale, zich verdichtende damp: Albert Niemand. Zijn hoofd was duidelijk te zien, als een blauwig hologram, maar de rest van zijn lichaam bleef vaag. Hij was knap, maar de minachtende trek om zijn mond en de kwaadaardige schittering in zijn ogen verraadden zijn ware, lelijke aard.

Simon glipte uit oom Peters lichaam en bleef beschermend boven zijn licht verschroeide compositie op de brandstapel hangen. Oom Peter lag slap op de grond. De wond aan zijn arm begon door het verband heen te bloeden. Toen Jelly zich bukte om hem overeind te helpen, kon hij alleen maar op haar hand kloppen, te uitgeput om op te staan.

Niemand keek intussen met een spottende grijns naar opa John. 'Kijk toch eens wat een oude zwakkeling de Illustere John Sang, Illusionist, tegenwoordig is,' sneerde hij.

'Ik vind het helemaal niet erg om oud en zwak te zijn,' zei opa John met vaste stem. De diepbedroefde blik was uit zijn ogen verdwenen. Hij had zich in zijn volle lengte opgericht en trok zijn schouders naar achteren. 'Ik mag dan over mijn hoogtepunt heen zijn, maar ik heb tenminste een hoogtepunt gehad. Jij was toen al niemand en dat ben je nog steeds.'

Niemand perste zijn lippen op elkaar. 'Hoe gaat het met je vrouw? O ja, dom van me – je hebt haar zoekgemaakt. Al die jaren zonder iemand om dat enorme ego van je te stutten.'

'Hoe ben je vrijgekomen?' vroeg opa John.

'Met hulp van jouw bemoeizieke kleinkinderen, natuurlijk,' antwoordde Niemand grinnikend. 'Je hebt ze niet erg onder de duim, hè John? Ik heb ze de waarheid over die avond van de verdwijning laten zien, wist je dat?'

'De wáárheid? Je hebt ze wijsgemaakt dat ik erachter zat!'

Niemand zuchtte tevreden. 'Dat was reuze amusant. Leuk gedaan, al zeg ik het zelf. Maar weet je wat nog het vermakelijkst is? Ik heb ze écht de waarheid laten zien. Ze hebben alleen de verkeerde conclusie getrokken. Ik heb ze laten zien dat er die avond vóór de show een illusionist vandoor ging met een stukje van de kist. Is het mijn schuld dat ze de verkeerde Sang voor de dader aanzagen?'

In de stilte die volgde, probeerden ze wijs te worden uit Niemands woorden. De verkeerde Sang?

Niemand liet zijn blik op oom Peter rusten. 'Je was altijd stikjaloers op John, hè Peter? Je had geluk als jouw naam op zijn poster mocht!'

Oom Peter zat inmiddels rechtop en keek paniekerig uit zijn ogen, alsof hij een tsunami op zich af zag komen.

'Toe maar,' zei Niemand bemoedigend. 'Maak iets gedenkwaardigs van deze familiebijeenkomst. Jij was degene die een blokje uit de beroemde Kaleidos haalde, want jij wilde dat de truc mislukte. Op het toneel, voor een volle zaal. *Klets*, John krijgt de slagroomtaart in zijn gezicht, Peter wordt de meest bewonderde Sang! Jij hebt de verdwijning van Rose op je geweten. En je hebt... nooit... een woord... gezegd.'

Oom Peter zei ook nu geen woord. Hij schudde alleen één keer zijn hoofd. Hedy wist niet of hij ontkende of gewoon niet wilde dat het waar was.

'Hij liegt, hè opa?' smeekte Jelly.

'Hedy,' zei opa John met schorre stem, 'ga de vogels halen.' Hij liet het blokje van de Kaleidos weer in zijn zak glijden.

'Hier,' zei Spencer zacht. Uit zijn zak haalde hij het liegvogeltje, dat druk met zijn oogjes knipperde.

Oom Peter keek ernaar met een mengeling van angst en verbazing.

'Klopt dat, Peter?' vroeg opa John. 'Spreekt hij de waarheid? Heb jij de kist onklaar gemaakt?'

Zijn broer keek hem verslagen aan. Hij schudde zijn hoofd. 'Nee, John... Ik...'

Lie! Lie! Lie!

Iedereen keek geschokt naar het vogeltje, alleen Niemand niet – die giechelde verrukt.

HOOFDSTUK 24

ALS SNEEUW VOOR DE ZON

'Je hebt tegen me gelogen,' fluisterde opa John.

Oom Peter knikte met een van pijn vertrokken gezicht. Tranen sprongen in zijn ogen. 'Ik bedoelde het niet zo,' zei hij. 'Het was nooit mijn bedoeling dat Rose zou verdwijnen. Integendeel. Ik wilde juist dat ze níét verdween. Ik wilde je voor schut zetten.'

Hedy had een hol gevoel in haar buik. Het was niet opa John die de show had willen saboteren. Spencer en zij hadden zich beet laten nemen door Albert Niemand.

'Waarom zei je niets? Ik werd zelfs van moord verdacht! Waarom meldde je je niet?'

Oom Peter trok een hulpeloos gezicht. 'Ik stond in je schaduw. Ik dacht dat ik daaruit wilde stappen. Maar om dáármee in de schijnwerpers te staan – dat zou nog veel erger zijn geweest. Het zou mijn einde hebben betekend. Ik zou om niets anders bekend hebben gestaan. Niets anders.'

'Waarom heb je dan niet geprobeerd het blokje in de Kaleidos terug te stoppen?' vroeg Hedy.

'Dat heb ik wel geprobeerd, ik zweer het. Na de show waren er te veel mensen, de politie had de kist afgeschermd. Ik moest wachten tot jij hem een paar dagen later mee naar huis nam, John.'

Opa John keek zijn broer verbitterd aan. 'Ik heb maanden op de grond ernaast geslapen.'

Oom Peter beet beschaamd op zijn lip. 'Ik dacht... ik dacht dat Rose wel terug zou komen als ik het blokje stilletjes terug stopte. Dan hoefde niemand te weten wat ik had gedaan. Het zou allemaal goed komen. Maar het raakte zoek. Ik weet zeker dat ik het mee hiernaartoe heb genomen. Ik haalde het uit mijn zak en legde het neer om mijn jas op te hangen. Ik verloor het hooguit drie tellen uit het oog, en toen was het verdwenen. Als sneeuw voor de zon.'

Er schoot een gedachte door Hedy's hoofd. 'Waar heb je het precies neergelegd?'

'Op de tafel in de hal, omdat ik mijn jas nog op moest hangen. Het leek wel alsof de tafel het had ingeslikt.'

'De Bermudadriehoek!' riep Jelly.

Opa John staarde haar aan. 'Waar heb je het over?'

'Er verdwijnen altijd dingen van die tafel. Hebt u dat nooit gemerkt?'

Herinneringen vlogen over opa's gezicht terwijl hij in gedachten tientallen jaren terugging. 'Ik dacht altijd dat het mijn eigen slordigheid was.'

Zouden het de houtspionnen kunnen zijn? dacht Hedy.

'Hemeltje, John,' schamperde Niemand. 'We zijn al die tijd niet zo scherp geweest als we dachten, hè?' Hij tikte met een wazige, blauw flikkerende vinger tegen zijn kin. 'Wat ik misschien nog wel het mooiste vind van dit hele trieste gebeuren, is dat het eigenlijk allemaal jouw schuld is. Is dat geen gerechtvaardigde conclusie? Als jij niet zo'n arrogante, superieure, opgeblazen, omhooggevallen charlatan was, had je broer niet de behoefte gevoeld om je op je nummer te zetten. Als je dit...' – zijn ogen vlogen over de brandstapel – 'niet allemaal gekocht had om de rest van ons bij de roem vandaan te houden...'

'Ik verzamel deze dingen om te voorkomen dat er ongelukken mee gebeuren,' zei opa John knarsetandend. 'Ik wil niet dat anderen lijden zoals Rose heeft moeten lijden. Dat was mijn opzet.'

'Maar toen niet! Zo is het niet begonnen! Je was al aan het verzamelen voordat Rose verdween. Je móést gewoon die dingen hebben die jou op het toneel een voorsprong konden geven, een voorsprong op je broeders in het vak.'

'Broeders?' hoonde opa John. Maar hij ontkende niet wat Niemand beweerde.

'Ach nee, jij hebt natuurlijk geen behoefte aan broeders,' zei Niemand. 'Je had de voorsprong van je leven en toen keerde het zich tegen je. Misschien had je arme broer het weer goed kunnen maken als iets in dat huis van je het hem niet onmogelijk had gemaakt. Je hoeft niet naar mij te kijken; het was voordat ik doodging en vast kwam te zitten in die rotkamer. Ik vraag me af wat je gekocht hebt, wat je tot leven hebt gewekt dat het ontbrekende stukje van je Kaleidos zoek heeft gemaakt.' Hij zuchtte vergenoegd. 'Wát een mooie levensles is dit voor jou. Ik heb er bijna al die jaren van opsluiting voor over.'

Nu had opa John er genoeg van. 'Verdwijn, Albert. Nu. Maak dat je wegkomt.'

'En anders?'

'Anders stop ik je zo snel terug in die *troejoeklinkot* dat je naam voorgoed uit alle geschiedenisboeken zal verdwijnen.'

'Ik sleep je persoonlijk terug naar binnen,' riep Simon. 'Al is het 't laatste wat ik doe.'

'Je kreeg me amper die krakkemikkige ouwe Peter uit,' hoonde Niemand. 'Lang geleden heb ik mezelf in die troejoeklinkot gestopt en jullie zijn lang niet sterk genoeg om me erin terug te krijgen als ik dat niet zelf wil. En trouwens, de kroonluchter is kapot.'

'Die repareer ik,' zei opa John met een staalharde blik in zijn ogen.

Hedy slikte haar weerzin in en bukte zich om de tand, de nagel en het zakhorloge op te rapen. 'Dit helpt misschien.'

Niemand was even stil. Ze had een zenuw geraakt.

'Jullie zouden niet weten hoe,' zei hij toen. 'Met of zonder de andere overblijfselen.'

Knerpend over het grindpad kwamen er twee mensen hun kant op. Opa John slaakte een zucht van verlichting. 'Maar zij weet het wel,' zei hij met een knikje naar de nieuwkomers.

'Wat weet ik, meneer Sang?' riep mevrouw Pal, steunend op haar wandelstok. Soumitra was bij haar.

'Wat weet u van troejoeklinkotoi, mevrouw Pal?'

'Dat ze lastig zijn,' antwoordde ze, 'maar doenlijk.'

Opa John wendde zich weer tot Niemand. 'Vertrek. Nu.'

De blauwe herinnering aan de wrede illusionist keek hem nog één keer kwaad aan en schoot toen onverstaanbaar mompelend de lucht in. De tand en de nagel werden zonder waarschuwing uit Hedy's hand gezogen. Het zakhorloge, dat zwaarder was, trilde alsof het ook achter Niemand aan zou gaan, maar dat hield ze nog op tijd stevig in haar vuist.

'U hebt ons bericht gehoord!' Ze rende naar mevrouw Pal toe en vloog de oude dame en Soumitra om de hals. Ze dacht dat Spencer mee was gekomen, maar die stond naar een van de schilderijen uit de hal te staren. Alles wat er was gebeurd, leek langs hem heen te zijn gegaan, ook de komst van hun vrienden. 'Spencer, kijk eens wie er zijn!'

Met grote, verbijsterde ogen draaide hij zich naar hen om. 'Het ontbrekende stukje van de Kaleidos! Het zit hierin!'

HOOFDSTUK 25

ARGWAAN, HOOP EN GELUK

Opa John zat bijna roerloos in zijn werkkamer. De schilderijen stonden rechtop tegen de stoelen voor hem. Hij had de anderen nederig gevraagd te helpen zijn spullen weer naar binnen te brengen. 'Laten we alles maar in de eerste de beste lege kamer stallen. Ik zoek het later wel uit. Wat een ontstellende sukkel ben ik,' had hij er bij zichzelf aan toegevoegd, maar Hedy had het toch gehoord.

Nadat hij het schilderij van het stinkdiermens in de kanten jurk naar binnen had gebracht, was hij prompt al het andere vergeten, gefixeerd als hij was op het glanzende blokje dat voor het vreemde wezen op tafel lag. Hij had zijn hand op het doek gelegd en geprobeerd de sleutel tot zijn geluk uit het schilderij te halen. Zonder succes – er was alleen olieverf op canvas.

Vervolgens had hij een tijdje met het blokje dat hij op

Niemands aandringen bijna op de brandstapel had gegooid vlak voor het schilderij gezeten. Alsof hij het exemplaar op het schilderij met een maatje in de echte wereld wilde verleiden om terug te komen. Maar er gebeurde niets, en niet lang daarna ging hij naar zolder, waar hij – dat nam Hedy tenminste aan – het blokje voor de zekerheid in de Kaleidos terug stopte.

Hedy en Spencer haalden als eerste Matt uit de garage en Stan van de brandstapel. Toen de beer en het hert elkaar zagen, slaakten ze kreten van opluchting, waarna ze overgingen tot hun gebruikelijke gekibbel.

'Ik heb ervoor gezorgd dat de kinderen jou niet vergaten, Stan,' zei Matt. 'Ik heb een keer geroosterd hert geproefd en het was zo taai als de pest.'

'Herten zijn nu eenmaal machtige en gespierde dieren, daar kunnen ze ook niets aan doen, Matthias,' antwoordde Stan uit de hoogte. 'Was het een beetje spannend waar jij lag? O nee, daar gebeurde helemaal niets, hè? Jammer dat jij niets van het spektakel hebt meegekregen. Ik denk dat de kinderen het best fijn hadden gevonden om op je te zitten terwijl ze van de show genoten.'

'Goed dan, vertel het me allemaal maar, enorme vertakte huilebalk die je bent. Maar als ik merk dat je er heldendaden van jezelf bij verzint...'

Ze brachten alle spullen in een mum weer naar binnen, hoewel oom Peter er al snel bij moest gaan zitten, met een deken om zich heen en een warme kop koffie in zijn handen. Ondertussen vertelde Hedy aan mevrouw Pal en Soumitra wat er was gebeurd. Hoe langer ze aan het woord was, hoe buitenissiger het allemaal klonk. Soumitra trok dan ook af en toe sceptisch een wenkbrauw op, maar mevrouw Pal luisterde aandachtig, soms met gesloten ogen.

'Dit huis bevat hele werelden, en jullie hebben er in korte tijd veel van ontdekt,' zei ze vol bewondering.

'Ik ben benieuwd of Simon Garcia wist dat meneer Niemand zo'n naar mannetje was,' zei Hedy, en ze dacht aan de gouden hand die het kaartje in haar zak had gestopt.

Mevrouw Pal zuchtte. 'Niemand heeft al die tijd in z'n eigen sop gaar liggen koken, waardoor zijn haat steeds groter werd en steeds meer vat op hem kreeg. Ik heb begrepen dat Albert zijn geest zelf in de troejoeklinkot, die kroonluchter, heeft laten bewaren. Hij wilde ook na de dood doorgaan met wat hij deed en alsnog grootse dingen bereiken. Maar grootsheid gedijt niet bij zulke enge grenzen. Je grootvader heeft geen ongelijk als hij bang is dat sommige dingen zo onvoorspelbaar en gevaarlijk zijn dat geen mens ze in de hand kan houden.'

Hedy glimlachte. 'Dankzij hem hebben we uiteindelijk wel dingen ontdekt, dus misschien was het maar goed zo. Alleen, wat moeten we nu doen? Hoe krijgen we dat blokje uit het schilderij?'

'Dat wordt nog een hele truc,' zei mevrouw Pal zorgelijk.

Buiten begon het te schemeren, maar het voelde helemaal niet alsof het bijna kerstavond was. Rond drie uur zaten ze met z'n allen in de werkkamer gepropt, om net als opa John een uitvoerige studie te maken van de portretten van het stinkdier en de ekster. In een ingeving zocht Spencer de foto's die hij van de schilderijen had gemaakt op de dag dat

Hedy en hij bij opa aankwamen.

'Kijk,' zei hij, 'de spullen op de tafels zijn niet hetzelfde. Ik denk dat ze verschuiven als er niemand kijkt.'

Hij had gelijk. Op hun eerste dag had er een Rubiks kubus op gestaan met een sleutelbos erop; er had een muts van West Ham United gelegen en een cd van The Smiths. Nu lagen de sleutels op een gesloten muziekdoos. De cd en de Rubiks kubus waren weg en de muts lag omgedraaid, waardoor het logo onzichtbaar was. Het was een vreemde verzameling, die in de loop van tientallen, zelfs honderden jaren bij elkaar geraapt leek, maar toch onderdeel was van het beeld. Van het blokje tot de muts en de muziekdoos bestond alles uit minuscule penseelstreken.

Hedy kon zichzelf wel slaan. 'Op onze eerste dag dachten we dat al die dingen bij het oorspronkelijke schilderij hoorden,' zei ze. 'Ik dacht dat het nog niet zo oud was, maar expres zo gemaakt dat het oud lééк, met een paar kleine dingetjes die verraadden dat het eigenlijk een modern schilderij is. Maar dat betekenen die dingen helemaal niet.'

'Die dieven hengelen alles hun schilderij in.' Opa John gromde, zo boos was hij op zichzelf. 'Wat een blinde ezel ben ik geweest.'

Jelly zuchtte tevreden. 'Dus zij zijn de Bermudadriehoek.'

'Het stinkdier heeft het van je gepikt,' zei opa John tegen oom Peter. 'Wat niet zou zijn gebeurd als jij het niet in je bezit had gehad.' Hij keek zijn broer niet aan. Voor vergeving was het nog te vroeg.

Oom Peter zat er diep ongelukkig en door en door verkleumd bij. 'Het spijt me, John,' zei hij, en hij slofte de kamer uit. Ze hoorden de achterdeur open- en dichtgaan, alsof hij zichzelf wilde straffen door nog langer in de kou te gaan zitten.

'Wat moeten we nu doen, opa?' vroeg Hedy toen niemand anders iets zei.

Hij haalde een hand over zijn gezicht. 'Ik heb geen flauw idee,' verzuchtte hij.

In de stilte die volgde begon Spencers maag hoorbaar te knorren, wat het hele gezelschap eraan herinnerde dat ze in geen tijden meer iets hadden gegeten. 'Volgens mij moeten we eerst iets eten,' zei Hedy.

Jelly klapte in haar handen. 'Ik maak heel lekkere instantnoedeltosti's.'

Daar fleurde Spencer meteen van op. 'Wie het eerst in de keuken is,' gilde hij terwijl hij al begon te rennen.

Ze kregen er geen betere ideeën van, maar het eten verbeterde de stemming wel een beetje, al was de combinatie die Jelly serveerde wel heel vreemd. Toen ze oom Peter vroeg om binnen te komen, weigerde hij zacht. Stilletjes bleef hij voor zich uit staren in de schemering.

Opa John kauwde op een broodkorst en keek intussen onafgebroken naar het portret van het stinkdiermens, dat nu tegen het aanrecht stond. 'We weten niet eens of wat erin is gegaan er ooit weer uit kan komen.'

'Jawel, dat kan!' zei Hedy opgewonden. 'Dat hebben we gezien – Jelly voelde het, bedoel ik, toen ze iets naar haar gooiden.'

Jelly's ogen werden groot bij de herinnering. 'Die snotpot van Max! We daagden ze uit. We wisten toen nog niet dat het de schilderijen waren, maar we daagden ze uit om die vieze pot waar Max zijn snot in stopte te pakken. En toen we wegliepen, gooiden ze hem naar mijn hoofd. Ik ging niet knock-out of zo, maar een van die twee kan wel goed mikken.'

Hoop golfde door de ruimte. 'Wat die theries in gaat, kan er dus ook weer uit,' zei mevrouw Pal.

'Theries? Wat bedoelt u?' vroeg Hedy.

De oude dame wees naar het portret. 'Die hybride wezens, met het lichaam van een mens en de kop van een dier, noem je theries.'

De kinderen bogen zich over het schilderij, alsof ze met deze kennis iets nieuws aan de stinkdiervrouw zouden kunnen ontdekken. Roerloos en onaangedaan keek ze de keuken in.

'Hoe krijgen we haar zover dat ze het teruggeeft?' vroeg Soumitra.

'Misschien kunnen we het blokje in een snotpot veranderen, dan wil ze het niet meer,' opperde Spencer. Soumitra gaf Spencer met een ernstig gezicht een high five.

Jelly snoof. 'Zoiets bedenk jij natuurlijk weer.'

'Wat nou? Je vertelde net dat het zo werkte met die pot van Max,' zei Spencer.

'Alsof we dat blokje zomaar even...'

Hun gekissebis werd onderbroken door gehoest en gekerm van buiten. Bij de achterdeur viel oom Peter van het bankje waarop hij al zo'n tijd zat. Jelly vloog als eerste de deur uit, gevolgd door Hedy en Spencer. Opa John deed intussen de buitenlamp aan.

'Opa?' vroeg Jelly.

Oom Peter klappertandde, zijn oogleden trilden. De

lamp gaf niet veel licht, maar het was duidelijk te zien dat hij doodsbleek was en bloedeloze witte lippen had.

'Is het je arm?' vroeg opa John.

'K... k... koud,' stotterde oom Peter.

Opa John probeerde zijn hoofd op te tillen. 'Kun je overeind komen? Je moet naar binnen, daar is het warm.'

Oom Peter keek hem wanhopig aan. 'Laat me maar. Ik v... verdien niet...'

'Doe niet zo stom. Ik wil niet dat je hier vannacht doodvriest. Ik heb al genoeg aan mijn hoofd.'

Met vereende krachten hielpen Soumitra en opa John oom Peter naar binnen, waar hij op de dichtstbijzijnde stoel in elkaar zakte.

'Hij moet hete koffie hebben,' zei Soumitra. 'Halleluja, ík moet hete koffie hebben.'

Terwijl Soumitra water opzette en op zoek ging naar mokken, stuurde opa John, die het schilderij in de gaten wilde houden, de kinderen naar de linnenkast om kruiken en dekens te halen. Toen ze terugkwamen was mevrouw Pal bezig oom Peters arm te onderzoeken. 'Het bloedt niet meer,' rapporteerde ze bij het verschonen van het verband. 'Maar zijn huid voelt ijskoud aan.'

Soumitra wilde oom Peter een kop koffie geven, maar hij was zo slap dat hij niet eens zijn arm op kon tillen om hem aan te pakken.

'Kom maar,' zei Jelly, die de warme drank aannam. Ze bracht de kop naar oom Peters lippen, en hij nam een klein slokje.

Ze legden kruiken op zijn buik en borst en wikkelden hem in dekens. Langzaam maar zeker dronk oom Peter de hele kop leeg, maar het leek allemaal niets te helpen. Hij zag er zwakker uit dan ooit.

'Waarom wordt hij niet warm?' vroeg Jelly bezorgd. 'Moeten we hem in bad stoppen of zo?'

'Zó koud is het toch niet buiten?' zei opa John tegen mevrouw Pal.

Hedy probeerde terug te denken aan de keren dat zij het heel koud had gehad en wat toen het best had geholpen. Wanneer had ze het eigenlijk voor het laatst echt koud gehad? En opeens was er de herinnering aan die ene keer dat ze tot op het bot verkild was. Ze greep opa John bij zijn arm. 'Simon!' zei ze. 'Het komt door Simon dat hij het zo koud heeft.'

'Net als wij toen?' vroeg Spencer.

Hedy legde een hand op oom Peters voorhoofd. Het voelde als het voorhoofd van een marmeren beeld dat buiten in de vrieskou stond. 'Ik weet het zeker.' Vlug vertelde ze de anderen wat er was gebeurd nadat Spencer en zij aan Simon hadden gevoeld, en hoe mevrouw Vilums hen van de intense kou had verlost door hen in de zon te zetten.

'Maar wij hadden het niet zo snel zo koud gekregen,' zei Spencer.

'Hedy vertelde net dat jullie Simon maar met één vinger hadden aangeraakt, of hooguit met een hand,' zei mevrouw Pal. 'Maar meneer Sang, volgens u had Simon de hele Peter overgenomen om Niemand uit te drijven. Daardoor zal het effect groter zijn, en ernstiger. Daarom gaat hij zo snel achteruit. Ik vrees dat hij onmiddellijk in de zon moet.'

'Maar het duurt nog eeuwen voor het dag wordt,' zei Jelly nerveus.

Opa John keek naar zijn broer. Op zijn gezicht streden bezorgdheid, pijn en verbittering om voorrang. Oom Peter leek het aan te voelen. Hij sloeg zijn ogen op en fluisterde: 'Laat mij maar.'

Opa John slikte. 'Soumitra,' zei hij bruusk. 'Kun jij me helpen hem naar boven te krijgen? Hedy en Spencer, jullie nemen het schilderij mee. Ik wil het kunnen blijven zien.'

De trap bleek te veel voor oom Peter. Op de tweede overloop zakte hij in elkaar. Soumitra legde hem rustig over zijn schouder, alsof hij een zak uien was.

Tot hun verrassing wilde opa John naar zolder. Op een dreigend gerammel van boven riep hij: 'Halt! Ik ben uw meester en mijn bedoelingen zijn zuiver.'

Het rumoer van ridder Roland verstomde. Bewegingloos keek hij toe terwijl ze met z'n allen tussen de rommel door naar de verborgen kamer laveerden. Opa John pakte de gouden hand. De glanzende vingers bogen zich om de zijne, en hij schudde er even aan, waarna een zwaar mechanisme ergens diep in de deurpost met een luid *klik-klak* lossprong. De gouden hand liet opa los, en opa opende de deur naar het stille boslandschap erachter.

De vorige keer dat Hedy en Spencer de Kaleidos zagen, werd hij beschenen door de maan en het vuur van fakkels. Maar hoewel het buiten donker was, schitterde de kist nu in zachtgeel zonlicht. Hedy en Spencer keken er met open mond naar en kwamen er zo dicht mogelijk bij zonder hem aan te raken.

Soumitra legde oom Peter voorzichtig op de grond, waar de zon op hem kon schijnen. De oogleden van de oude man trilden, maar hij was te zwak om ze op te slaan.

Jelly nam zijn slappe hand in de hare. 'En nu?' vroeg ze.

Hedy merkte dat iedereen naar haar keek. 'Nu wachten we tot de zon hem opwarmt.'

Mevrouw Pal bestudeerde de bomen rond de open plek intussen met een professionele nieuwsgierigheid en bukte zich naar de aarde. Haar vingers stuitten op een dierenbotje, een gewelfde rib, half begraven. 'Hebt u dit bos wel eens verkend, meneer Sang?' vroeg ze.

'Een paar keer,' antwoordde opa John. 'Ik had een lang touw aan de trapleuning gebonden, met het andere uiteinde om mijn middel, en liep zo ver als ik kon. Het was hier altijd heel stil. Daarom besloot ik dat dit de plek was om...' Zonder zijn zin af te maken keek hij naar de Kaleidos.

Mevrouw Pal liet haar blik over de stinkdiertherie gaan alsof zich in haar hoofd een idee vormde. Uiteindelijk schraapte ze haar keel. 'Meneer Sang, uw ervaring met het bos brengt me op een gedachte.' Iedereen wachtte stil op wat komen ging. 'Ik stel een directere aanpak voor. In plaats van te proberen de therie zover te krijgen dat ze het blokje teruggeeft, gaat iemand' – hier keek ze opa John aan – 'het schilderij in om het te halen.'

'Wat gaan we doen?' vroeg Hedy toen de kinderen met opa John door het donker naar de garage liepen. Ze hadden oom Peter met Soumitra achtergelaten in de verborgen kamer. Mevrouw Pal waakte over de schilderijen.

'We hebben vislijn nodig' – opa John stak een voor een zijn vingers in de lucht – 'bindgaren, touw en ketting.'

'Ga je een oorlogsmachine bouwen?' vroeg Spencer vol ontzag.

'Nee. Een gordel. Een riem om het lokaas en mijzelf aan vast te maken.' Hij deed de garagedeuren open en vertelde waar ze moesten zoeken.

'Wie is het lokaas?' vroeg Jelly met een bezorgde trek op haar gezicht. 'Spencer? Omdat hij de kleinste is?'

Spencer, die op zijn hurken in een oude emmer had zitten rommelen, kwam met een sprong overeind. 'Ik wil geen lokaas zijn!'

'Niemand is lokaas!' Opa John wierp zijn handen in de lucht. 'Mevrouw Pal en ik denken, of hopen, dat het schilderij een soort poort is. Als de therie er zin in heeft – als er niemand in de buurt is, kennelijk – doet ze de poort open en haalt ze dingen uit onze wereld naar haar wereld. Die twee hebben jarenlang pal voor mijn neus allerlei spullen geroofd. Nu zullen we eens eventjes iets verleidelijks voor dat stinkdier neerzetten; dat is het lokaas. We binden vislijn aan het lokaas, zodat het hopelijk niet opvalt. Mevrouw Pal denkt dat de vislijn als voet tussen de deur kan dienen. Om de poort open te houden. De vislijn zit ook aan mij vast, en het andere uiteinde van het touw binden we stevig aan iets in huis. Die ketting is overdreven voorzichtigheid, hoop ik. Als alles goed gaat, duik ik met het touw in mijn hand snel naar binnen, pak het blokje en ben weer weg.'

Terwijl opa John diep ademhaalde probeerden de kinderen te verwerken wat hij had gezegd. Na vele frustrerende, vruchteloze uren staren naar de stinkdiertherie, was hij nu een en al vastberadenheid, vol energie alsof de jaren van hem afgleden.

Maar toch, dacht Hedy, dat was wel een boel 'hopen' en 'denken' en 'als alles goed gaat'.

'Kijk eens wat ik klaar heb gelegd?' zei mevrouw Pal zacht toen ze weer binnenkwamen.

Op de haltafel lag een rood-witte glitterbal uit de kerstboom. 'Dat is ons lokaas,' zei opa John.

Jelly porde Spencer in zijn zij. 'Hij lijkt wel een beetje op jou. Rood bovenop, bleek en sproetig daaronder... Je bent tóch het lokaas!'

Spencer gaf haar met zijn elleboog een duw.

Opa John begon vislijn en touw uit te rollen en bond zichzelf en het lokaas eraan vast. Uiteindelijk bevestigde hij het hele koord aan de ketting, die hij rond een van de bakstenen pilaren van de veranda gewikkeld had en had vastgemaakt met een groot, stevig hangslot.

Buiten de veranda dwarrelde inmiddels de sneeuw: het was een mooi gezicht, maar het kon het onbehaaglijke gevoel dat zich van Hedy meester maakte niet wegnemen. Ze deed de deur zo ver mogelijk dicht en trok haar sjaal over haar oren, al was dat binnen helemaal niet nodig.

'Ik geloof dat we er klaar voor zijn,' zei opa John tegen mevrouw Pal. Hij haalde de lijn door de gesp van zijn riem en stak een arm uit om te voorkomen dat de kinderen de woonkamer in gingen, waar zowel het stinkdier- als het eksterportret tegen de muur stond. 'Zorg dat ze jullie niet ziet.'

'Dat wie ons niet ziet?' vroeg Spencer.

'De therie.'

'Waarom?'

'Als ze weet dat we kijken, trapt ze er niet in.'

Opa John schuifelde van opzij naar het portret toe en legde vlug de kerstbal ervoor. Daarna kwam hij bij de anderen in de deuropening staan, waar het stinkdiervrouwtje hen hopelijk niet kon zien.

Eén minuut werd twee minuten en toen vijf minuten, maar de kerstbal bleef op de grond liggen.

'Gaat ze hem nou nog pakken of niet?' fluisterde Spencer.

Na een gespannen stilte zei Jelly: 'Meestal doet de Bermudadriehoek er niet zo lang over. Hedy, weet je nog toen ze die pot van Max pakten? We keken maar een paar seconden de andere kant op.'

'En toen ze mijn telefoon probeerden te pakken had ik me ook maar heel even omgedraaid,' herinnerde Hedy zich.

Opa John zuchtte. 'Misschien heeft ze hem nog niet gezien. Kan zijn dat ik hem dichterbij moet leggen.'

'Jawel, ze heeft hem gezien.' Het was Stan, die op de bank stond met zijn gewei boven de rugleuning uit. 'Ik zag haar kijken. Volgens mij vindt ze hem niet zo mooi.'

'Eens,' gromde Matt zacht. 'Ze heeft geen belangstelling. Wat denk jij, Stan? Moeten ze iets anders proberen?'

'Ja, goed idee,' zei Stan. 'Iets anders.'

'Jouw beurt,' zei Jelly plagerig tegen Spencer.

'Dames gaan voor,' kaatste hij terug. Ze woelde lachend door zijn haar.

'Maar wat dan?' vroeg opa John. 'Ik vond een kerstbal eigenlijk best een goed idee. Een mooi, glimmend voorwerp.'

'Nemen we dan nu iets wat niet mooi en glimmend is?' opperde Spencer.

Mevrouw Pal haalde iets uit haar zak. 'Hier, probeer dit eens.' Het was het botje dat ze in de verborgen kamer van de grond had opgeraapt. Hedy en Spencer trokken de kerstbal aan de vislijn naar zich toe en sneden hem los met het mesje dat opa John in zijn zak had.

Toen het botje stevig aan de lijn zat, fluisterde Hedy: 'Matt, Stan, is dit een goed moment om het nog een keer te proberen?'

'Zo te zien wel.'

Opa John gooide het botje de kamer in, precies voor het schilderij. Ze hielden allemaal hun adem in.

'Ze kijkt,' fluisterde Stan.

Traag gingen de seconden voorbij.

'Ze trapt erin!' Matt kon zijn opwinding bijna niet de baas.

Uit het schilderij kwam een smalle hand. De hand glansde en bestond uit veel, heel veel penseelstreken, maar verder was het een gewone vrouwenhand, met een rimpelende mouw rond de pols. Mevrouw Stinkdier raapte het botje vlug van de grond op en trok haar hand terug in het portret. De vislijn kronkelde erachteraan.

HOOFDSTUK 26

EEN KWESTIE VAN VERTROUWEN

Opa John ademde een paar keer diep in en uit. 'Daar ga ik dan,' zei hij terwijl hij de eerste stap zette. Hedy en Spencer kwamen overeind om hem een knuffel te geven.

'Betekent dit dat magie weer mag in dit huis?' vroeg Spencer.

'Dit is geen magie,' zei opa John. 'Ik haal alleen terug wat van mij is.'

'We kunnen je wel helpen als je wilt?' zei Hedy.

'Helpen? Als je het maar laat,' zei hij met een warm soort strengheid in zijn stem. Hij sloeg het touw om zijn onderarm. 'Jullie blijven hier. Pas goed op jezelf.'

'Wij zorgen wel voor de welpen, meneer,' riep Matt.

Opa John keek hem sceptisch aan. 'Hm. Dat is jullie tot nu toe fantastisch afgegaan.'

'Ze zijn toch nog heel?' zei Stan op gekrenkte toon.

Opa John liep naar het schilderij en liet zich, mopperend over zijn leeftijd, eerst op één en toen op beide knieën zakken. Op de plek waar de vislijn in het doek verdween, stak hij er een vinger door.

'Hoe voelt het?' vroeg mevrouw Pal zacht.

'Drassig.' Hij knikte naar het groepje bij de deur, boog zijn hoofd en kroop in het schilderij. Het touw sleepte achter hem aan.

De anderen renden de kamer in om te kijken. Daar stond opa John, ten voeten uit op het doek, als een mooi geschilderde versie van zichzelf.

'Waarom beweegt hij niet?' vroeg Spencer.

Maar opa John en de therie bewogen wél. Het was net alsof ze naar een schokkerige, vertraagd afgespeelde stomme film keken: eerst stonden ze zus en een paar tellen later stonden ze zo, zonder dat de bewegingen ertussen te zien waren geweest. De stinkdiertherie leek zich een ongeluk te schrikken van de indringer. Met grillige sprongen verwijderde ze zich van haar tafel met gestolen spullen, waaronder het blokje van de Kaleidos.

'Pak het dan, opa!' fluisterde Hedy.

Terwijl ze het zei, danste er een piepklein blauw lichtje over het touw het schilderij in. Niemand lette erop, want het plaatje was alweer veranderd: opa John pakte het blokje met twee handen beet en glimlachte opgelucht. Maar het volgende ogenblik had het stinkdier hem met haar staart in de lucht de rug toegekeerd en was opa John met een arm voor zijn ogen teruggedeinsd.

Spencer zag het verbijsterd gebeuren. 'Heeft dat stinkbeest hem nou bespoten?'

Opa John pakte het touw en probeerde zich op de tast een weg naar buiten te banen. Maar terwijl het touw straktrok, kwam er van bovenaf een grote zwart-witte gedaante op hem af die hem tegen de grond sloeg. Het touw trilde.

'De ekster!' riep Spencer. 'Van het andere schilderij!'

Hedy keek naar het schilderij naast de open haard. Spencer had gelijk: de ekstermens was weg. De twee schilderijen stonden op de een of andere manier met elkaar in verbinding. De schitterende zwart-witte jas van de therie had de vorm van vleugels aangenomen, en het wezen was naar die vreemde plek gevlogen waar hun opa zich nu bevond.

Met zijn brede snavel pikte hij naar opa John. Die dook net op tijd opzij, maar bleef met een voet in het touw haken en struikelde. Een tel later haalde hij iets uit zijn zak. Het mesje. Om zichzelf te bevrijden sneed hij het touw los, en de ekster krijste geluidloos; opa John had het wezen een haal over zijn zij gegeven.

Opeens ging er een schok door de ekster heen. Een blauw licht flitste van zijn kop naar zijn voeten. Toen keek de therie met zo veel minachting naar opa dat er een rilling over Hedy's rug liep.

'Niemand heeft bezit genomen van die ekster!' schreeuwde ze.

'Wat?' riep mevrouw Pal.

'Ik weet het zeker! Oom Peter keek precies zo toen Niemand hem had overgenomen.'

'Meneer Sang heeft de therie gesneden.' Mevrouw Pal dacht hardop na. 'En Peter had een wond aan zijn arm. Ik denk dat zo'n wond voor Niemand een ingang is.'

Ontzet keken ze toe. De ekster nam opa John in zijn

vleugels en zwiepte hem van links naar rechts voor hij hem op de grond smeet. Daarna pakte hij hem met zijn grote zwarte vogelklauwen bij zijn broeksriem. Klapwiekend vloog hij weg met opa John, die het blokje van de Kaleidos stevig aan zijn borst drukte.

Hedy besefte vaag dat ze gilde. Ze liet zich op haar knieën vallen en ramde haar hoofd door het doek.

Het was alsof er een mist optrok, of alsof er een vies raam werd opengezet. Vanbinnen zag het er helemaal niet geschilderd uit; het leek zelfs echter dan echt, met intense, diepe kleuren: het bruin van de aardachtige vloer, het blauw van het kleed dat onder de tafel van het stinkdier bleek te liggen, het groen van een omgevallen potvaren. Er hing een penetrante stank, waarschijnlijk van het stinkdiervocht, maar Hedy merkte het nauwelijks. Al haar aandacht was gericht op de wegstervende kreten van opa John. In de verte zag ze de stinkdiertherie over een rivier naar een kolossale boom vliegen, die hoog afstak tegen de donkere lucht.

Hedy trok haar hoofd terug en negeerde het spervuur aan vragen van Spencer en Jelly. 'Gigantische boom. Hou ze in de gaten!' blafte ze. 'Ik heb een plan.' En met wapperende sjaal rende ze de trap op naar de kamer van Matt en Stan. Ze zag nog maar één oplossing voor zich.

De vleugels van koper en zilver waren nog zwaarder dan ze zich herinnerde. Haar handen beefden van de zenuwen, haar verraderlijke vingers vertikten het om de leren riemen uit de knoop te halen. Kostbare seconden gingen verloren. Terwijl ze stond te peuteren stormde Jelly de kamer in.

'Dat meen je niet, Spencer zei al dat je dit van plan was!' Ze pakte haar nichtje bij haar schouders. 'Nee, Hedy. De vorige keer kreeg je ze ook niet aan de praat!'

Hedy slikte moeizaam. 'Max is het wel gelukt. Dus ik moet het ook kunnen. Het is het enige wat ik kan verzinnen om bij opa John te komen.'

Jelly beet gestrest op haar lip, maar na een keer diep ademhalen zei ze: 'Hier, ik help je.' Ze draaide Hedy om, kruiste de leren riemen over haar rug en maakte ze op haar borst vast. Toen de vleugels stevig op hun plaats zaten, wiebelde Hedy van voor naar achter om haar evenwicht te zoeken.

'Klaar om een Maxje te doen?' vroeg Jelly.

'Het moet maar.'

Het gezicht van mevrouw Pal betrok toen ze de woonkamer in kwamen. 'De vleugels van Sebastian Sello,' fluisterde ze. 'Nee, Hedy, dat kan ik niet goedvinden. We moeten een nieuw plan maken. Een volwassene moet hem gaan zoeken.'

Hedy schudde haar hoofd. 'Stel dat het stinkdier terugkomt en het touw naar buiten gooit, waardoor de poort voor altijd dichtgaat? Ik wil opa niet ook nog kwijt. Als ik nu niet naar binnen ga, vinden we hem misschien nooit meer. Het is daar zo groot, hij kan overal terechtkomen.'

'Dan ga ik,' zei mevrouw Pal.

Hedy keek het piepkleine vrouwtje koppig aan. 'Mevrouw Pal, niet rot bedoeld, maar ik ben groter dan u. Zeg alstublieft hoe die vleugels werken.'

Mevrouw Pal sloeg haar handen voor haar gezicht, maar uiteindelijk gaf ze zich gewonnen. 'Op vertrouwen. Je moet erin gelóven dat je kunt vliegen.'

'Op vertrouwen.' Hedy haalde diep adem. 'Oké.'

Op dat moment kwam Spencer de kamer in gerend. Hij

gaf haar de motorhelm van oma Rose en zei hijgend: 'Voor de zekerheid.'

'Heb je die in je eentje uit de garage gehaald?' vroeg Hedy verrast. Toen hij knikte, voegde ze er zacht aan toe: 'Bedankt, Spence. Ik weet hoe eng je het vindt in het donker.'

'Ja. Maar jij gaat in je eentje dáár naar binnen, dus...' Hij haalde zijn schouders op.

Heel even zag Hedy zichzelf in de geschilderde wereld uit de lucht vallen en op de grond te pletter slaan. Het angstaanjagende beeld maakte het gevaarte op haar rug opeens loodzwaar. Op dat moment begreep ze ten volle het geheim van Sebastian Sello's vleugels, en ze knipperde met haar ogen om het beeld te verjagen. 'Geloof jij dat ik het kan?'

'Ja,' zei Spencer. 'Jij kunt alles. Best wel irritant.'

Ze omhelsde hem, en daarna drukte Jelly hen allebei plat. 'Ik geloof ook in je, Hedy,' zei ze.

Spencer keek ernstig naar haar op. 'Pas op voor Niemand,' zei hij. 'Hij is zo sluw als maar kan.'

'Dan moet ik gewoon nóg sluwer zijn.' Ze klopte op een klein voorwerp dat ze al de hele middag in haar zak had. 'Doe geen domme dingen terwijl ik weg ben.'

'Wij houden hier wel een oogje in het zeil, jonge Hedy, pas jij maar goed op jezelf,' riep Matt vanaf de bank. 'Onze heer van het Koninginnewoud snakt naar een goeie knokpartij.'

Stan schraapte zijn keel alsof hij op het punt stond een gedicht voor te dragen. 'Dappere vrienden, laffe vijanden...' begon hij met zware stem.

Hedy wachtte het vervolg niet af. Toen ze zich bukte om in het schilderij te kruipen hurkte mevrouw Pal naast haar.

'Als je ver weg raakt, kijk dan naar het licht van je broer en je nichtje aan deze kant van de poort. Het familievuur, noemen we dat. Zij zullen je terugleiden naar huis.'

HOOFDSTUK 27

HET FAMILIEVUUR

Wiebelend onder het gewicht van de vleugels kroop Hedy door het doek. Vlug keek ze nog een keer om. Van deze kant gezien was de woonkamer wazig, alsof ze ernaar keek door het oppervlak van een bevroren meer, en de geluiden drongen gedempt tot haar door. Maar ze verbaasde zich nog het meest toen ze zag wat mevrouw Pal net had bedoeld: de lichtgevende gedaanten van Spencer en Hedy aan de andere kant van de poort. Het familievuur, dacht ze, een heel klein beetje gerustgesteld.

Het licht verplaatste zich toen Spencer, Jelly en mevrouw Pal hun hoofd door de poort staken. Spencer moest bijna kokhalzen van de stank van het stinkdier, die wel erger leek dan eerst, alsof hij zich verdichtte.

Hedy keerde zich naar de boom in de verte, een donker silhouet in het schemerige licht van de geschilderde wereld.

In gedachten probeerde ze de zware last van de vleugels van haar schouders te schudden, voor zich te zien dat ze met de wiekende vleugels op haar rug hoog de lucht in ging, zich voor te stellen dat de krachtige slag van de ekstervleugels ook de hare was, dat ze zo snel en zo wendbaar was als ze zelf wilde en...

De vleugels klapten open en haar voeten kwamen van de grond. *Woesj, woesj, woesj.* De koperen en zilveren veren gingen op en neer, tilden haar de lucht in, steeds hoger, tot haar te binnen schoot dat ze moest sturen.

Spencer juichte. 'Je doet het!'

'Wat zal Max jaloers zijn!' riep Jelly.

Biddend dat de vleugels hun werk zouden blijven doen, wierp Hedy zich met haar bovenlichaam naar voren, alsof ze rende voor haar leven. Ze maaide met haar benen, maar daardoor raakte ze uit balans. Een paar misselijkmakende ogenblikken later ontdekte ze dat ze beter kon sturen door haar ledematen stil te houden en haar gewicht met soepele, kleine bewegingen van de ene naar de andere kant te verplaatsen. Zo vloog ze op de immense boom af.

Onder haar stak de stinkdiermens haar kop uit de ingang van haar hol. Bij de aanblik van Hedy deinsde ze geschrokken terug, toen begon ze te sissen. Hedy keek heel even haar kant op, maar negeerde haar verder; ze had geen tijd te verliezen.

Geen mens zou beweren dat ze een sierlijke vlieger was, maar ze merkte wel dat het met elke vleugelslag makkelijker ging. Om zich te oriënteren keek ze even om naar de poort. Erachter was nog net een flauw schijnsel te zien.

De boom stond op de plek waar vier rivieren samenkwamen. Hedy had geen idee wat voor soort het was, maar de stam rees vanaf het wateroppervlak duizelingwekkend hoog op. Als er al grond was geweest om een ladder op te zetten, zou die nooit hoog genoeg zijn gekomen om zelfs de onderste takken te bereiken.

Ze zag opa John of de therie nergens. Ze wist niet hoe ze stil moest blijven hangen, daarom vloog ze een paar keer heen en weer, tot ze besloot ook maar eens aan de andere kant van de boom te gaan kijken. Meteen begon haar hart sneller te kloppen: aan de andere kant konden de anderen haar niet meer zien. Wat zou er gebeuren als ze uit het zicht verdween?

'Doe het nou maar gauw,' zei ze bij zichzelf. Ze bracht haar gewicht opzij en vloog rond de boom.

Bladeren, takken en nog meer bladeren, de meeste donkergroen, hoewel de nieuwe aanwas licht goudgeel van kleur was. Geen ekster te bekennen, en niets anders ook. Geen vogels of eekhoorns, laat staan exotischer dieren als opossums of apen – mocht dit hier geen Engeland zijn. Dat was eigenlijk wat deze boom vooral zo vreemd maakte: hij zag er heel echt uit, maar zonder leven erin leek hij helemaal niet natuurlijk.

Toen ze in de verte het vage schijnsel van Spencer en Jelly weer zag, wist ze dat ze een keer helemaal om de boom heen was gevlogen. Zonder opa John te vinden. Ze begon om de stam heen te spiralen, turend in het donkere gebladerte. Na het derde rondje had ze een onvoorstelbare hoogte bereikt. Ze besloot er niet bij stil te staan hoe ver de grond was.

Wat was dat? Haar oren vingen een vaag geluid op. Een stem. Maar waarvandaan?

Van boven. Ze was nog niet helemaal boven de boom uit gevlogen om de top te bekijken. Rond en rond ging ze, langs de gelaagde takken omhoog. Toen ze vlak bij het hoogste punt was, verhoogde ze haar snelheid en schoot de lucht in om van boven op de boom neer te kijken.

In de kruin was een imposant nest gebouwd. Het nest van de ekster. Het was zo'n vier meter breed, gemaakt van takken die zo dik waren als Hedy's armen. Dunnere takjes, rietstengels en grashalmen waren tussen de takken gevlochten, met hier en daar een kleurig lint dat de ekster in de loop van de tijd waarschijnlijk door zijn eigen poort naar binnen had gehaald. Er zaten zelfs geweien tussen de takken, waarvan de punten als doorns naar buiten staken. In het nest zelf lag een bij elkaar geraapte verzameling ditjes en datjes: de schatten van de ekster.

Ertussen lag opa John. Zijn wang zag er dik uit, alsof hij er een klap op had gekregen, maar hij keek uitdagend naar de ekster die boven hem uittorende.

Niemand, bracht Hedy zichzelf in herinnering, Niemand heeft dat wezen overgenomen. Want uit zijn hele houding, de manier waarop hij met zijn kop schuin op haar grootvader neerkeek, sprak een onmiskenbare minachting. De vleugels van de therie waren verdwenen, terug veranderd in de zwart-witte legerjas. Maar het ergst was dat hij het blokje van de Kaleidos in zijn hand had.

'Die jaren kan ik je niet teruggeven,' zei opa John. 'Maar nu ben je vrij. Rose zit nog steeds vast. Geef me dat blokje, Albert. Later kunnen we het uitvechten, maar laat me eerst op zoek gaan naar Rosie.'

Het zwijgen van de therie was beangstigender dan Niemands gebruikelijke honende opmerkingen. Hij deed een stap bij opa John vandaan, en toen nog een, en nog een. Eerst dacht Hedy dat hij hem wilde laten gaan, maar toen stak hij de hand met het blokje over de rand van het nest.

'Albert, nee!' riep opa John terwijl hij moeizaam overeind kwam.

De therie haalde onverschillig zijn schouders op en liet het blokje los boven het troebele water in de diepte.

Hedy onderdrukte een schreeuw en dook. Achter en boven zich hoorde ze het verstikte, geschokte gekrijs van de therie. Ze dwong zichzelf verder omlaag, was bijna bij het blokje, kon het met gestrekte arm net pakken. Ze had het.

Ze remde haar duikvlucht, sloeg met haar vleugels om weer bij het nest te komen en borg het blokje intussen goed op in haar zak.

Opa Johns bange gezicht verscheen boven de rand van het machtige vlechtwerk van takken. 'Hedy, ga terug naar huis, nu!'

'Nee,' gilde ze terug. 'Niet zonder j...'

Plotseling klapte haar hoofd naar voren. Even zag ze sterretjes, toen gebeurde het opnieuw; Niemand tikte met de ekstersnavel tegen haar helm. Schreeuwend tolde ze door de lucht.

Ze schoot omhoog, zo ver mogelijk de lucht in om maar weg te komen. *Tik.* Weer een explosie van sterretjes achter haar ogen. Hedy plofte neer in het nest, waardoor de gestolen spullen alle kanten op vlogen. Opa John wilde naar haar toe kruipen, maar Niemand sprong tussen hen in en versperde hem de weg. Hij schudde krachtig met zijn vleugels, die prompt weer in mensenarmen veranderden.

'Wegwezen, Hedy!' riep opa John.

Niemand greep hem met een bleke hand bij de hals van zijn trui en sleepte hem naar de rand van het nest. Zijn bedoeling was duidelijk, hij wilde opa John in het donkere water ver, ver in de diepte laten plonzen.

'Wacht,' zei Hedy met schorre stem, en ze haalde haar enige troef uit haar zak. 'Ruilen.'

Niemand draaide met een ruk zijn gevederde hoofd om. Met een begerige blik in zijn eksterogen keek hij naar het zakhorloge in haar hand.

'Er zit een foto van uw vrouw en kind in, hè?' vroeg ze. 'U krijgt het van me, als u mij mijn grootvader teruggeeft.'

Ze verroerden zich geen van drieën. Het was doodstil. Toen trok Niemand opa John met een hoofdknik terug in het nest.

Hedy's hart klopte in haar slapen. 'Ik tel tot drie,' zei ze. 'Eén.'

De ekstertherie kwam langzaam, dreigend dichterbij.

'Twee.' Ze zag zijn greep op opa John verslappen en stak bibberend haar hand uit. 'Drie!'

Op het moment dat Niemand opa losliet, slingerde Hedy het zakhorloge zo ver mogelijk weg. Over Niemands hoofd heen vloog het uit het nest. Niemand gaf een woedende schreeuw en dook achter het horloge aan, dat pijlsnel op weg was naar het water beneden.

Hedy hield opa John heel even stevig vast voor ze haar sjaal afdeed, om haar middel sloeg en door zijn riem haalde.

Opa John legde er een stevige knoop in. 'Nu maar hopen dat dit houdt,' zei hij.

Met haar ogen dicht stelde Hedy zich voor dat ze vloog,

gedragen door de metalen vleugels op haar rug. Ze voelde al dat ze de lucht in wilden. 'Het houdt, als je er maar in gelooft. Klaar?'

Ze pakten elkaar stevig bij de onderarmen, bogen door hun knieën en sprongen. De sjaal sneed in Hedy's middel, maar de knoop hield. Nu ze een volwassen man meetorste moesten de vleugels duidelijk harder werken. Ze keerde tot ze het licht van Spencer en Jelly weer zag, een minuscule vuurtoren die haar wenkte. Het was tijd om naar huis te gaan.

Ze waren halverwege toen ze van boven een windvlaag voelden. Niemand. Op slag werden ze omhuld door veren en krabbende klauwen en de snavel die hen probeerden tegen te houden. In een kluwen suisden ze omlaag, hun kreten en het gekrijs van de ekster galmden door de lucht. Terwijl het water met angstaanjagende snelheid dichterbij kwam, wist Hedy zich los te rukken. *Woesj, woesj.* Ze kreeg de vleugels nog net op tijd onder controle om niet op de bodem van de rivier te belanden, maar de voeten van opa John sleepten al door het water en veroorzaakten een wolk van druppels. Niemand scheerde in volle vaart over hen heen en maakte in de verte een scherpe bocht voor een volgende aanval.

Met bonkend hart probeerde ze snelheid te maken. 'Welke kant op?' vroeg ze, moeizaam hoger klimmend. 'Zie je ergens een lichtje?'

'Daar,' wees opa John toen ze zo'n vijftig meter boven het water waren.

Een volgende windvlaag waarschuwde haar voor een duikvlucht van Niemand. Ze kon hem maar net ontwijken, en er kwam een verschrikkelijke gedachte bij haar op: stel dat een van hen door de snavel of die klauwen gewond raakte en Niemand weer van lichaam probeerde te wisselen? Ze begon zachtjes te jammeren.

'Je kunt het,' zei opa John beslist.

Terwijl ze op de poort afvlogen kwamen er kleine figuurtjes uit gefladderd. Wat waren dat in vredesnaam? Moesten ze omkeren?

Wham! Niemands theriesnavel pikte pijnlijk in haar been. Ze gaf een schreeuw en raakte uit koers. Om een volgende uithaal te ontwijken liet ze zich met een onhandige slinger een paar meter zakken. Naar links, zei ze bij zichzelf, en nu naar rechts, wees onvoorspelbaar, zorg dat hij mist.

De figuurtjes die van de poort hun kant op kwamen, waren inmiddels beter te onderscheiden. Een kille angst maakte zich van haar meester. Het waren de monsters van het dak. Zeven stenen wezens, fladderend en kwetterend in een chaotische zwerm, en nu ving ze ook hier en daar een woord op. Net als die keer op het dak gromden ze 'Vinder!' en 'Bescherm haar!'. Hoe waren ze hier terechtgekomen? Ze zag het duiveltje, een gevleugelde ram en nog een paar andere monsters die ze eerder had gezien, allemaal even lelijk en bedreigend. Niemand vloog achter haar, de beelden kwamen haar tegemoet; ze kon ze onmogelijk allemaal tegelijk te snel af zijn.

De beeldenzwerm ging over op aanvalsformatie, met een deel van de monsters onder en een deel boven. Met haar armen voor haar gezicht zette ze zich schrap, maar opeens week de formatie uiteen. Terwijl ze langsvlogen kraste een raaf – háár raaf, steeds wisselend tussen steen en witte veren: *Ka!*

'Bescherm haar!' krasten de beelden.

Ze sloten Niemand in. Met hun gemene klauwen, slagtanden, hoorns en snavels stortten ze zich op de therie en dwongen ze hem zich te verdedigen. Dit gaf Hedy de tijd om op het licht achter de poort af te racen, dat nu helderder scheen dan ooit.

Voorzichtig waagde ze een blik achterom. De therie pikte wild om zich heen en sloeg met zijn machtige vleugels naar zijn veel kleinere belagers. Hij kreeg een van de monsters te pakken en smeet het op de grond, waar het in stukken uit elkaar viel. De beelden onderbraken hun aanval, waar Niemand gretig gebruik van maakte door de achtervolging op Hedy weer in te zetten.

'We kunnen niet door de poort heen vliegen, dat past niet,' riep Hedy. 'We zullen moeten landen.'

Opa John knikte. 'Als jij er maar als eerste doorheen gaat.'

Pas tien meter voor de poort durfde Hedy haar vleugelslag te vertragen. Op vijf meter afstand zette ze haar grootvader op de grond. Niemand kwam dichterbij.

'Ga bij me vandaan, Hedy!' riep opa John, terwijl hij aan de knoop in de sjaal rukte. Hedy worstelde om los te komen en keek verlangend naar de poort. Ze waren zo dichtbij!

Krijsend maakte Niemand zich op om te duiken.

Maar nu gebeurde er opeens iets bij de poort. Het familievuur bewoog wild heen en weer. Er kroop een groot bruin, harig wezen naar buiten, en daarachter kwam een machtig uitwaaierende kop tevoorschijn. Spencer, met Matt op zijn rug, en Jelly, met Stan in haar armen, richtten zich op.

'Hedy, kom hier!' gilde Spencer. Zijn gezicht stond strak van angst.

Toen Niemand omlaagkwam, gaf Matt over Spencers hoofd heen een luide brul. Hij maaide met zijn witte poot door de lucht en Stan brieste en zwaaide hoog boven Jelly's hoofd dreigend met zijn gewei.

Niemand deinsde verrast terug en fladderde geschrokken met zijn vleugels toen Matt opnieuw begon te brullen en Spencer en Jelly luidkeels met de beer meeschreeuwden. Van achteren kwamen de monsters grommend op hem af. Met een laatste woedende kreet vloog hij op, weg van de poort, weg van Hedy en opa John, terug naar het eksternest.

Deze keer gingen de monsters niet achter hem aan. Als tamme, brommerige huisdieren gingen ze op de grond zitten. Van de poort af gekeerd speurden ze aarde, water en lucht af naar gevaar, met een soort tevreden agressie die verraadde dat ze dit het allerleukste klusje vonden dat er bestond.

Opa John sloeg zijn armen om Hedy heen. Terwijl de vleugels op haar rug naar binnen klapten, liet ze zich tegen hem aan zakken. 'Je ruikt naar stinkdier,' zei ze, nog nahijgend.

'Ik weet het. Lekker?' vroeg hij met een droog lachje.

Hedy keek om en trok Spencer, die half schuilging onder Matt, tegen zich aan. 'We zullen het allemaal lekker moeten vinden. Kom, Jelly.'

Jelly sloeg haar armen om het groepje heen en deed haar best om te voorkomen dat ze hen met Stans gewei een oog uitstak.

'Dit is wat je noemt een berenknuffel,' zei Matt.

Ze lachten allemaal een beetje sullig, tot Stan zijn keel

schraapte. 'Mag ik voorstellen dit binnen voort te zetten, waar het gevaar afwezig is?'

Opa John boog zich naar Hedy. 'Ik hoop dat je na dat alles het blokje nog steeds hebt,' zei hij met een laatste restje angst in zijn ogen.

'Ik heb het nog,' zei ze. Ze haalde het blokje uit haar zak en liet het in zijn uitgestrekte hand vallen.

HOOFDSTUK 28

DE GOOCHELAARSASSISTENTE

'Kijk eens wie er is ontdooid.'

Soumitra stond hen glimlachend op te wachten toen ze de zolderkamer in kwamen.

Jelly rende naar oom Peter toe en legde haar hand op zijn voorhoofd. Hij zat rechtop en zijn huid was niet meer zo asgrauw. Zijn blik viel meteen op het blokje in de hand van opa John. 'Je hebt het!'

Opa John, te moe om te vertellen wat er was gebeurd, kon alleen maar knikken en dankbaar op Hedy's schouder kloppen.

De opluchting spatte van oom Peters gezicht. 'Het spijt me, John,' fluisterde hij. 'Het spijt me dat ik je voor schut wilde zetten. Het spijt me van Rose. Van alles.'

Opa John knielde naast zijn broer neer en zei: 'Ik was niet bepaald de ideale broer. Er waren tijden dat we voor elkaar klaar hadden moeten staan en ik er een wedstrijd van maakte.' Hij zuchtte. 'Zullen we het van nu af aan anders doen?'

'Kunnen twee oude mannen nog iets veranderen aan decennia van stompzinnigheid?'

Opa John grinnikte. 'Misschien heb ik in dit huis iets verstopt wat ons daarbij kan helpen.' Hij gaf oom Peter het blokje aan en vervolgde: 'Ik heb twee handen nodig voor de Kaleidos. Wil jij hier even op letten voor me?'

Oom Peter nam het blokje voorzichtig aan en hield het tegen zijn borst.

Opa John kwam overeind en legde zijn handen op de Kaleidos. 'Het is zo lang geleden,' fluisterde hij, hevig knipperend met zijn ogen.

'Je weet hoe het moet, John,' zei oom Peter.

Toen hij met de blokjes begon te goochelen durfde niemand meer een woord te zeggen. Hij liet ze onder elkaar door en over elkaar heen bewegen, klapte hele rijen de ene kant op en de andere kant op, maakte van de rechthoek een piramide, van de piramide een bol, van de bol een vormeloze massa en uiteindelijk van de vormeloze massa weer een langgerekte kist waar een goochelaarsassistente in zou passen. In een van de korte kanten zat een gat, als in een gebit waar een tand uit was.

Opa John was buiten adem van de inspanning. Hij en oom Peter staarden naar de loze ruimte. 'Tijd om het terug te stoppen,' zei hij met schorre stem.

Oom Peter hurkte voor de kist en plaatste het blokje met trillende handen in het gat. Het paste precies en schoof op zijn plek alsof de kist een magneet was waardoor het werd aangetrokken. De Kaleidos was weer heel.

Met twee handen wrikte opa John de voorkant open. De kist bevatte alleen maar duisternis. Hulpeloos staarde hij naar de ruimte waarin ze allemaal zijn vrouw hadden verwacht.

Opeens trok er een hevige tochtvlaag langs. In het hele huis vielen deuren dicht, de fakkels flakkerden wild.

'Is dat Niemand?' vroeg Spencer zenuwachtig.

Maar er knetterde geen blauw licht en ze hoorden geen vals gegniffel. Wat ze wel hoorden was een zacht geruis, voetstappen en roepende stemmen. Even later waaide er een regen van blaadjes – rozenblaadjes – door de deur naar binnen. Ze wervelden om het groepje heen en dwarrelden neer op de glimmende kist. En achter de rozenblaadjes aan, alsof ze erdoor naar boven waren gebracht, kwamen de verbaasde ouders van Hedy en Spencer de kamer in. Zodra ze op de drempel stonden, wierpen de kinderen zich in hun armen.

'Wat is hier...' begon hun moeder. Maar toen zag ze de Kaleidos.

De duisternis in de kist begon op te trekken, zoals de nacht wanneer de zon opkomt. Toen het helemaal licht was, zagen ze een vrouw op haar zij liggen. De vrouw deed haar ogen open.

'Rosie!' Opa John knielde bij de kist en pakte haar bij haar handen.

Aarzelend schoof Rosie Sang, die tientallen jaren vermist was geweest, uit de kist. De herkenning raakte een onbekende snaar in Hedy's binnenste. Het was alsof er een plaatje tot leven kwam; dit was de jonge vrouw die Spencer en zij op foto's hadden gezien, en ze zag veel van haar eigen trekken terug in haar grootmoeder. Rose leek nog net zo oud als op de dag dat ze verdween en was gekleed in het assistentenkostuum dat ze toen ook aanhad. Op haar knieën staarde ze naar de oude man voor haar, bij wie de tranen over de wangen stroomden.

'John?' Ze bracht een krachteloze hand naar zijn gezicht.

'Ik ben het,' zei hij terwijl hij zijn hand op de hare legde.

Huilend liet ze zich tegen zijn borst zakken. Olivia, die geschokt had toegekeken, kwam langzaam naar voren en ging op de grond zitten. Als verdoofd keek ze naar haar moeder, die ze alleen als beeld uit het verleden kende. 'Hoe?' vroeg ze.

Rose stak snikkend een arm naar haar dochter uit. Terwijl ze met z'n drieën op de grond zaten te huilen, keken de anderen op eerbiedige afstand toe.

Hedy wist niet hoe ze zich moest voelen. De afgelopen weken hadden Spencer en zij er alles aan gedaan om zo ver te komen, had hun hele leven in het teken gestaan van dit moment. Maar het gemis dat Rose, John en Olivia al die jaren moesten hebben gevoeld, en dat nu werd overspoeld door een opkomende golf van vreugde, was bijna onvoorstelbaar.

Jelly stak haar hoofd tussen Spencer en Hedy in. 'Jullie hebben het geflikt.'

Ze glimlachten verwonderd naar elkaar. 'Klopt,' zei Hedy met een bibberige zucht.

Terwijl Rose lachte en huilde tegelijk, werd haar warrige bruine haar steeds lichter. Met elke beweging werd ze ouder, alsof ze stukje bij beetje al die gemiste jaren inhaalde. Haar haar werd staalgrijs, en in haar gezicht werden een paar fijne rimpeltjes zichtbaar. Rose merkte het niet of maalde er niet om, zozeer ging ze op in haar man en dochter. Eindelijk kalmeerde ze en kon ze, leunend tegen opa John, diep ademhalen. 'John, je stinkt,' zei ze.

'Dat komt door dat stinkdier,' zei Spencer.

Rose keek naar haar kleinkinderen. Met hulp van haar man en dochter stond ze op, als een pasgeboren veulen dat haar benen voor het eerst gebruikt. 'Hedy, Spencer,' zei ze met een glimlach – wat de kinderen opvatten als een uitnodiging om naar hun oma toe te rennen en hun armen om haar heen te slaan.

'Rustig,' zei Olivia zacht.

'Niks rustig,' mompelde oma Rose, die hen boven op hun hoofd zoende.

De kinderen zeiden niets, want er was te veel te zeggen. Oma had koele handen en een koel gezicht, maar de blik in haar ogen was zo warm als de zon.

Olivia snoot haar neus. 'Eindelijk zie je je kleinkinderen,' zei ze.

Haar moeder trok haar hoofd een beetje terug om hen aan te kunnen kijken en zei: 'Ik zag jullie altijd als jullie hier waren. Jou ook, Olivia. De laatste tijd waren Hedy en Spencer net energielichamen die ik vanuit de verte door de duisternis heen zag. Het huis werd licht als jullie binnen waren.'

Olivia begon opnieuw te huilen en drukte haar gezicht tegen de schouder van haar moeder. 'Als ik dat had geweten, waren we vaker gekomen.'

'Ze hebben je gered, Rosie,' zei opa John zacht. 'Die twee zijn tegen alle regels van het huis in gegaan en hebben je gered.'

'Dank jullie wel,' fluisterde oma Rose. 'Dank jullie wel.'

'Was het heel erg daar, oma?' vroeg Hedy voorzichtig.

Er trok een wolk over Rose' gezicht. 'Het was er donker. En eenzaam.' Huiverend keek ze naar de geopende Kaleidos, en opa John was er met een paar stappen bij om hem dicht te doen.

'Dit is Will, mijn man,' zei Olivia met een arm om de schouders van haar moeder. En met een blik op Jelly voegde ze eraan toe: 'En dit moet haast wel Angelica zijn, Peters kleindochter.'

Will droogde zijn tranen en stapte samen met Jelly op Rose af. 'Ik... ik had nooit gedacht dat ik je zou kunnen ontmoeten,' zei hij.

'Kom maar eens hier dan,' zei ze plagerig, en ze omhelsde haar schoonzoon hartelijk.

Hij trok zijn jasje uit en hing het om haar schouders. 'Je hebt het koud. Trek dit maar aan.'

'Pap, je hebt net je snot aan de mouw afgeveegd,' zei Spencer.

'De mouw raak ik niet aan,' zei oma Rose met een uitgestreken gezicht. 'En het ruikt tenminste niet naar stinkdier.' Ze wendde zich tot Jelly. 'Wat is deze familie groot geworden. Angelica, zei je?'

'Zeg maar Jelly, en ik heb een broertje dat Max heet.' Jelly omhelsde haar en ratelde: 'Maar echt, tante Rose, weet je wel wat Hedy en Spencer allemaal hebben moeten doorstaan om je vrij te krijgen? Hedy viel bijna van het dak – o, dat weet je misschien allang – en ze werd aangevallen door monsterbeelden, en toen kregen ze een harnas achter zich aan – daar staat-ie ergens – en mijn opa raakte bezeten en...'

'En Niemand wilde mijn hoofd afhakken!' riep Spencer ertussendoor.

'En weet je wel dat het morgen kerst is?'

Hedy legde lachend een hand op hun mond. 'Later!'

'Inderdaad, later,' zei haar moeder. 'Maar dan willen we ook echt alles horen.'

Spencer stak zijn handen op en wees naar Matt en Stan. 'Wacht. Jullie moeten nog wel onze vrienden leren kennen.' De kinderen sleepten het haardkleed en de hertenkop over de grond naar de anderen.

Stan schraapte zijn keel. 'Mevrouw, mag ik u voorstellen aan mijn kompaan, Matthias, het sterkste berenvel – excuus, de sterkste béér van heel Engeland.'

'En dat is Stanley,' zei Matt, en fluisterend voegde hij eraan toe: 'Hij zal u vertellen dat hij de heer van het Koninginnewoud is, en na dit avontuur denkt hij vast dat zijn gewei geheime krachten heeft of iets dergelijks. Maar wees niet bang, meestal is hij heel hértelijk!' Hij grinnikte om zijn eigen grap.

'Mevrouw,' zei Stan. 'Het spijt me als u Matthias bére-irritant vindt.'

Oma Rose lachte en aaide de dieren vol bewondering over hun vacht. 'Als jullie vrienden van de kinderen zijn, maakt het mij verder niet uit.' Langzaam liet ze haar blik door de vreemde, bosachtige kamer gaan, met de bomen, de theatergordijnen en de aarde op de vloer. Ze raapte een handje rozenblaadjes op, bracht ze naar haar neus en snoof diep. Toen zag ze mevrouw Pal staan. 'Ben jij dat, Rani?'

'Maar dan een stuk ouder, vrees ik, Rose. Al voel ik me weer twintig jaar jonger nu jij terug bent.'

Geleidelijk leek oma Rose de kracht in haar ledematen terug te krijgen. Ze overbrugde de paar stappen tussen haar en mevrouw Pal en omhelsde haar warm. 'Is deze jongeman je kleinzoon?' vroeg ze met een blik op Soumitra, die zich tot nu toe afzijdig had gehouden.

Soumitra veegde zijn hand af aan zijn broek en stak hem naar oma Rose uit. 'Ik ben Soumitra.'

'Dank je, Soumitra, en dank je, Rani. Ik kon niet alles even goed zien, maar ik weet wel dat ik hier zonder jullie nu niet zou staan.'

'Graag gedaan,' zei Soumitra, om er haastig aan toe te voegen: 'Niet dat ik het leuk vond, natuurlijk.'

Oma Rose keek achter de roodfluwelen gordijnen tussen de bomen van een bos dat er niet hoorde te zijn. 'Peter?' riep ze.

Oom Peter was stiekem weggeslopen en stond nu tegen een dikke boom geleund.

'Peter, ik hoop niet dat je van plan bent jezelf te verbannen.'

Hij draaide zich half om en baande zich na een korte aarzeling langzaam een weg door de bomen en struiken. Met een ongelukkige uitdrukking op zijn gezicht bleef hij voor haar staan. 'Weet je wel wat er is gebeurd?'

Ze knikte. 'Ik hoorde een deel van het verhaal van de kinderen toen ik daarin lag.'

'Het spijt me, Rose.'

'Dat weet ik.' Ze legde omzichtig een hand op zijn schouder. Als ze hem nog niet vergeven had, was het in elk geval een begin.

De anderen keken sprakeloos toe, tot Olivia in haar handen klapte. 'Oké, iemand hier stinkt een uur in de wind en moet nodig onder de douche...' Ze dirigeerde iedereen naar de trap en maakte duizend plannen tegelijk. Hedy liep met Spencer en Jelly voorop, maar ze vertraagde haar pas expres om vlak voor haar grootouders te kunnen blijven, die hand in hand voorzichtig naar beneden schuifelden.

'Alsjeblieft geen dokters,' zei oma Rose toen Olivia met het idee kwam. 'Dan ben ik de hele kerst bezig het onmogelijke te verklaren. Ik wil gewoon met mijn familie feestvieren.'

Warm en schoon zaten ze met z'n allen rond de keukentafel, waar ze uitgehongerd aanvielen op de tosti's die de kinderen samen met Soumitra hadden gemaakt.

'John,' vroeg Will met zijn vierde tosti in zijn hand, 'krijgen we dan nu het hele verhaal te horen?'

Opa John veegde zijn mond af aan zijn servet en keek naar Hedy en Spencer. 'Als je het héle verhaal wilt, moet je bij die twee zijn.'

En zo begonnen de kinderen te vertellen wat er gebeurd was, vanaf hun eerste avond in het mysterieuze huis op de heuvel, toen ze stiekem een kamer in waren gegaan waar ze niet mochten komen en het fotoalbum uit zichzelf van de plank was gevallen.

'Was jij dat, oma Rose?' vroeg Hedy.

Oma knikte, en Spencer rilde tevreden. 'We vonden het zo eng. Waarom deed je zulke dingen nooit bij opa John?'

'Ik... kon John vanuit het duister niet zo goed zien als jullie,' antwoordde ze aarzelend. 'Jullie twee en Olivia waren net lantaarns, maar verder was alles donker.'

'Familievuur,' zei mevrouw Pal met een blik op Hedy.

'Bloedverwanten kunnen zichtbaar zijn over de grenzen van werelden heen, als bakens. De kinderen en Olivia zijn je vlees en bloed en John niet, hoeveel je ook van hem houdt.'

Oma Rose legde een hand op die van opa John en vervolgde: 'Sommige dingen die de kinderen zeiden kon ik verstaan, maar het klonk gedempt, alsof er een muur tussen ons in stond. Dingen hier aanraken terwijl ik daar was, was slopend. Ik weet niet hoe ik het moet omschrijven. Het kostte onvoorstelbaar veel energie alleen al om iets in het stof of op een beslagen raam te schrijven. En dan die magneetjes. Ik wist ook niet waar ik was, het voelde alleen als heel ver weg. Maar ik kon op de een of andere manier wel met de raaf praten. Toen ik Hedy zag wegvliegen, smeekte ik de raaf om haar te helpen. Godzijdank wist ze die koppige wezens op het dak over te halen om zich bij haar aan te sluiten. Ik weet niet hoe ze me kon horen, maar ik ben er wel heel blij om.'

'Ik had de beelden opdracht gegeven om jou te beschermen,' dacht opa John hardop. 'Om op het dak de wacht te houden. Maar de raaf stond daar niet toen we hier kwamen wonen. Die heb je in Zweden gekocht. Toen we thuiskwamen, vroeg je me haar op het dak te zetten, dan had ze gezelschap.'

Mevrouw Pal tikte met een vinger tegen haar lip. Haar ogen schitterden. 'Zweden? Raven en kraaien zijn machtige wezens in de noordse mythologie.'

Haar verhaal werd onderbroken door zachte geluidjes die uit de vloer leken te komen. *Shhhhh.* En toen: *krrrrrt.* Naast de doos met de vogeltjes, die nu weer in zijn warme hoekje stond, opende zich een knoest in de planken. Door het gat kwam een stenen hand: de hand van mevrouw Vilums, die de houtspionnen van zolder hadden meegenomen. Iedereen begon verbaasd door elkaar te praten. De houtspionnen maakten het gat pas weer dicht nadat ze er ook nog drie losse sokken door hadden gewerkt.

'Dáár blijven die sokken dus,' zei opa John terwijl hij alles van de vloer opraapte. Hij schudde zijn hoofd. 'Benieuwd wat ze daarbeneden allemaal nog meer verstoppen.'

Hedy en Spencer voelden aan de stenen vingers. 'Dus nu kunnen we mevrouw Vilums weer heel maken?' vroeg Spencer.

Opa John keek naar mevrouw Pal, die even nadacht en zei: 'We kunnen wel wat "lijm" voor jullie halen.'

'Magische lijm?' vroeg Spencer.

Soumitra fluisterde: 'Het is lijm die mijn oma een beetje éxtra maakt. Snap je, een beetje meer super. Niet echt magisch. Maar ook niet echt níét magisch.'

'Je moet niet al mijn bedrijfsgeheimen verklappen, Soumitra,' zei mevrouw Pal.

'Mag ik daar wat van?' vroeg Spencer met een schittering in zijn ogen. 'Superhandig voor als ik bijvoorbeeld mijn vinger eraf hak.'

Olivia kuchte. 'Jij hakt helemaal niks af, Spencer, magische lijm of geen magische lijm.'

Maar toen zijn moeder even niet keek, gaf Soumitra hem een knipoog.

Later gingen ze met z'n allen naar de woonkamer om naar de schilderijen van de theries te kijken. Het stinkdier en de ekster waren nergens te bekennen. Om het een keer te proberen staken Olivia en Will hun hoofd door het doek, maar niet verder dan hun kin, en de kinderen mochten niet te dichtbij komen.

'Het stinkt daar,' zei Olivia met een vies gezicht. 'Wat gaan we met ze doen, pap?'

'We moeten ze maar afdekken, dan kunnen ze geen kwaad meer,' zei opa John. Voor het eerst in een uur liet hij Rose' hand los. 'Achteruit, iedereen.'

Ze schuifelden met z'n allen naar de zijkanten van de kamer; de kinderen sprongen op de bank bij Matt en Stan. Opa John stak zijn hoofd door de poort en sprak een paar woorden. Even later sprongen, kropen en vlogen de monsters de kamer in, waarna ze hun ledematen en vleugels uitschudden alsof ze een vechtpartij waren misgelopen waarop ze zich juist zo hadden verheugd.

'Als ze je vriend zijn, zijn ze minder eng,' fluisterde Hedy.

'Een heel klein beetje maar,' zei Spencer.

De raaf ging bij oma Rose op een schouder zitten. Terwijl de vogel met haar kop tegen haar wang duwde, hoorde Hedy mevrouw Pal iets van 'huginn' en 'muninn' tegen Soumitra zeggen.

Opa John trok het touw uit het schilderij, en toen hij met een vinger op het doek drukte, gaf het niet meer mee. De poort was gesloten; wat ze zagen was weer gewoon verf op canvas. Opa John wenkte de beelden en nam ze mee naar de voordeur, en de wind blies sneeuw naar binnen toen ze gehoorzaam de veranda op dromden, om vervolgens langs de pilaren of door de lucht terug te keren naar hun plek op het dak.

Will en oom Peter vonden in de garage een paar oude triplex platen en legden de schilderijen allebei met de voorkant op een plaat, die ze met brede tape goed vastplakten.

'Zo zien ze niets verleidelijks meer,' zei opa John. 'Maar laten we ze toch maar naar boven brengen, dan wordt er op ze gepast.'

Op zolder zette hij ze rechtop tegen een muur, en met een paar vriendelijke woorden gaf hij ridder Roland een nieuwe taak: de schilderijen in het oog houden.

Toen de kinderen begonnen te gapen klopte mevrouw Pal haar kleinzoon op zijn schouder met de mededeling dat het hoog tijd was om naar huis te gaan, maar ze moesten beloven dat ze de volgende dag terug zouden komen voor een kerstlunch.

Olivia en Will maakten in de woonkamer, onder het wakend oog van Matt en Stan, van kussens, lakens en dekens één groot bed voor Hedy, Spencer en Jelly. Oma Rose deed er heel lang over om welterusten te zeggen. Ze aaide de kinderen over hun hoofd en legde haar wang tegen die van hen, wat ze net zo rustgevend leek te vinden als zij.

Op verzoek van Spencer liet ze de lichtjes in de kerstboom branden. Het was bijna niet voor te stellen dat het morgen kerst zou zijn.

'Het is gelukt,' zei Hedy. 'Niet te geloven, we hebben oma Rose gered.'

'Zagen jullie die Witte Klauw der Wrake?' vroeg Matt. 'Daar ging die verdraaide eksterfiguur wel even een blokje voor om, hè?'

'Zeer indrukwekkend,' gaf Stan ruimhartig toe. 'En met de heer van het Koninginnewoud kreeg die griezel het ook liever niet aan de stok! Onderschat nooit de macht van een buitensporig groot gewei, Matthias!' Vervolgens werd hij zelf het slachtoffer van dat buitensporig grote gewei toen hij er zo trots mee zwaaide dat hij zijn evenwicht verloor en op zijn zij viel.

'Ik was ook best stoer, hè Matt?' vroeg Spencer.

'Als jullie niet de stoerste welpen zijn die wij ooit hebben ontmoet,' zei Matt, 'dan zijn jullie in elk geval de moedigste. En dat is nog veel beter ook.'

Spencer was de volgende dag als eerste op en maakte met een juichend 'Vrolijk kerstfeest! Cadeautjes!' de rest van het huis wakker. Hedy was dolblij met de sneakers en de nieuwe boeken die ze had gevraagd, en Spencer pakte glunderend zijn boetseerset uit, plus een nieuw computerspel. Jelly kreeg een kralenketting, die ze meteen omdeed, en een maillot in de gekste kleuren, die ze meteen aandeed.

Als laatste pakten ze de cadeautjes van opa John uit. Spencer kreeg een vederlicht apparaatje van koper en papier, ongeveer zo lang als een hand, in de vorm van de gevleugelde zaden van een esdoorn. Het apparaat helikopterde net als de zaden door de lucht, en toen Spencer voor wind zorgde door met zijn handen te wapperen, veranderde het van richting.

Hedy pakte een kleine, in leer gebonden wereldatlas uit, met een fijn, koperen telescoopje dat met een kettinkje aan de rug vastzat. Binnenin waren de continenten en landen van de wereld getekend, maar dan met de grenzen en namen van honderd jaar geleden. Met de telescoop kon je de kaarten tot in het meest fantastische detail bekijken. Bij een bepaalde vergroting gingen de golfjes van de oceaan op en neer en bewogen getekende dieren zich door hun natuurlijke omgeving. Een olifant sjokte over een vlakte in een gebied waar 'Bechuanaland' bij stond (en dat volgens Will nu Botswana heette), een pinguïn schuifelde door de sneeuw op de Zuidpool, en in het Amazonewoud vlogen ontelbare vogels en insecten rond.

'Wat een coole cadeaus, opa,' zei Spencer. Hij keek uit het raam alsof hij zich afvroeg in welke hoge boom hij eens zou klimmen om zijn vliegmachientje uit te proberen.

'Ja, geweldig, bedankt,' stemde Hedy in. 'Het spijt me dat we geen kerstcadeau voor jou hebben.'

Opa John keek glimlachend naar oma Rose, die zachtjes met hun moeder zat te praten. 'Maar dat hebben jullie wel.'

Jelly's ouders, Toni en Vincent, kwamen halverwege de ochtend met Max en waren met stomheid geslagen toen ze oma Rose zagen. Ze hadden natuurlijk duizend vragen, maar omdat iedereen óf druk bezig was het huis weer een beetje te fatsoeneren óf eten klaar te maken, kregen ze een weinig samenhangend verslag. Pas toen mevrouw Pal en Soumitra er waren en de kalkoen op tafel stond, werd het hele verhaal nog eens van begin tot eind uit de doeken gedaan.

Na het eten vroeg mevrouw Pal zachtjes of opa John, Hedy en Spencer even mee naar de hal wilden komen. Ze gaf hun een knijpfles met mosterd en grinnikte om hun verbaasde gezichten. 'Dit is nou mijn "lijm",' zei ze.

'Worden mevrouw Vilums en haar zussen dan weer wakker?' vroeg Hedy.

Mevrouw Pal schudde spijtig haar hoofd. 'Dat lukt niet met lijm.' En met een blik op opa John voegde ze eraan toe: 'Daar moet magie aan te pas komen.'

Opa John antwoordde met een ongeduldige grom, en mevrouw Pal ging grinnikend terug naar de anderen.

'We moeten ze bevrijden, opa,' zei Hedy zacht.

Spencer knikte. 'Zonder mevrouw Vilums waren we in de pan gehakt.'

Opa John wreef in zijn ogen. 'Geen magie in dit huis,' zei hij. 'Alleen goocheltrucs. Was dat niet de regel?'

'Daar heb je je zelf al niet aan gehouden met die monsters. En ridder Roland. Bedenk eens wat voor coole dingen je allemaal nog meer zou kunnen doen!' Spencers ogen glansden bij het idee.

'Het probleem is dat ik denk aan al het kwáád dat ik zou kunnen doen. Al die jaren heb ik me verzet tegen de impuls om te doen wat ik het beste kan, want ik weet nu eenmaal dat mijn daden gevolgen hebben.'

'Stop je dan echt helemaal met magie?' vroeg Hedy ongelovig. Ze had gedacht dat de gebeurtenissen van de afgelopen dagen misschien het topje van een spannende nieuwe ijsberg waren.

'Dat lijkt me wel zo verstandig. Is het niet wijzer om te stoppen voor het weer mis kan gaan?'

'Maak hier dan de allerlaatste keer van,' stelde Hedy voor. 'En als je nu magie bedrijft, is het omdat je om iemand geeft, niet omdat je indruk probeert te maken.'

Opa John keek hen half geamuseerd en half verslagen aan. 'Willen jullie me helpen?' vroeg hij onverwacht. Ze knikten ijverig. 'Oké. Stilletjes dan. En verwacht er niet te veel van. Ik weet niet zeker of het me zal lukken.'

Hij kromde zijn wijsvinger en ze volgden hem naar zijn werkkamer, waar hij een bruinleren kistje opende. Hij haalde er een lange, smalle toverstok uit, en uit een la van zijn bureau haalde hij de stenen hand.

'Maar opa, ben je dan een echte tovenaar?' riep Spencer, die met grote ogen naar de toverstok keek. Opa John rolde met zijn ogen alsof dat een belachelijke gedachte was.

Ze glipten door de voordeur naar buiten en liepen om het huis naar de achtertuin. De kinderen moesten hollen om hun grootvader bij te houden, want hij beende met reuzenstappen door de houten poort naar het beeldenkerkhof.

De 'lijm' die ze uit de mosterdfles knepen, zag er heel gewoon uit. Maar zodra ze de afgehakte hand tegen de stomp van mevrouw Vilums' pols hielden, begon het spul te borrelen en te sissen. Van ver weg kwam het gebeier van klokken, en ze zagen de naad tussen de hand en de pols voor hun ogen verdwijnen. Het leek alsof er nooit iets was gebeurd.

Opa John haalde de toverstok onder zijn trui vandaan en ging voor de stenen versies van mevrouw Vilums, Maja en Ewa staan. Nerveus schraapte hij zijn keel. 'Pak allebei de stok vast,' zei hij. De kinderen deden wat hij zei, waarna hij zijn hand op die van hen legde. 'Denk nu aan mevrouw Vilums zoals ze was als mens, denk aan hoe ze klonk. Wek haar in gedachten tot leven.'

Terwijl ze samen de stok optilden, schoten er allerlei herinneringen aan mevrouw Vilums door Hedy's hoofd: hoe ze hen de tuin in had gestuurd om in de zon te gaan staan, hoe ze werd gekust door de houtspionnen en hen in bescherming had genomen toen ridder Roland hen te lijf wilde gaan. Ze bewogen de stok omlaag en wezen ermee naar mevrouw Vilums en haar zussen.

'Ontwaak,' fluisterde opa John, die strak naar de beelden

keek. Hij knikte ten teken dat Hedy en Spencer hetzelfde moesten doen.

'Ontwaak,' herhaalden ze.

Ze deden een paar stappen achteruit en wachtten op wat komen ging.

'Zouden Maja en Ewa net zo goed zijn in taarten bakken als mevrouw Vilums?' fluisterde Spencer in de stilte.

Hedy moest haar lachen inhouden. 'Hoe kun je nu nog honger hebben?'

Vanuit het huis kwam opeens een golf van stemmen en lawaai hun kant op. Ze keken alle drie tegelijk om, heel even bang dat er iets gevaarlijks aan de hand was binnen. Maar wat ze hoorden was geen angst of schrik, alleen maar vrolijkheid.

'Zo veel mensen heb ik nog nooit in huis gehad,' mompelde opa John.

'Het is een groot huis, opa,' zei Hedy. 'Er kunnen er toch nog wel drie bij?'

'Zeker,' beaamde hij.

Prompt zei er iets *krak* aan de buitenkant van een van de beelden. Hedy gaf haar broertje en haar opa allebei een hand en durfde voorzichtig te glimlachen. Met groeiende hoop zagen ze donkere stukken steen afbrokkelen en stukje bij beetje het leven eronder vandaan komen.

EPILOOG

De raaf twijfelde.

Ze zat niet langer in haar stenen vorm vast aan het dak en kon haar vleugels uitslaan wanneer ze maar wilde – en dat was wat ze het liefste deed. Maar zittend boven het zolderraam, waarachter ze het meisje had helpen vliegen, hoorde ze een geluid dat haar tegenhield. Ze keek naar binnen.

Op de schemerige zolder verroerde zich niets, maar daar was dat geluid weer. *Tik, tik.* Tegen een van de muren stonden twee grote lijsten. Een van de twee trilde, alsof ertegen geklopt werd. *Tik, tik.* In de plaat die ervoor zat was een gat gehakt. Bij beter licht had de raaf het bruine oog van het eksterachtige wezen dat erdoor tuurde misschien kunnen zien.

Geroep van beneden leidde haar af. Het was de stem van Rose. Ze was niet langer de Vermiste; ze was gevonden, ze was bij haar familie. De raaf zag al die mensen nu als haar eigen troep. Ze zag hoe ze elkaar omhelsden en afscheid van elkaar namen, en toen stapten er vier in een rode auto. Ook het meisje dat kon vliegen.

De stenen raaf sprong op en nam in de lucht de vorm van veren, spieren en botten aan. Ze draaide rondjes boven de auto, die langzaam de heuvel af reed. Voor een klein rijtjeshuis in het dorp werd de auto aangehouden, en de raaf moest op een lantaarnpaal gaan zitten om goed te kunnen zien wat er gebeurde. De vrouw die voor meneer kookte, kwam met een brede glimlach het huis uit, gevolgd door nog twee vrouwen, die als twee druppels water op haar leken. Ze gaven pakjes aan door de autoramen, kusten alle inzittenden en lachten en kletsten nog een tijdje voor ze de familie door lieten rijden.

De rode auto reed in de richting van het bos en de raaf vloog mee. Tussen de bomen, waar veel wilde dieren leefden, kreeg het meisje in de auto haar in de gaten. Ze draaide haar raampje open. Haar haar waaide alle kanten op en de wind kleurde haar wangen rood. 'Met Pasen zien we je weer!' schreeuwde ze, en de jongen zwaaide grijnzend met zijn bontmuts. Het meisje deed het raam weer dicht, en samen keken ze met stralende gezichten naar haar op. Om ze een plezier te doen vloog ze nog even in sierlijke bochten op en neer. Ze wilde niet dat het meisje vergat dat ze kon vliegen.

Er kwam nog een andere auto aan. Hij reed hard, roekeloos misschien zelfs, en bleef achter de rode auto hangen alsof hij erop joeg. Terwijl een angstig voorgevoel haar geluk verstoorde, liet de raaf zich zakken tot ze naast de auto's vloog.

In de tweede auto zat een man met donker haar en een felgekleurd rood-blauw sjaaltje om zijn lange hals. Met een luide grom begon zijn auto de rode auto in te halen. Voor hij er helemaal langs was, keek de man het meisje en de jongen aan. Hij haalde een vinger langs zijn keel. De raaf wist niet dat het meisje en de jongen dat sjaaltje en dat knappe gezicht eerder hadden gezien. Maar ze wist wel dat er iets mis was; hun blije gezichten betrokken zodra ze de chauffeur zagen – de chauffeur en de zwarte nagel aan die dreigende vinger.

De onbekende man gaf gas en slingerde vlak langs de rode auto, die met piepende banden gevaarlijk dicht langs de berm scheerde voor hij tot stilstand kwam. Maar de andere auto was niet meer tegen te houden. Triomfantelijk scheurde hij weg.

De raaf ging op de motorkap van de rode auto zitten en gluurde naar binnen. De vier waren geschrokken, maar ongedeerd. De vader stapte uit en keek de andere auto na.

'Wie denkt-ie wel dat hij is?' brieste de moeder.

Het meisje en de jongen keken elkaar aan en zagen hun angst weerspiegeld in elkaars ogen. 'Niemand.'